LeseBlüten

Fantasy 2011

– Anthologie –

piepmatz Verlag

Inhaltsverzeichnis

7	Silke Wiest – Das Geheimnis der Fledermaus
8	Lorenz-Peter Andresen – Der Schattengarten
15	Barbara Avato – Vom Kind, das auf den Mond wollte und auf einen Stern fiel
21	Virginia Brutscher – Der Vogel
25	Christian Allner – Necronomicon
30	Nicoleta Craita Ten'o – Die keinen Mädchen mit den Schwefelhölzern
34	Barbara Avato – Des Nachts in der Küche bei Hänschen zuhaus'
40	Andrea Julia Deak – Aus der Asche
45	Ute Gudat – Der Geist
47	Silke Wiest – Alice – Von Zylinderhüten, Kaninchen und Fliegenpilzen
61	Mirjam H. Hüberli – Nachtengel
66	Carola Kickers – Millennium
72	Ulrich Spottke – Katzenzorn
88	Nicole Schröter – Ben
93	Sinje Blumenstein – Melody
99	Ernst-Michael Schwarz – Die Macht des Spiegels
113	Christina Mettge – Der Buchgnom – Die Fortsetzung
117	Ines Klouw – Somnambul
132	Nicole Schröter – Der Geisterzug
136	Fiona Campbell – Steinschmelze, Kapitel 1
146	Madeleine Scherer – Das gestohlene Kind
149	Diana Schleicher – Unerreichbar
153	Sarah Pritzel – Nachtschattengewächse
160	Charlene-Louise Sander – Erwacht
173	Annette Eickert – Verschlungene Pfade
188	Christina Mettge – Hugo und die Zeit
194	Mikaere Onda do Sol – Der Krieger und das Kind

197 Juliane Küllmer – Meine Suche nach Antworten in Walhall
220 Nicole Schröter – Das Schloss der Vampire

Das Geheimnis der Fledermaus
Silke Wiest

Batman greift entschlossen zu seinem Fledermausoutfit. Diese Ungerechtigkeit kann er nicht ertragen, noch heute Nacht wird er einschreiten und diesen Bösewichten den Garaus machen. Ein letzter Blick in den mannshohen Spiegel in der Eingangshalle, Batman lächelt zufrieden. Raschen Schrittes eilt er die Wendeltreppe hinauf, erreicht mit einem eleganten Sprung die Zinnen. Einen Augenblick lang sieht er auf die Lichter der Stadt unter ihm.

»Ich komme und nehme das Problem in die Hand!«, ruft er in die Tiefe, breitet die Flügel aus und schiebt seinen linken Fuß über die Zinnen.

Plötzlich dreht sich die erleuchtete Stadt unter ihm im Kreis, schneller und schneller, bis er nur noch eine gelbe Spirale ins Bodenlose sieht. Batman zieht erschrocken seinen Fuß zurück, kratzt sich ratlos zwischen den Fledermausohren, schüttelt den Kopf und macht einen weiteren Versuch mit dem rechten Fuß. Kaum berühren die Fußspitzen den grauen Stein nicht mehr, beginnt sich der Kreisel wieder zu drehen. Batman versucht, den Fuß weiter vor zu schieben, ohne dabei in die Tiefe zu blicken. Schweißperlen rinnen unter seiner schwarzen Haube hervor, sein ganzer, muskelgestählter Körper zittert. Er zieht seinen Umhang enger um sich und tritt mit hängendem Kopf zwei Schritte zurück, schweren Schrittes schlurft er die Wendeltreppe hinunter. In der Halle tritt Batman vor den Spiegel.

»Reiß dich zusammen!«, herrscht er sein Spiegelbild an, »In der Therapie hast du es gekonnt, du kannst es auch jetzt! Spring und rette die Menschheit!«

Der Schattengarten
Lorenz-Peter Andresen

Mein Name ist Rupert und ich bin ein Schatten. Ich weiß nicht, wie lange ich schon meinen neuen Körper suche, denn Zeit ist für mich nicht von Bedeutung. Aber die Suche nach ihm wird erst zu Ende sein, wenn er mich gefunden hat, hier im Schattengarten ...

Sebastian brauchte eine ganze Zeit lang, bis er die Tür gefunden hatte, durch die er endlich in den Schattengarten gelangte. Strahlend schien dort die Sonne, keine Wolke am Himmel schien den Tag stören zu wollen.

Irgendetwas fiel dem Jungen auf und er marschierte geradewegs auf einen großen Baum zu, der wie verlassen, einsam und alleine auf einem kleinen Hügel stand.

Er setzte sich in das weiche Gras und lehnte sich gegen den kühlen Stamm. Ihm war, als fühle er die Geborgenheit unter dem Schutz des Blätterdaches dieses alten Riesen und eine Art Wohlgefühl breitete sich in ihm aus. Frei von Sorgen und Ängsten wollte er hier auf das warten, wofür er in den Garten gekommen war, auch wenn er bis jetzt noch gar nicht wusste, was das nur sein konnte.

»Hallo Junge«, wisperte plötzlich eine fremdartige Stimme.

Sebastian sah sich um und konnte schemenhaft eine menschliche Gestalt ausmachen, die um ihn herum zu schweben schien.

»Wartest du schon lange? Ich bin ein Schatten und heiße Fred. Ich habe dich schon endlos lange gesucht, denn schließlich brauchst du in deiner Welt ja einen Schatten, oder?«

Sebastian konnte undeutlich erkennen, wie Fred verzweifelt versuchte, an seinem Körper hängen zu bleiben.

»Ich glaube nicht, dass ich dich mag, Fred«, sagte er dann, »Also geh und suche dir gefälligst jemand anderen!«

Sebastian machte eine rasche Handbewegung und der unerwünschte Lebenspartner verschwand zwischen den Blättern des Baumes. Erst jetzt erahnte der Junge, welche Aufgabe ihn hier zu erwarten schien. Er musste einen, nein, *seinen* Schatten finden. Aber warum?

»Warum suche ich nach ihm? Hat nicht jeder Mensch zwangsläufig einen Schatten? Gehört er nicht wie meine Seele zu mir?«, rief er laut, doch er erhoffte sich nicht wirklich eine Antwort. Umso erstaunter war er, als sogleich ein gutes Dutzend dieser durchscheinenden Wesen um ihn herum auftauchten, um ihm Antworten auf seine drängenden Fragen zu geben.

Ein kleiner Schatten machte den Anfang.

»Hallo Sebastian. Du fragst, warum du nach einem Schatten suchst?«, sprach er mit gläserner Stimme, »Ganz einfach: Ohne Schatten existierst du nicht. Ohne Schatten fehlt dem Körper, was dem Geist die Seele ist. Du brauchst uns, wie auch wir dich brauchen, um zu existieren. Deshalb gibt es tausende Schattengärten wie diesen!«

Ein anderer, korpulenter Schatten bahnte sich seinen Weg zu Sebastian und lehnte sich erschöpft an den Baumstamm.

»Weißt du, junger Mann, wenn du einen Schatten wählst, ihn endlich gefunden hast, dann seid ihr bis zu deinem Tode untrennbar miteinander verbunden, so wie dein Geist mit deiner Seele, die scheinbar so unendlich viel wichtiger ist als wir Schatten. Diese hinterhältigen kleinen Dinger brauchen sich um nichts zu kümmern, denn sie werden ja schließlich zugeteilt! Wenn ich das schon höre! Wir müssen um jeden neuen Körper, der hier auftaucht, buhlen. Glaub mir, wir haben es bestimmt nicht sonderlich einfach, wir müssen ständig ...!«

»Ja, ja, Edgar«, unterbrach ihn ein Dritter, »Rück mal beiseite oder verschwinde lieber gleich ganz. Du verängstigst ja noch unseren kleinen Besucher hier. Und außerdem siehst du nicht gerade aus, als ob du ihm passen würdest. Du bist viel zu dick für unseren kleinen Freund hier, nicht wahr?«

Die Stimme dieses Schattens wirkte seltsam zart und säuselte ihm ganz dicht ins Ohr. Sebastian allerdings bereitete sie Unbehagen und er scheuchte ihn wie Fred mit einem Handstreich fort.

Etliche weitere Schatten hatten sich mittlerweile in diesem sonderbaren Garten eingefunden und spiegelten alle auf ihre Weise ihr Schattendasein wieder, und alle versuchten, Sebastian zu erklären, wer sie waren und welche Aufgabe sie hatten, während sie sich ganz nebenbei an ihn anzuhängen versuchten.

Bislang waren aber all ihre Bemühungen vergebens gewesen.

»Schatten gibt es auf der ganzen Welt. Sie sprechen jede Sprache, sind wie die Menschen zumeist nur am Tage aktiv und ruhen in der Nacht«, erklärte ein Schatten, der nächste erzählte: »Schatten leben ewig und wandern von einem Menschen zum anderen. Ganz ähnlich wie die Seelen, die allerdings keine Rücksicht darauf nehmen, zu wem sie in den Körper kriechen. Nicht selten sind die Seele und der Schatten eines Körpers miteinander verfeindet und Zeit des menschlichen Lebens in einen ständigen Kampf miteinander verwickelt.«

Sebastian schwirrte der Kopf ein wenig, aber ständig gingen die Erklärungen weiter.

»Das gilt ganz besonders, wenn beispielsweise ein guter Schatten auf eine böse Seele trifft, oder auch anders herum! Dann sind ständige Reibereien zwischen den beiden noch das kleinste Übel für den armen Menschen. Meistens landen solche dann irgendwann in der Irrenanstalt, werfen sich vor einen Zug oder bringen sich auf irgendeine andere Art um! Während der Mensch dann von einer Persönlichkeitsstörung spricht, ist das eigentliche Problem hierbei jedoch ein völlig anderes.«

Sebastian bekam so langsam Angst vor dem, was hier wohl von ihm verlangt werden würde.

»Allerdings«, sagte nun ein kleiner Schatten neben ihm, der sich Rupert nannte, »ist das noch völlig harmlos gegenüber dem, was passiert, wenn sich eine böse Seele mit einem bösen

Schatten verbindet! Das kommt zum Glück nicht ganz so häufig vor, aber leider doch noch oft genug. Du wirst sicherlich später mehr über Menschen mit einer solchen, unglücklichen Verbindung in Erfahrung bringen, die Namen wie *Jack the Ripper*, *Attila* oder *Hitler* getragen haben. Deren Schatten sind zum Glück zur Zeit nicht bei uns. Dafür haben wir hier aber auch ganz schöne Kaliber, die nicht ohne sind und eine Menge auf dem Kerbholz haben!«

Rupert drehte dabei fröhlich ein paar Runden um Sebastian, dem dabei schon ganz schwindelig wurde.

»Auf der anderen Seite gibt es aber auch die gegenteilige Verbindung, Menschen von guter Seele und gutem Schatten. Da hätten wir zum Beispiel *Mutter Theresa* oder *Gandhi*! Es gibt mittlerweile unzählige Exemplare dieser Art. Leider hast du als Körper nur wenig Mitspracherecht und kannst dir lediglich den Schatten selber aussuchen, der dich dann dein Leben lang begleiten wird. Die Seele aber wird dir zugeteilt, von einer so genannten höheren Instanz!«

Rupert schien der Stimme nach nicht unbedingt sonderlich begeistert davon zu sein, aber Sebastian ahnte, dass er sich kaum dagegen wehren konnte. Anscheinend hatte Edgar, der dicke Schatten, nicht ganz Unrecht gehabt.

Rupert verschwand plötzlich und die Wärme, die Sebastian gerade noch umgeben hatte, wich einer sonderbaren Kälte, als ein weiterer Schatten den Platz neben ihm einforderte.

»Lass dir nicht so viel Unsinn von solchen dummen Schatten erzählen. Natürlich hast du eine Wahl, welche Seele du bekommst! Du musst nur ganz fest daran glauben, Sebastian. Ich könnte dir dabei behilflich sein. Lass mich an deine Seite und du wirst sehen, dein Glaube versetzt Berge! Gemeinsam sind wir unschlagbar und werden die Welt verändern. Übrigens, ich heiße Karl, Karl Denke, aber du kannst auch *Papa Denke* zu mir sagen.«

Rupert setzte sich wieder dicht an Sebastians andere Seite.

Der kleine Junge zitterte stark und der Schatten legte freundschaftlich einen wärmenden Arm um ihn.

»Papa ..., ich meine natürlich Karl, war in seinem letzten Leben kein guter Schatten, Sebastian, das kannst du mir glauben.«

Und hinter vorgehaltener Schattenhand flüsterte er ihm in sein kleines Ohr: »Karl ist einer von denen mit einem großen Kerbholz, denn er hat über dreißig anderen Schatten und Seelen den Körper geraubt. Deshalb hat er selber auch noch keinen neuen gefunden, weil ihn keiner mehr haben will! Ich denke nicht, dass er die richtige Wahl für dich sein würde. Wähle mit Bedacht, denn er ist dein Freund oder Feind ein Leben lang.«

Wieder verschwand Rupert und ließ den verwirrten kleinen Sebastian alleine.

Noch viele Schatten machten ihm seine Aufwartung, aber in seiner Erinnerung blieben ihm vor allem die dunkelsten ihrer Art, so zum Beispiel Friedrich Heinrich Haarmann, der sich mit »Hallo, ich bin der *Werwolf von Hannover*«, vorstellte und einen Schattenfreund mitgebracht hatte, der sich als Peter Kürten, der *Vampir von Düsseldorf*, bezeichnete und der anschließend scheinbar freundlich seinen Hut zu lüften schien.

Sebastian schüttelte heftig seinen Kopf, um dieses Trugbild loszuwerden.

Ein gewisser Schatten mit Namen Wolfgang Schmidt drängte sich heftig zwischen freundlich gesonnene Schatten und schob sie einfach beiseite. Er liebte, was deutlich sichtbar war, seine ihm angehängten Kosenamen sowie seine begangenen Schreckenstaten. Man hatte seinen letzten Körper *Rosa Riese* genannt, aufgrund seiner Vorliebe für rosa Damenunterwäsche, aber auch einen weiteren Namen gegeben, der ihm weitaus besser zu passen schien: *Die Bestie von Beelitz*.

Ein weiterer Bewerber war ein gewisser Bruno Lüdke, der Sebastian versicherte, keinen seiner gestandenen vierundachtzig Morde wirklich begangen zu haben. Auch Rupert, der kleine Schatten, konnte Sebastian nicht sagen, ob Lüdke nun log oder doch die Wahrheit sagte.

»Im Zweifelsfalle solltest du lieber von diesem Schatten den größten Abstand nehmen. Selbst eine gute Seele würde dir dann kaum noch helfen können, wenn er dir nicht die Wahrheit gesagt hat! Was meinst du wohl, warum sein Schatten schon seit mittlerweile sechsundsechzig Jahren bei uns ist? So einem traut eben keiner!«

Rupert strich um Sebastian herum, tauchte ihn erneut in seine Wärme und verschwand dann wieder.

Sebastian hatte das Gefühl, von bösen Schatten eingekreist worden zu sein, sodass er sich kaum noch an die Guten erinnern konnte.

Und jetzt hatte er auch noch die Qual der Wahl!

Die großen Äste des Baumes bewegten sich plötzlich zur Seite und gaben den Blick zum Himmel frei.

Wild schossen dort gleißende Lichter umher, die aussahen wie transparente Kugeln. Sebastian versuchte, sie zu zählen, aber es waren unsagbar viele, die ihn mit ihrem hellen Licht zu blenden schienen.

Aber wie auch diese Lichtkugeln, so schossen in derselben Menge Schatten wie eine dunkle Wolke über Sebastian hin und her. Schatten und Seelen wetteiferten um den neuen Platz, der dort unten einsam am Baumstamm lehnte. Der Kampf um Sebastian war entfacht und wütete nun wie ein Waldbrand im Schattengarten.

Sein Kopf drückte und er wurde hin und her geschleudert. Die Luft wurde ihm knapp und die Schatten und Seelen, als die er die Lichtkugeln erkannt hatte, der Baum und der gesamte Rest des sonderbaren Gartens, lösten sich plötzlich vor ihm auf. Bevor es endgültig dunkel um ihn wurde, rief der kleine Schatten Rupert aus der wirbelnden Menge Sebastian ein letztes Mal etwas zu:

»Du musst dich jetzt für einen Schatten entscheiden, Sebastian! Denn ohne Schatten bekommst Du keine Seele und ohne

Seele auch kein Leben. Jetzt, Sebastian, entscheide dich jetzt!«

Ein Schatten eilte plötzlich aus der wirbelnden Menge zu ihm hinunter und hängte sich wie selbstverständlich an seinen verblassenden Körper. Und auch eine Seele verließ den Orbit um den großen Baum im Schattengarten und begab sich auf die Reise in ein neues Leben.

Es war der 18. März 2010, als bei Annemarie Wichmann die Wehen einsetzten.

Der Vater des Kindes war unbekannt und wenn es nach Annemarie ging, sollte das auch für immer so bleiben. Schließlich war ihr ungeborener Sohn keine Frucht aus Leidenschaft, sondern eine, die aus Furcht und Demütigung entstanden war.

Doch der kleine Sebastian sollte es gut bei ihr haben und nie etwas über die Umstände seiner Zeugung erfahren. Er würde irgendwann studieren und aus seinem Leben etwas Vernünftiges machen, dessen war sich seine Mutter jetzt schon sicher.

Traurig saß Rupert neben dem Baum im Schattengarten.

Erneut hatte er vergebens um einen Körper gekämpft und verloren. Verloren gegen den Schatten von *Bruno Lüdke*, einem vermutlich mordsgefährlichen Schatten, dem Sebastian den Vorzug gegeben hatte. Zudem schienen sich bei der Vereinigung von Schatten und Seele in Sebastians Körper zwei Verwandte gefunden zu haben, denn es knisterte nur sehr leise, als sie aufeinander trafen.

Rupert hoffte sehr für den kleinen Jungen, dass Lüdke die Wahrheit gesprochen hatte. Ansonsten würden hier bald wieder jede Menge neuer Schatten und Seelen auf einen Körper warten müssen!

Rupert hatte plötzlich keine Zeit mehr zum Nachdenken, denn die Tür zum Schattengarten öffnete sich erneut und ein weiterer Kandidat machte sich unsicher auf den Weg unter den großen Baum.

Vom Kind, das auf den Mond wollte und auf einen Stern fiel
Ein Märchen für Kinder und Erwachsene

Barbara Avato

Es war einmal ein kleines Mädchen, das den ebenso seltenen wie schönen Namen Celestina trug und dessen größter Wunsch es war, auf den Mond zu gelangen. Wenn es nur gewusst hätte, wie. »Der Mond ist mein bester Freund«, pflegte Celestina zu sagen, und jedes Mal, wenn sie es sagte und dabei sehnsüchtig gen Himmel blickte, spürte sie förmlich, wie der Mond sich freute und wie auch er sie gern hatte. Eines Tages hörte sie ihn gar ihren Namen rufen: »Celestina! Celestina! Celestina!« Dreimal rief sie der Mond. Dann raunte er ihr zu: »Komm herauf zu mir. Siehst du die Himmelsleiter dort drüben? Hab Mut und besteige sie!«

Ganz deutlich hatte Celestina die Worte vernommen. Allein die Himmelsleiter konnte sie nirgends entdecken. Sie mochte ihre Augen anstrengen wie sie wollte und sich noch so oft nach allen Richtungen drehen und wenden, es war alles vergeblich. Deshalb fragte Celestina fortan jeden, dem sie begegnete, ob er wisse, wo die Leiter steht, die in den Himmel führt.

»Träum nur Kind, solange du noch träumen kannst«, meinte der Erste nachsichtig lächelnd. Die Wirklichkeit würde Celestina schon noch früh genug einholen, dachte er wehmütig und wischte sich verstohlen eine Träne aus dem Auge. »Himmelsleitern gibt es nicht«, sagte der Zweite entschieden, »Je früher du zu phantasieren aufhörst, desto besser«, belehrte er sie, und der Dritte fügte hinzu: »Am besten ist es, du fängst erst gar nicht damit an.«

Ein weiterer murmelte nur ärgerlich etwas von einem *dummen Ding* und ging seines Weges, ohne das Mädchen auch nur eines Blickes zu würdigen. Eine wirkliche Antwort bekam es von keinem.

Celestina ließ sich indes nicht beirren.

»Wenn es die Leute hier nicht wissen, versuche ich mein Glück eben anderswo«, verkündete sie und lud ihre Freundinnen ein, mit ihr zu ziehen, die Himmelsleiter zu suchen. Aber die eine entgegnete, sie habe so viele Spielsachen, die sie unmöglich alle mitnehmen könne, und da sie sie auch nicht einfach zurücklassen wolle, bleibe sie lieber, wo sie sei. Die andere hätte gern Genaueres gewusst, und weil Celestina es ihr nicht sagen konnte, schlussfolgerte sie, dass das Abenteuer sich wahrscheinlich gar nicht lohne. Die nächste fand Himmelsleitern so oder so langweilig, und die übernächste vermochte an nichts anderes zu denken, als an den blauen Prinzen.

»Er wird bestimmt bald ins Städtchen kommen«, schwärmte sie und kicherte ein wenig, »Wenn ich ihn habe, brauche ich sonst nichts mehr.«

Blaue Prinzen aber interessierten wiederum Celestina nicht, und nachdem sie von den Mädchen keines für ihr Vorhaben hatte gewinnen können, wandte sie sich an die Jungen, bei denen es ihr allerdings nicht besser erging. Der erste winkte schon ab, ehe Celestina zu Ende gesprochen hatte. Er wolle zunächst studieren und ein gelehrter Mann werden, prahlte er und ohne Doktorhut, das habe er sich geschworen, gehe er nirgendwo hin. Der zweite hatte gerade angefangen, viel Geld zu verdienen, damit wollte er erst einmal ein Haus bauen und dann weitersehen. Der dritte konnte sich einfach nicht entscheiden, der vierte hatte dies vor, der fünfte jenes und so weiter. So geschah es, dass Celestina sich schließlich allein auf den Weg machte.

Wo sie auch hinkam, hörte Celestina niemals auf, sich bei allen und jedem nach der Himmelsleiter zu erkundigen. Sie fragte sowohl die Menschen, als auch die Tiere, die des Festlandes ebenso wie die durch die Lüfte fliegenden, ja nicht einmal die Fische im Wasser ließ sie aus. Aber niemand konnte ihr helfen. Endlich gelangte sie zu einer weisen Frau. Diese stützte den Kopf in die Hände, schloss die Augen und dachte lange nach. Als sie nach geraumer Zeit zu sprechen begann, klang ihre Stimme wie von weit her. Das Wissen um die Himmelsleiter, sagte sie, sei schon längst verloren gegangen. Einer ihrer Ahnen sei der letzte gewesen, der die Stelle kannte, an der die Leiter steht. Auch dass es überaus beschwerlich und anstrengend, ja äußerst mühselig und peinvoll sei, sie zu besteigen, habe er gewusst, weshalb bald immer weniger Menschen bereit gewesen seien, es zu versuchen und das Interesse für die Himmelsleiter immer mehr geschwunden sei.

»Bis kam, was kommen musste, und die Menschen zuerst vergaßen, wo sie steht und dann auch noch zu zweifeln begannen, ob es sie überhaupt gibt«, schloss die Frau und setzte hinzu: »Aber dass es sie gibt, mein Kind, das kann ich dir versichern.«

Versprachen die Worte der Alten auch nicht gerade viel, schöpfte Celestina doch neue Hoffnung daraus und setzte ihre Suche fort, bis sie eines Tages für ihre Geduld und Ausdauer belohnt wurde und sich unversehens am Fuße einer hohen Leiter befand, deren Sprossen sich in den Wolken verloren. Froh, die Himmelsleiter endlich gefunden zu haben, beschloss sie, unverzüglich mit dem Aufstieg zu beginnen. Aber leider ließen die unsäglichen Schwierigkeiten, von denen die weise Frau gesprochen hatte, nicht auf sich warten, denn es wollte und wollte Celestina nicht gelingen, auch nur einen Fuß auf die erste Sprosse der Leiter zu setzen, geschweige denn, einen festen Stand darauf zu erreichen. Wie auch immer sie es anstellte, trat sie doch jedes Mal auf unerklärliche Weise ins Leere. Völlig außer Atem und am Ende ihrer Kräfte war sie bereits nahe daran, aufzugeben, wagte dann aber doch noch einen Versuch – und siehe da, mit einem Male vermochte sie, die Leiter mit den Zehenspitzen zu erspüren, zuerst ganz zaghaft und dann mit wachsender Sicherheit, um wenig später mit beiden Beinen auf der ersten Sprosse zum Stehen zu kommen. Erschöpft, aber glücklich rastete sie ein Weilchen und setzte, nachdem sie sich etwas erholt hatte, erneut an, um nunmehr die zweite Sprosse zu erklimmen. Wieder wollte sie beinahe verzweifeln, und wieder kam sie erst, als sie es schon nicht mehr erwartete, ans Ziel. Es dauerte lange, ehe Celestina herausfand, wie sie vorzugehen hatte, dann aber war es soweit, dass sie die riesige Himmelsleiter Sprosse um Sprosse hinaufklettern konnte. Anfangs kam sie nur langsam vorwärts, mit der Zeit aber ging es immer zügiger und immer müheloser, weiter und weiter hinauf in schwindelnde Höhen. Nach unten wagte sie schon bald nicht mehr zu blicken, aber von oben her leuchtete ihr der Mond unablässig Mut zu, und das war gut so. Sie verlor auch nicht den Mut, schließlich aber doch das Gleichgewicht. Sie strauchelte und glitt aus, fand keinen Halt mehr und fiel bewusstlos seitab. Es war aber alles nicht so schlimm, denn ihr Schutzengel stand schon bereit, fing sie mit seinen starken Armen auf und legte sie sanft auf einen Stern.

Als Celestina wieder zu sich kam, beschattete sie ihre Augen mit der Hand, um die Entfernung abzuschätzen, die sie noch immer vom Ziel ihrer Sehnsucht trennte, und um voller Genugtuung festzustellen, dass sie ihm ein Stück näher gekommen war. Kein allzu großes zwar, aber immerhin.

»Sieh dich nur um«, lächelte der Mond, »Gut getroffen hast du es allemal.«

Nur zu gern gab Celestina ihrem Freund Recht und begann auch sogleich, sich häuslich auf ihrem Stern einzurichten. Sie bereitete sich ein weiches Lager aus Sternenmoos, schmückte die sie umgebenden Himmelsräume mit Kränzen, die sie aus Sternblumen verwob und hängte überall, wo es möglich war, die hübschesten Sternbilder auf. Als sie alles nach ihrem Geschmack und zu ihrer Zufriedenheit ausgestattet hatte, badete sie, wann immer ihr danach war, im Sternenmeer, *sonnte* sich im Sternenglanz oder traf das Sterntalermädchen und unternahm die herrlichsten Sternfahrten mit ihm. Manchmal spielte sie auch mit den Wolkenschäfchen, führte den kleinen Hund an der Leine spazieren oder zähmte den großen Bären, den sie allerlei Kunststücke lehrte und – sehr zur Freude der anderen Himmelsbewohner – vorführen ließ. Ein Englein brachte ihr jeden Tag ein Schälchen Götterspeise mit Vanillesoße zum Mittagessen und einen Paradiesapfel als Nachtisch. Als Getränk erhielt sie stets reichlich reinen Himmelstau und sonntags soviel frische Milch von der Milchstraße wie ihr Herz begehrte.

Und während ihre Kameradinnen und Kameraden drunten auf der Erde weiterhin Spielzeug sammelten, in Gelehrsamkeit sich übten, Geld verdienten, Häuser bauten oder auf blaue Prinzen warteten, besuchte Celestina unverhofft wirklich und wahrhaftig ein Prinz. Ein sehr berühmter sogar, denn es war der kleine Prinz mit den goldenen Haaren, der einmal vom Himmel gefallen war und den seither jeder kennt. Er erzählte Celestina von der Blume, die er liebte, vom Fuchs, der gesagt hatte, dass man nur mit dem Herzen gut sehe, weil das Wesentliche für die Augen unsichtbar sei und vieles mehr. Niemals wurde Celestina müde, dem kleinen Prinzen zuzuhören, und war der Abstand, der sie vom Mond trennte, auch immer noch sehr groß, fand sie das Leben auf ihrem Stern doch so wunder-wunderschön, dass sie sich kaum ein schöneres vorstellen konnte.

Bei all ihrem Wohlsein aber vergaß Celestina doch ihre früheren Freundinnen und Freunde nicht. Sie winkte ihnen, wann immer sie sie sah, rief sie beim Namen oder warf ihnen Sternschnuppen zu, damit sie sich etwas wünschen konnten, und ebenso wie sie diejenigen betrübten, die weder hörten noch sahen, weil sie niemals aufblickten, nie und nimmer vom Fleck sich rührten, freute sie sich über alle, die ihre Zeichen wahrnahmen oder gar ihren Gruß erwiderten. Denjenigen schließlich, die eines Tages doch noch bei der Himmelsleiter anlangten, half sie, so gut sie konnte, beim Hinaufsteigen, und zog sie, wenn sie ins Wanken geraten waren, zu sich auf ihren Stern, versetzte ihnen einen gezielten Schubs, sodass sie, anstatt in die Tiefe zu stürzen, auf einem benachbarten Stern landeten, oder stand ihnen auf sonst eine Weise zur Seite. Gerettete und Schutzengel dankten es ihr gleichermaßen, und bald verbreitete sich die Kunde von Celestinas segensreichem Wirken im gesamten Weltall.

Freilich gab es auch Menschen, die höher kamen als Celestina gekommen war, und natürlich erwachte, nachdem einige Jahre verstrichen waren, auch in Celestina das Verlangen, noch mehr Sprossen der Himmelsleiter zu bezwingen. Sie gab diesem Wunsch auch immer wieder nach und kam, obwohl sie jedes Mal von neuem zahllose Schwierigkeiten zu überwinden und viele Rückschläge hinzunehmen hatte, letzten Endes nicht nur ein ganzes Stück weiter, sondern lernte auf ihrem Weg nach oben auch noch viele andere Sterne kennen, von denen der eine immer schöner war als der andere. Und irgendwann, so heißt es, soll der Mond sich zu ihr hinübergebeugt, ihr die Hand gereicht und sie ganz zu sich hinaufgezogen haben.

*****

Pate gestanden für die Geschichte hat das folgende Sprichwort, auf welches man in der englischsprachigen Welt häufig trifft:

»Reach for the moon, land among the stars.«

Der Vogel
Virginia Brutscher

Einsam sitze ich auf einer Lichtung im Wald, genau genommen ist es *meine* Lichtung. Hier komme ich immer her, wenn es etwas gibt, das mich bedrückt. In letzter Zeit ist das ein wenig häufig vorgekommen. Am liebsten würde ich ihm hinterher reisen, und ihm klar machen, wie sehr er mir fehlt und dass wir einfach zusammengehören. Aber leider habe ich kein Geld für ein Flugticket.

»Er« heißt übrigens Peter und ist meine erste Liebe. Peter hat mich sitzen lassen und sucht jetzt die große Freiheit in Chicago. So sitze ich alleine hier und passend zu meiner Laune fliegt ein Schwarm Raben über mich hinweg, in Richtung Süden. Ha, wie ich die Ironie des Lebens verabscheue. Ich werde wütend und greife neben mich nach einem Stein, werfe ihn auf einen der Vögel und schreie: »Ihr blöden Mistviecher, schaut, dass ihr wegkommt!«

Einer der Raben findet das anscheinend so erstaunlich, dass er kurz hinunterblickt und sich dann auf den Weg zu mir macht. Er setzt sich neben mich auf den Waldboden und fragt: »Was ist dir den über die Leber gelaufen, hübsches Mädchen?«

»Ach, lass mich in Frieden«, keife ich zurück.

Doch er lässt nicht locker, irgendetwas habe ich offensichtlich an mir, das den Raben wirklich sehr zu interessieren scheint. Nach ewigem Hin und Her erzähle ich ihm schließlich von meinem Leid. Der Rabe heißt Alf, erfahre ich, und ihn nimmt das anscheinend alles ganz schön mit.

»Komm mit, ich zeige dir einen Platz, an dem alles möglich ist«, sagt er.

Eigentlich habe ich keine Lust auf blöde Spielchen, da aber Sonntag ist und ich ohnehin nichts besseres zu tun habe, folge ich Alf. Nach einer halben Stunde endlosen Laufens durch den Wald sind wir schließlich da, und auf einmal stehen wir inmitten von wilden Sträuchern, die alle Beeren von merkwürdiger Farbe tragen. Solche wie diese habe ich noch nie zuvor gesehen und deshalb werde auch gar nicht erst versuchen, sie zu beschreiben.

Alf sagt zu mir, dass er, würde er einige von den Beeren essen, riesig werden würde und mich auf seinem Rücken nach Chicago fliegen könne. Das lasse ich mir nicht zweimal sagen und willige sofort ein. Infolgedessen isst er ein paar davon und tatsächlich steht nach wenigen Minuten ein riesiger, wunderschöner Rabe vor mir. Er sieht so faszinierend aus, dass ich mich erst gar nicht getraue, auf seinen Rücken zu steigen. Als ich es dann doch über mich gebracht habe, fühle ich mich sogleich richtig wohl.

»Startklar?«, fragt Alf und ich sage leise: »Ja, du lieber Vogel, es kann losgehen.«

Ich vertraue Alf vollkommen und wir heben ab. Vier Tage und Nächte fliegen wir und ich kann mich in der gesamten Zeit nicht ein einziges mal daran erinnern, wann es mir das letzte mal so gut ging. Wir unterhalten uns ständig über die interessantesten Dinge, machen Witze – Alf kann wirklich gut Witze machen – und wenn ich in seinem Gefieder einschlafe, träume ich immer nur Gutes. Als wieder mal so ein schöner Traum zu Ende geht und ich in die glitzernde Sonne blicke, begrüßt mich Alf freundlich und fügt dann etwas ernster hinzu: »Wir sind da, hübsches Mädchen«

So nennt er mich immer. Anfangs habe ich mich noch darüber aufgeregt, aber inzwischen finde ich es sogar irgendwie lieb. Zurück zu den Geschehnissen: Wir sind da, und mir wird schlecht vor Aufregung. Was jetzt? Ich weiß nicht mehr, wo hinten und vorne ist, frage mich, was ich Peter eigentlich sagen soll – und was wird *er* überhaupt dazu sagen? Ich spüre, dass wir immer tiefer fliegen und als Alf das *OK* gibt, beuge ich mich etwas vor, um nach unten sehen zu können. Tatsächlich: Da steht Peter vor einem großen Haus mit Garten, sieht richtig edel aus, und ich frage mich, was er hier wohl macht. Alf landet sanft wie eine Feder auf dem Grundstück, ich steige ab und laufe zu Peter. Verblüfft sieht er mich an, weiß offensichtlich auch nicht so recht, was er sagen, was er von meinem plötzlichen Auftauchen halten soll. Ich blicke ihm in die Augen, die Augen, in denen ich mich einst für Stunden verlieren konnte und da ist nichts mehr von dem Funkeln, das einmal für mich gestrahlt hat. Traurig, denke ich, aber plötzlich überkommt es mich wie eine Lawine, alles wird mir auf einmal klar: Wieso auch sollte irgendetwas in diesen Augen für mich sein, wieso? Er hat mich verlassen. Er wollte mich nicht mehr, das ist doch ganz klar. Er liebt mich nicht. Ohne, dass wir auch nur ein einziges Wort miteinander gesprochen haben, wende ich mich ab und laufe zurück. Alf sieht mich einfach nur an und ich will nichts sehnlicher, als mich in sein weiches Gefieder kuscheln, fürchterlich weinen und die Welt unter mir vergessen.

»Wir fliegen nach Hause«, ist das letzte, was ich leise – denn diese Worte sind nur für ihn allein gedacht – zu ihm sage. Irgendwann schlafe ich ein und als ich wieder aufwache, habe ich Kopfschmerzen von den vielen Tränen, die ich vergossen habe. Aber es ist jetzt gut. Mir geht es gut und dieser idiotische Peter ist mir egal. Er kann von mir aus machen, was er will. Soll er doch meinetwegen nach Afrika ziehen. Der Rest des Rückfluges verläuft unspektakulär, ist jedoch genauso schön wie der Hinflug. Ich spüre, dass ich hier sicher bin und mein Alf gut auf mich aufpasst. Er ist ein wirklich schlauer Vogel, wir haben auch nie mehr über Peter gesprochen. Ich habe das Gefühl, dass er ganz genau weiß, was in mir vorgeht und was ich brauche. Als wir wieder zu Hause sind, genau an dem Punkt, an dem die Reise losging, will ich nicht, dass es jetzt vorbei ist.

»Ich werde dich jetzt nicht einfach wieder in dein Heim gehen lassen, Margarete.«

Als Alf das sagt, schaut er mir tief in die Augen. Das ist das erste mal, dass er mich bei meinem Namen nennt, ihm scheint es wirklich ernst zu sein. Mir ist schon lange klar, dass ich nicht mehr ohne meinen Raben sein will, und ich bin glücklich, dass er das einfach so regelt. Ich muss eigentlich nichts dazu tun, also sage ich nur: »Ich weiß, und ich werde auch nicht gehen. Aber so werden wir nie richtig zusammen passen.«

»Weißt du nicht mehr? Ich habe doch gesagt, dass dies hier ist der Ort ist, an dem alles möglich ist.«

Ich nehme eine der Beeren, schließe ein letztes mal die Augen, mit denen ich bisher sah, und werde ihm gleich.

Necronomicon
Christian Allner

Hallo Gabriel,
da ich nicht weiß, wie ich am besten anfangen soll, komme ich gleich zum Kern der Sache: Ich bin tot. Wenn Du das hier liest, bin ich es gewiss. Ansonsten hättest Du es nie erhalten.

Eines kann ich mit Sicherheit sagen: Es ist ein sehr merkwürdiges Gefühl, zu wissen, dass ich sterben werde.

Natürlich ist sich jeder seiner Sterblichkeit gewahr. So bist auch Du Dir bewusst darüber, dass Du letztendlich sterben wirst, Du weißt nur eben nicht, wann. Deshalb schiebst Du den Tod immer zur Seite, verdrängst ihn aus Deinen Gedanken oder ignorierst ihn. Er mag das aber nicht. Der Tod ist nicht grausam, er gehört einfach dazu. Sein Pendant ist das, was grausam ist, das Leben.

Die Buddhisten sagen, Leben sei Leiden. Die Christen wollen dieses Leben schnell hinter sich bringen, um in den Himmel zu ihrem Gott zu kommen. Die Hindus hoffen, dass sie in einem besseren Leben wiedergeboren werden. Alle ignorieren ihr heutiges Dasein.

Und deswegen treibt *er* seine Spiele mit uns. Ihm ist langweilig. Er ist einer der Alten – wenn nicht sogar der Älteste. Er hat den Tod geboren. Er hat so viel gesehen, vergessen, erschaffen und vernichtet. Schließlich ist auch er gestorben – aber er kann noch träumen. Und seine Träume, sie … sind kompliziert. Lass es mich so versuchen:

Du hast bestimmt schon einmal ein Déjà-vu-Erlebnis gehabt oder Dich an etwas erinnert, das aber in Wirklichkeit ganz anders abgelaufen ist. Aber das ist es nicht. Das, was Du nur geglaubt hast, zu erleben, ist passiert. Er hat es aber geändert, hat alles um Dich herum verändert.

Bei mir fing das ganz harmlos an. Du erinnerst Dich bestimmt noch an den Abend vor ein paar Monaten, wir waren mit den anderen in diesem Lokal und Peter erzählte eine Geschichte. Ich wollte etwas erwidern, kramte aber vergeblich in meinem Gedächtnis nach einem ganz bestimmten Zitat. Später fiel es mir dann wieder ein – wenigstens halbwegs. Nun, so fing es an. Am Morgen danach dachte ich noch einmal darüber nach und meinte, der Spruch müsse anders lauten. Ich wusste noch, wo ich ihn gelesen hatte und nahm das richtige Buch zur Hand.

Schnell fand ich das richtige Kapitel und die richtige Seite, denn ich kannte das Buch sehr gut. Ich las Wort für Wort, wurde aber nicht fündig. Ich versuchte es auf der nächsten Seite. Wieder nichts. Ich weiß nicht, warum mich das so umtrieb, aber ich suchte und suchte und fand nichts. Am Abend nahm ich mir mit Kaffee und Lakritz bewaffnet das ganze Buch vor. Mein Stolz war angestachelt, es war meine Pflicht, dieses Zitat wieder zu finden. Du kennst mich ja, wenn ich so bin: Ich grabe mich in den Lehnensessel, kratze ruhelos mit der rechten Hand auf dem Holz der Wandbalken und so weiter. Aber ich fand es nicht, *ich fand es einfach nicht*.

Es war schon tief in der Nacht, als ich frustriert kapitulierte. Ich tobte, verfluchte und beschimpfte die Lektüre, die mir keine Antworten geben wollte. Das Buch nahm es gelassen. Darum schleuderte ich es in eine Ecke und ging schlechtgelaunt zu Bett. Am nächsten Morgen – na gut, am nächsten Mittag – besah ich mir das Chaos und hob das Buch vom Boden auf. Ich blätterte missmutig darin herum und dann stieß ich auf den Spruch. Er stand da, in der richtigen Zeile, auf der richtigen Seite des richtigen Kapitels! Ich wusste nicht, was ich davon halten sollte. Plötzlich war er da. Ich las ihn gründlich und prägte ihn mir ein. Das Buch legte ich zurück, räumte auf und lebte normal weiter.

Soweit klingt ja alles ganz gewöhnlich – für meine Verhältnisse. Du fragst Dich jetzt sicherlich, warum ich so eine langweilige Geschichte erzähle, aber bitte lies weiter: Denn ein paar Tage später kam mir der Spruch wieder ins Gedächtnis, in einem völlig anderen Zusammenhang kam er mir als treffende

Umschreibung in den Sinn. Ich wusste den Satz noch, aber beschloss – vielleicht aus Genugtuung – zuhause das Buch noch mal aufzuschlagen und den Spruch nachzulesen. Ich wollte das Buch verhöhnen, das mich wenige Tage zuvor so verspottet hatte. Doch als ich das Buch an der richtigen Stelle aufschlug und nachlas, war kein Spruch zu finden. Der Inhalt war wieder ein völlig anderer. Aber es handelte sich um dasselbe Buch! Es *musste* dasselbe Buch sein! In diesem Augenblick begann ich damit, an mir zu zweifeln.

Und genau das wollte er. Der träumende tote Gott. Für ihn ist das erheiternd.

Ich begann, immer mehr vermeintlich falsche Details in meinem Leben zu bemerken. Dinge, die nicht am richtigen Platz standen. Gebäude, die anders geschnitten waren als ich sie kannte – oder eine andere Bemalung hatten. Ein anderes Kennzeichen an einem mir bekannten Auto mit einer ganz spezifischen Beule. Es waren anfangs keine großen Dinge. Später kamen dann vergessene Termine hinzu, Erlebnisse, Urlaube und Ausflüge, die angeblich nie oder nie so stattfanden, wie ich mich an sie erinnerte. Ich wurde paranoid. Irgendwann begannen selbst die Leute um mich herum, sich zu verändern: Ihr Verhalten, ihr Aussehen, Details aus ihrem Leben, bei denen ich mir sicher war, sie anders zu kennen. Man beäugte mich, lachte über meine Vergesslichkeit, nahm mich nicht mehr ernst.

Und genau das ist der Punkt: Dir geht es auch so. Wenn Du etwas siehst, das Du nicht verstehst, das nicht da sein sollte und niemals so sein dürfte, dann beobachtest Du es, denkst darüber nach – und gehst schließlich weiter. Du verdrängst es, vergisst es.

Mir ging das anders. Ich habe nicht vergessen. Jeden Tag, *jeden Tag* habe ich mir das verdammte Buch angesehen. Ich schlug das richtige Kapitel auf, fand die richtige Seite, aber suchte vergeblich nach dem Spruch. Manchmal entdeckte ich ihn auf einer anderen Seite. Bisweilen stand er auch an der rechten Stelle, aber in einem ganz anderen Kontext. Dann und wann war da jedoch nur ein Wirrwarr aus Buchstaben, völlig unverständliches Zeug.

In den letzten Wochen schottete ich mich schließlich ab, deshalb haben auch wir uns schon so lange nicht mehr gesehen. Aber ich konnte nicht mehr, denn ich hatte angefangen, von ihm zu träumen. Er berichtete mir von *seinen* Träumen und dem Spaß, den es ihm bereite, uns durch alle Realitäten zu jagen.

Denn seine Träume sind unsere Wirklichkeit. Wir sind die Kinder seiner Träume und er der Traumgott. Aber das ist er eigentlich nicht. Ein Gott, meine ich. Er ist nichts, weder Gott noch Teufel, weder hell noch dunkel, weder lebendig noch tot. Er sagte einmal zu mir, *wer alt genug würde, könne sogar den Tod sterben sehen.* Aber ich glaube, dass er dabei nur einen Horrorschriftsteller zitierte, sich also mal wieder über mich lustig machte.

Seine Späße treibt er mit vielen. Ich habe einige ihrer Namen gehört und sie gesucht. Aber immer, kurz bevor ich sie fand, hat er sie verschwinden lassen. Sie waren einfach weg. Manchmal blieb ihre Kleidung zurück, hin und wieder sah ich die Leute um eine Ecke biegen, bevor sie entschwanden. Oft haben sie nie existiert. Sie waren verstorben, fortgezogen, entstellt. Einige Male waren es Kinder, die eigentlich Greise hätten sein sollten, oder umgekehrt.

Ich kann mir nicht vorstellen, wo sie jetzt sein könnten. Aber ich glaube, nein, ich bin mir sicher, dass mir das Gleiche passiert. Seine Modifikationen sind geringfügig; Denk an die Quantenphysik und Schrödingers Katze, die gleichzeitig tot und lebendig ist, solange wir sie nicht beobachten. Sobald wir ihr aber unsere Aufmerksamkeit schenken, ist die Katze entweder tot oder lebendig. Wir zwingen sie dazu, einen bestimmten Zustand anzunehmen.

Ich glaube, das Gleiche passiert mit mir. Ich sehe Dich an und Du bist normal. Ich sehe weg und Du kannst alles mögliche sein. Kaum sehe ich Dich wieder an, besteht die Wahrscheinlichkeit, dass Du etwas oder jemand anderes bist. Also bist Du irgendwann auch jemand anderes.

Das bereitet ihm Vergnügen, diese unendlichen Kombinationsmöglichkeiten. Wir sind wie ein Baukasten, aus dem er immer wieder neue Dinge zusammensetzen kann.

Den Punkt der Angst habe ich längst überwunden. Aber ich will noch eines sagen: Du warst ein guter Freund. Schon immer. Ich schreibe das, denn ich bezweifle, dass ich Dich jemals wiedersehen werde. Er wird meiner langsam müde und sucht sich bald jemand neues, und ich habe ein dumpfes Gefühl, was er dann mit mir macht. Es kann jedenfalls nichts Gutes sein.

Ich bitte Dich nur um eines: Vergiss mich nicht. Und falls Du mich doch noch kennst, bitte gib mir nicht diesen Brief.

Deine Julia

Die kleinen Mädchen mit den Schwefelhölzern
Nicoleta Craita Ten'o

»Eine lange Nacht«, schrieb das Mädchen mit den roten Haaren und klappte das Tagebuch zum dritten Mal in Folge zu. Ein weiterer Stern erlosch. Mit Acrylfarben hatte sie sich das Firmament an die Wand gemalt. Das dunkle Blau der Nacht, der helle Mond mit Perlmutschimmer und die aufgeklebten Sterne, die im Dunkel leuchteten – all das waren ihre Ideen gewesen. Eines Nachts warf sie eine Münze in die Luft, und mit Tränen in den Augen ergriff sie die Hoffnung, dass, wenn sie nur ganz doll ihre Gedanken darauf fokussierte, ihr ein Wunsch in Erfüllung gehen würde. Mit zusammengekniffenen Augen wünschte sie sich, dabei zu sein.

»Die Wintersonne war längst untergegangen. Es war fürchterlich frostig und es schneite. Es war der letzte Abend im Jahr, Neujahrsabend, als ein kleines, armes Mädchen mit unbedecktem Kopfe und baren Füßen alleine durch die Finsternis und Kälte der Straßen lief«, flüsterte sie, rieb sich dabei mit den Fingern über die Augenlider. Seitdem sie das Märchen des kleinen Mädchens mit den Schwefelhölzern gelesen hatte, blieb sie in Gedanken bei ihm. In der Schule, auf der Straße, am Tisch, beim Essen, sie stützte sich auf den rechten Ellbogen und dachte an das kleine Mädchen. Sie kannte Andersens Märchen auswendig, aber wie oft sie es gelesen hatte, konnte sie nicht sagen. Jedes Mal hatte sie das Gefühl, sie rücke dem Mädchen mit den Schwefelhölzern ein Stückchen näher. Einmal hatte sie das Mädchen nach seinem Namen gefragt, aber der unduldsame Wecker krähte wie eine gottverdammte Krähe ausgerechnet in dem Augenblick, als das Mädchen, ein Schwefelholz anzündend, ihr seinen Namen zuflüstern wollte. Sie konnte ihn nicht mehr vernehmen. Drei Tage machte sie nichts anderes, als Listen von Namen anzufertigen. Jeden fragte sie nach Namen: »Ausgefallene, bitte, was für welche gibt es noch?«, und dann, mit lauter Ungeduld in ihrer enttäuschten Stimme, fügte sie hinzu: »Mädchennamen!«

Danach legte sie sich voller Erwartung unter ihrem aufgemalten Sternenhimmel schlafen, aber drei Nächte lang träumte sie von nichts anderem, als sich selbst mit einem Blatt Papier in der Hand, die Leute nach Mädchennamen fragend. Danach gab sie es auf, doch in der vierten Nacht besuchte sie wieder das arme Mädchen im Traum und es streckte seine zitternde Hand nach ihr aus. Sie konnte es auf ihren eigenen Wangen spüren, dass das Mädchen Tränen in den Augen hatte. So nahm sie am nächsten Tag das Märchenbuch unter den Arm, versteckte sich in der Speisekammer ihrer Großmutter und las – zwischen Marmelade und Einweggläsern – die Geschichte so oft, dass beide ihrer Pulloverärmel am Ende vor Nässe trieften. Wenn die Großmutter besorgt fragte: »Wieso weinst du, mein Kind?«, dann spitzte sie die Lippen und antwortete wütend: »Du denkst, du kümmerst dich um alles und um jeden, aber du hast keine Ahnung, wie viele Kinder auf dieser Welt leiden!«

Und weil es die Großmutter daraufhin nicht mehr wagte, sich der Tatsache zu stellen, fiel sie in ihre warmen Arme und sagte betrübt: »Ich würde dich gerne mit einer guten Freundin teilen!«

In diesem Augenblick fand sie den Namen des Mädchens endlich wieder: »ihre beste Freundin«

Es war in der Silvesternacht, als sie sich hinlegte, die Münze in die Höhe warf und sich wünschte, bei ihrer Freundin zu sein, um die Nacht mit ihr verbringen, mit ihr reden, ihr sagen zu können: »Du bist nicht allein!«

Draußen knallten die Silvesterpeitschen in der rauchigen Luft wie kleine Teufelsbraten im Ofen gebacken, und ihre Familie feierte nebenan. Sie hatte ihnen gesagt, ihr schmerze der Schädel. So stark, wie sie jetzt ihre Augenlider zusammenpresste, verspürte sie tatsächlich langsam ein deutliches Kopfweh.

Sie stellte sich auf eine lange Nacht ein. Einer der Sterne fiel von der Wand und blieb vor ihren Füßen liegen.

»Wenn ein Stern fällt, so steigt eine Seele zu Gott empor.«

Ihr kamen die Tränen. Wer wohl gestorben war? Sie weinte mit. Egal um wen es ging, es war so schrecklich, jemanden zu verlieren! So weinte sie mit, für die gestorbene Seele, und sie wünschte sich, während aus dem Wohnzimmer lauter Freudengesang an ihre Ohren drang, dass nicht ihre beste Freundin diejenige war, deren Seele zu Gott empor stieg.

Wenn Trolle und Kobolde im Wald ein Feuerchen anzünden, gehen die Wünsche der Kinder in Erfüllung, sagt man. So wachte sie in einem Winkel zwischen zwei Häusern auf, in der fürchterlichen Kälte zitternd wie die Ringe eines Teiches bei einem Orkan, und kaum sperrte sie die Augen auf, da sah sie ein kleines Mädchen neben ihr knien, mit bloßen kleinen Füßen, die ganz rot und blau vor Kälte waren. Ihr erste Gedanke war, ihr Schuhe zu leihen, aber sie hatte selbst weder solche noch Socken an. Sie wandte sich schüchtern und halberfroren dem Mädchen zu und lächelte glücklich. Das Mädchen ließ sein angezündetes Schwefelholz vor lauter Schreck in den weißen Schnee fallen und hielt sich den Mund zu, um ihren eigenen Schrei zu ersticken. Aber dann, als es sein Gegenüber erkannte, schloss es sie in seine schlotternden Arme. Ohne Kopf- und Fußkleid lagen die Mädchen auf der Straße in enger Umarmung, so wie sich zwei Seelenverwandte nach einem langen Krieg in die Arme fallen, um nie mehr loszulassen. Sie sprachen in jener Nacht nicht wirklich miteinander, doch sie wärmten sich gegenseitig, zündeten abwechselnd Schwefelhölzchen an, und sie sahen sich in die Augen, und sie wussten, dass dies ihre letzte Nacht war. Und bevor das letzte Holz in der Hand erlosch, drückte ihr das arme Mädchen mit den aschbedeckten Fingern einen Stern in die Hand.

»Nun stirbt jemand!«

Mit einer raschen Bewegung zuckte das Mädchen mit den roten Haaren unter der warmen Hand, die ihr über die Stirn glitt.

»Schläfst du?«, fragte ein blondes Mädchen, das sie nicht zu kennen schien. Es war etwas kleiner als sie, die Haare zerzaust, die Füße nackt, die Augen zittrig und halberschrocken.

»Da seid ihr ja!«

Die Mutter schaltete das Licht an und sah sich die Mädchen genauer an.

»Ihr seid beide mit Kopf- und Halsschmerzen zu Bett gegangen und keine von euch kam auf die Idee, sich die Decke über dem Kopf zu ziehen«, sagte sie schmunzelnd und mit leicht glühenden Wangen, während sie die Mädchen mit einer flauschigen Decke zudeckte.

»Fröhliches neues Jahr, meine süßen Mäuse! Schlaft schön!«

Sie küsste beide auf die Stirn, und sie roch nach zimtversüßter Freude und prickelndem Champagner.

»Heute ist mir ein Wunsch in Erfüllung gegangen«, flüsterte das rot gelockte Mädchen ihrer Schwester glücklich zu, nachdem die Mutter das Zimmer wieder verlassen hatte.

»Welcher denn?«

»Ich habe einem Menschen das Leben gerettet.«

»Wem denn?«

»Dem kleinen Mädchen mit den Schwefelhölzern.«

Und, ohne eine Antwort zu geben, kicherte die Blonde aus allen Backen und drückte der Rothaarigen einen im Dunkeln funkelnden Stern in die Hand.

Des Nachts in der Küche bei Hänschen zuhaus'
Da geht es hoch her, besonders, wenn Hänschen bald Geburtstag hat ...

Barbara Avato

Kaum hat die große Turmuhr zwölfmal geschlagen, als es in der Küche bei Hänschen zuhaus' lebhaft wird. Das ist ein Geklapper und Geklirre, Gerumpel und Gerassel, Gehalle und Geschalle, dass dir Hören und Sehen vergehen würde, wenn du dabei wärest! Die Mäuschen jedenfalls, die hinter dem Speiseschrank wohnen und die sonst so keck überall herumhuschen und sehen, wo es etwas zu stibitzen gibt, verkriechen sich ängstlich in ihren Löchern.

Es ist Mitternacht, Geisterstunde, da wird alles lebendig, was sonst unbeweglich in Schränken und Schubladen ruht oder sonstwie festhängt, steht oder liegt:

Die Tassen hüpfen auf den Untertassen herum und plaudern mit ihnen. Das Butterbrotpapier knistert und raschelt mit den Einkaufstüten um die Wette. Der Brötchenkorb lässt sein Flechtwerk spielen wie manche Leute ihre Muskeln, und die blecherne Kaffeekanne wackelt auf den alten Teekessel zu, der sein schrilles Liedchen pfeift, ohne dass auch nur der geringste Tropfen Wasser in ihm kocht. Die Messer tanzen mit den Gabeln eine Polonäse über den großen Ausziehtisch, die Löffel schlagen im Takt aneinander, und der Schlüsselbund drüben am Brett sorgt für die Begleitmusik. Die Blumentöpfe auf dem Fenstersims lassen ihre Blumen Blumen sein, stürzen herunter und humpeln und pumpeln über den Fußboden, wo ihnen ihre Vettern, die Schmalztöpfe, mit glänzenden Wangen entgegenkommen. Die Weinflaschen verlassen ihre Ständer und fallen sich um die Hälse, während die Schöpfkellen mit den Vorratsdosen ein lautstarkes Schwätzchen im Spülbecken halten, in das sich ab und zu etwas schüchtern und einsilbig das Abtropfsieb mischt. Auf der anderen Seite der Küche drängen die Gemüse- und Suppentöpfe scheppernd aus den Regalen und reichen einander die Henkel zur Begrüßung, die Tür schlägt auf, lässt knarrend die letzten Neuigkeiten von draußen herein, und der Küchenherd, dessen kreisrunde Kochplatten sich im schwach von der Straße herein scheinenden Laternenlicht wie riesige Augen ausnehmen, sperrt vor Staunen seine Ofenklappe auf soweit er kann. Kurz, es gibt im ganzen Raum keinen Gegenstand, der nicht auf die eine oder andere Weise zum Leben erwacht ist.

Freilich sind bei weitem nicht alle so friedlich-fröhlich gestimmt wie diese komisch-drollige Gesellschaft. Droben im Hängeschränkchen zum Beispiel zankt sich ein gläsernes Kompottschälchen mit einem Dessertteller aus Porzellan. Es geht darum, wer von beiden hübscher ist:

»Ich bin geschliffen«, sagt das Glasschälchen, und es klingt ganz schön eingebildet, »Sieh nur, was für kunstvoll eingeritzte Verzierungen ich habe.«

»Schleifen hast du dich lassen?«, höhnt der Porzellanteller, »Wie kann man nur! Was manche Teller nicht alles über sich ergehen lassen, bloß weil sie glauben, dadurch schöner zu werden!«

»Du bist ja nur neidisch«, meint das Kompottschälchen daraufhin schnippisch, »Außerdem bin ich kein gewöhnlicher Teller wie du, sondern ein *Schälchen*. Noch dazu aus mundgeblasenem Glas, und deswegen *noch* wertvoller.«

»Ph! Ph! Ph!«, macht der Dessertteller, und es ist ihm deutlich anzumerken, wie sehr er sich aufregt, denn schon beim zweiten »ph!« beginnt es in seinem Innenleben bedenklich zu knacksen.

»Ich brauche nur mein erlesenes Porzellan wirken zu lassen«, sagt er beleidigt, als er sich ein wenig beruhigt hat, »Dazu trage ich lediglich meinen Goldrand, mit dem ich sozusagen geboren bin. Meine Schönheit ist eine natürliche.«

»Goldprotz!«

»Durchsichtiges Nichts!«

»Prahlhans!«

»Aufgeblasenes Ding!«

So geht es hin und her, bis der Streit immer heftiger wird und es im Schränkchen immer häufiger knackst und klirrt. Erst als die beiden aneinanderschlagen, der Porzellanteller einen Sprung bekommt und aus dem Glasschälchen eine Ecke herausbricht, halten sie erschrocken inne.

Aber was ist eigentlich mit der dicken Frau Rührschüssel los? Sie ist doch sonst so gemütlich und gutmütig. Warum ist sie heute so aufgebracht? Nun, sie hat ebenfalls eine Auseinandersetzung. Sie ist uneins mit Herrn Teigschaber, einem langen, dünnen Kerl mit einem breiten, flachen Gesicht, der noch ziemlich neu in der Küche zu sein scheint.

»Wenn Sie morgen wieder so knickrig sind wie neulich,«, sagt Frau Rührschüssel, »werden Sie sich in dieser Küche keine Freunde machen!«

»Sie würden Hänschen wohl am liebsten den ganzen Teig schlecken lassen«, näselt Herr Teigschaber, »Abgesehen davon, dass das arme Kind davon Bauchschmerzen bekommen würde, stünde, wenn es nach Ihnen ginge, am Ende auch kein Kuchen auf dem Tisch. Nein, meine Liebe, ich werde tun, was man von mir erwartet und kein Gramm Teig in Ihnen lassen.«

Herr Teigschaber ist offensichtlich sehr pflichtbewusst.

Die Kranzform, die beim Gewürzregal über den Topflappen hängt, tut so, als ginge sie das Ganze nicht das Geringste an. Dabei ist sie es, in der die Mutter morgen den Geburtstagskuchen für ihr Hänschen backen wird. Die Kranzform ist aus hellfarbener Keramik und über und über mit bunten Blumen bemalt. Im

Augenblick ist sie voll und ganz damit beschäftigt, an sich hinunter und aufmerksam dem Hauswichtelmann zuzusehen, der sie für das bevorstehende Fest eifrig poliert. Neben ihr hängt die Geburtstagsleiter mit einem Hänschen aus Pappe, für welches das echte Hänschen Modell gestanden hat. Papphänschen hat bereits die vorvorletzte Sprosse der Leiter erreicht, und das bedeutet, dass übermorgen Hänschens Geburtstag ist. Es ist nämlich so, dass das echte Hänschen sein papierenes Ebenbild jeden Tag eine Sprosse höher klettern lässt: Auf der untersten hat es angefangen, insgesamt sind 20 Sprossen zu erklimmen, und auf der letzten ist zum Zeichen des feierlichen Ereignisses eine Kerze mit roten Herzen befestigt. Als Frau Rührschüssel und Herr Teigschaber immer weiter hadern und immer lauter werden, hält Papphänschen sich die Ohren zu. Behende klettert es Sprosse um Sprosse die ganze lange Leiter hinunter, springt auf den Boden und läuft wie ein Sausewind auf die beiden Widersacher zu. Die Mäuschen, die neugierig aus ihren Löchern hervorlugen, sind gespannt, was Papphänschen tun wird und schließen Wetten darüber ab, auf wessen Seite es sich wohl stellen wird.

In diesem Augenblick schlägt die Turmuhr einmal: Papphänschen macht eine Kehrtwendung und steht mit einem Satz – hast du nicht gesehen! – wieder auf der vorvorletzten Sprosse der Geburtstagsleiter, der Schlüsselbund hört zu rasseln, das Butterbrotpapier zu knistern, der Teekessel zu pfeifen auf, und überhaupt ist im Handumdrehen von nichts und niemand mehr ein Laut zu hören. Messer, Gabeln und Löffel springen in ihre Schubladen, und wie sie kehren auch sämtliche Töpfe sowie alle anderen Gegenstände zurück, ein jeder an seinen Platz. In Sekundenschnelle liegt die Küche wieder still und leblos im Halbdunkel, so, als wäre es niemals anders gewesen. Nur das Abtropfsieb verfehlt seinen Haken an der Wand und ordnet sich in der Eile irgendwo ein, wo es wirklich nicht hingehört.

»Wenn die Mutter das nächste Mal wird Nudeln abgießen wollen«, denkt erstmals aufsehend der Wichtelmann, »wird sie ihre liebe Not haben.«

Dann vertieft er sich erneut in seine Arbeit und putzt und poliert die Kranzform, bis beim ersten Hahnenschrei auch das letzte Blümchen festlich glänzt und funkelt.

Als das echte Hänschen am nächsten Morgen in die Küche tritt, lässt es Papphänschen als erstes auf die vorletzte Sprosse seiner Geburtstagsleiter steigen. Nach dem Frühstück backt die Mutter den Geburtstagskuchen: Mit Milch und Butter, Zucker, Mehl, Eiern und einem ganzen Tütchen feinster Mandelsplitter. Hänschen darf etwas Teig aus der Rührschüssel kosten, danach waltet der Teigschaber seines Amtes. Aber die Mutter weist ihn doch in seine Schranken: Er muss Hänschen immer noch etwas zum Auskratzen in der Schüssel lassen. Nicht zuviel und nicht zu wenig. Nach genau einer Stunde und fünf Minuten gibt die Blümchenform stolz einen wunderschönen goldgelben Kranzkuchen heraus. Die Mutter überzieht ihn mit Schokoladenguss und streut bunte Streusel darauf. Am nächsten Tag ist Papphänschen bei der Herzchenkerze angelangt. Die Mutter zündet sie an und singt *Viel Glück und viel Segen*, am Nachmittag kommen die Kinder mit großen und kleinen Päckchen, die Hänschen der Reihe nach auspacken darf, und am Abend bringt der Vater seinem Jungen einen Blumenstrauß mit, den die Mutter in eine Vase stellt. Um die schöne weiße Tischdecke zu schonen, schiebt sie den Porzellanteller mit dem Sprung darunter. Und weil alle finden, dass sein Goldrand so gut passt, kommt er von jetzt an immer, wenn jemand in der Familie sein Wiegenfest feiert, unter die Vase mit den Blumen.

Was aber geschieht mit dem Kompottschälchen, aus dem eine Ecke herausgeschlagen ist? Nun, es wird abwechselnd unter die verschiedenen Blumentöpfe gestellt, die am Fenster stehen, um das nach dem Gießen heraustropfende Wasser aufzufangen: Einmal unter das Alpen- und einmal unter das Usambaraveilchen, einmal unter den Glücksklee und einmal unter das Korallenbäumchen – je nachdem, wo es gerade gebraucht wird. Die beschädigte Stelle wird einfach nach hinten gedreht, und auf diese Weise sieht auch das Schälchen immer noch sehr hübsch aus, besonders, wenn die Sonne darauf scheint. So haben Porzellanteller und Glasschälchen eine neue Aufgabe bekommen, mit der sie beide zufrieden sind. Sie zanken sich auch nicht mehr, wenn Geisterstunde ist. Vielmehr besuchen sie einander und tauschen ihre Erfahrungen aus, die sie mit Blumensträußen und Topfpflanzen machen.

Aus der Asche
Andrea Julia Deak

Sie war nackt. Wie immer, nachdem sie gebrannt hatte. Ari pustete sich einen Rest hellgrauer Asche vom Handrücken, fasste mit einer Hand neben sich und fühlte noch mehr ihrer Asche unter den Fingern. Sie griff sich eine Handvoll davon. Dann setzte sie sich vollends auf und rieb sich über die Stelle ihres Schädels, an der langsam wieder ihre Augenbrauen zu wachsen begannen. Als Ari aufstand, kribbelte ihre Kopfhaut – ein Zeichen für den auch dort im Zeitraffer einsetzenden Haarwuchs. Es schien so, als wollte ihr Körper sich möglichst rasch wieder in seinen Ausgangszustand zurückversetzen. Sie befand sich in einem steinernen Raum, der keinen Schaden davontrug, wenn sie einmal im Monat in Flammen aufging. Entstehender Rauch konnte durch eine kleine Fensteröffnung nach draußen ziehen. Die Eisentür war noch warm, als Ari die Klinke herunterdrückte und die leise quietschende Tür nach innen öffnete. Der Rest ihres Heims sah nicht viel anders aus als der Raum, aus dem sie gerade hinaustrat. Das Meiste war aus feuerfestem Material gefertigt. Ihr eigenes Zimmer sowie das Schlafzimmer ihrer Zieheltern waren jeweils ähnlich karg eingerichtet. Viel gab es hier nicht zu sehen. Nur in einer Ecke stand eine einsame kleine Topfpflanze, zu der sie jetzt ging und die Handvoll Asche hineinfallen ließ. Unwillkürlich umspielte ein Lächeln ihre Mundwinkel. Es war fast ein wenig makaber, die Pflanze mit ihrer eigenen Asche zu düngen und ein außenstehender Mensch hätte sicherlich pikiert das Gesicht darüber verzogen. Doch sie selbst war nicht menschlich, auch, wenn sie die meiste Zeit über durchaus wie ein Mensch aussah. Ari war ein Phönix. Zumindest nannte ihre Art sich so, da sie einige Eigenschaften mit dem gleichnamigen mythischen Vogel teilten. Diese Bezeichnung gefiel ihr wesentlich besser als die Namen, die man ihr sonst gab und die allesamt von einer furchtsamen Ablehnung geprägt waren. Theoretisch ungefährlich, wurde sie als Phönix dennoch gefürchtet, denn viele Hausbrände gingen auf das Konto ihrer Art. Ari fasste mit der Hand nach hinten und strich über einen ihrer roten, teilweise auch orange und gelblich gefärbten Flügel. Jetzt in diesem Moment machte sie ihrem Namen alle Ehre und man hätte sie auf keinen Fall mit einem Menschen verwechseln können. Die Form ihrer Flügel sah aus wie nach jedem ihrer Brände, ausladend gefiedert, doch irgendetwas war diesmal anders, wie Ari mit gerunzelter Stirn feststellte. Ein wenig Asche klebte noch an ihnen, doch das war es nicht, was Aris Aufmerksamkeit erregte. Ganz am äußeren Rand, wo die Farbe ins Gelbe überging, schillerten einige Federn golden. Das taten sie sonst nie. Ari bewegte noch etwas ungelenk den linken Flügel und der dabei entstehende Luftzug wehte ein wenig Asche aus dem Blumentopf. Ja, tatsächlich: Einige der Federn schienen aus purem Gold zu bestehen und Aris Herz machte einen Sprung. Das war hübsch! Doch sofern sie ihre Flügel nicht zum Fliegen nutzte – und das hatte sie mit ihren 15 Jahren noch nie getan – würden sie nach wenigen Stunden nahezu schmerzfrei verkümmern. Nur zwei rote Striche an ihrem Rücken erinnerten dann noch daran, dass sie dagewesen waren. Bis zu Aris nächstem Brand in etwa einem Monat würden sie verschwunden bleiben. Sie würden erst wieder erscheinen, nachdem das letzte Stäubchen Asche zu Boden gefallen und Ari daraufhin abermals nackt und völlig unbehaart in ihrer eigenen Asche liegend aufgewacht war. Doch zum ersten Mal fand sie ihre Flügel schön und empfand sie nicht nur als lästige Nebenwirkung, mit der sie nichts anfangen durfte. Angespornt davon bewegte sie die Flügel erneut. Sie durfte das eigentlich nicht, aber … es fühlte sich wirklich, wirklich gut an! Um sie herum wurde es wärmer und sofort stoppte sie den Flügelschlag. Sie hatte in ihrem Leben einige andere Phönixe fliegen sehen, so bewegten sie sich gerne fort. Deren Flügel hatten dabei in Flammen der unterschiedlichsten Färbungen gestanden, ohne dabei jedoch wirklich zu verbrennen. Ein wundervoller Anblick, den Ari genossen hatte und bei dem sie sich immer gefragt hatte, ob ihre Flügel während eines Fluges wohl auch so aussähen. Wenn Ari denn fliegen würde. Ihr Blick glitt zu ihrer rechten Flügelspitze und sie seufzte. Genau dort würden sie nach einiger Zeit anfangen, zu zerfallen, und nahezu verwelken, wenn sie sie wie jeden Monat ignorierte. Ihre Zieheltern waren Menschen und nachdem Ari mit fünf Jahren das erste Mal verbrannt war, hatten sie nicht gewollt, dass sie danach ihre Flügel nutzte. Sie liebten Ari, aber sie mochten nicht, dass sie ein Phönixmädchen war. Insgeheim fragte Ari sich manchmal, ob Eifersucht dabei eine Rolle spielte. Heute verpassten sie erstmals einen ihrer Brände, wenn auch mehr durch Zufall. Diese plötzliche Erkenntnis überschwemmte Aris Bewusstsein regelrecht und beschleunigte ihren Herzschlag. Ihre Zieheltern waren nicht zu Hause. Ari hatte nie den Drang verspürt, sich über das für sie geltende Flugverbot hinwegzusetzen. Bis jetzt. Sie lief in ihr kleines Schlafzimmer und bevor sie darüber nachdenken konnte, was sie tat, zerrte sie eine dunkle, rückenfreie Bluse aus ihrem Schrank. Auf der Rückseite wurde sie oben und unten mit Bändern gebunden, um Platz für die Flügel zu lassen. Ari trug die Bluse normalerweise nur für die paar Stunden, die ihre Flügel brauchten, um sich zurückzubilden. Andere Phönixe trugen solche Kleidung, um mit ihr zu fliegen. Sonst half ihr immer jemand beim Anziehen, doch diesmal mühte sie sich alleine damit ab, die Bänder miteinander zu verknoten. Kurz regte sich Aris schlechtes Gewissen, doch der Wunsch in ihr war stärker. Sie wollte ihre goldenen Federn jetzt nicht mehr hergeben. Es war nicht sicher, ob sie im nächsten Monat auch wieder goldfarben sein würden. Oder im Monat darauf – oder überhaupt jemals wieder! Ari konnte nicht zulassen, dass sie einfach so verschwanden und sie brannte jetzt regelrecht darauf, ihre Flügel auszuprobieren. Fast mechanisch zog sie sich vollends an und schloss ihre Schuhe mit zittrigen Fingern. Ein rascher Blick in den Spiegel verriet ihr, dass sie halbwegs passabel aussah, die Haare reichten ihr beinahe wieder bis auf die Schultern. Für ihr Vorhaben war das mehr als angemessen. Ari trat durch die Haustür ins Freie. Kühle Abendluft schlug ihr entgegen und die langsam hereinbrechende Dunkelheit kam ihr sehr gelegen. Testweise schlug sie kräftiger mit den Flügeln, stellte sich dabei jedoch ungeschickt an und stolperte einige Schritte vorwärts. Wieder spürte Ari die Hitze, die von ihren Schwingen ausging, aber ungeübt wie sie war, würde sie es wohl nicht schaffen, von hier unten abzuheben. Sie brauchte einen höhergelegenen Ort. Der nahe Glockenturm der Kirche erschien ihr angebracht für ihre Absicht. Es war gar nicht so leicht, ungesehen durch die Straßen zu laufen, aber das Mädchen schaffte es schließlich doch, huschte zur Kirchentür hinein und streifte dabei mit den Flügelspitzen den Türrahmen. Kurz sog sie den modrigen Kirchenduft ein, der sie an nasses Holz und altes Gemäuer denken ließ. Suchend blickte Ari umher und entdeckte eine einsame schmale Tür im hinteren Teil der Kirche, die zweifelsohne auf den Glockenturm führen musste. Um zu ihr zu gelangen, passierte sie ein Schild, welches Unbefugten den Zutritt zu diesem Bereich verwehrte. Ein paar Sekunden lang ließ sie ihre Hand auf der Klinke verweilen und hoffte, die Tür nicht abgeschlossen vorzufinden. Sie drückte die Klinke herunter und atmete erleichtert aus, als sie sich problemlos öffnen ließ. Sehr zu ihrer Überraschung fand sie sogar einen kleinen Lichtschalter, der mehrere nackte Glühbirnen in dem Treppenhaus betätigte. Ari begann mit dem Aufstieg der schmalen gewundenen Treppe, die steil nach oben führte. Obwohl sie nicht lange brauchte, kam es ihr wie eine kleine Ewigkeit vor, bis sie durch einen offenen Türbogen treten konnte. Sie fand sich neben der Kirchturmglocke wieder, doch die interessierte sie nicht. Ari zog es stattdessen zu einer großen Öffnung im Gemäuer. Sie stützte sich mit den Händen auf dem steinernen Sims ab und blickte eine Weile nach unten auf die Wiese vor der Kirche mit ihren unregelmäßig geformten Büschen. Sie befand die Höhe für ausreichend und nickte wohlwollend. Ari war gerade dabei, ihr Knie auf den Sims zu ziehen, als sie ein Geräusch vernahm. Sie wandte ihren Kopf ruckartig in die Richtung des Türbogens. Dort riss ein gedrungener kleiner Mann die Augen kugelrund auf. Sein Blick, der etwas zu lange auf ihren Flügeln verharrte, machte deutlich, dass es sich um einen Menschen handelte. Er brauchte einige Augenblicke, um sich zu fassen und während Ari noch darüber nachdachte, wie sie reagieren sollte, zog er missbilligend seine Stirn in Falten.

»Mädchen, du darfst hier überhaupt nicht sein, hast du das Schild nicht gesehen? Was willst du denn hier oben?«

Bevor er auf die Idee kommen konnte, sie davon abzuhalten, zog Ari sich auf den steinernen Absatz und hielt sich mit einer Hand am Rahmen fest. Es konnte sich nur um Sekunden handeln, bis er sie eindringlich darum bitten würde, wieder herunterzukommen. Doch wozu hatte sie sonst die passende Ausstattung, wenn nicht zum Fliegen? Ari bewegte ihre Flügel schneller und sah aus dem Augenwinkel, wie die linken Federn Feuer fingen. Gut so! Sie sah über ihre Schulter an ihren brennenden Flügelspitzen vorbei und blickte den Mann beinahe freudig an, wohl wissend, dass er sie unmöglich rechtzeitig erreichen konnte. Sie war keinesfalls gewillt, jetzt aufzugeben. Er fragte sie tatsächlich, was sie wollte?

»Ich will meine Flügel brennen lassen«, antwortete Ari ihm, atmete tief durch und spannte die Muskeln an. Bereit dazu, ihre flammenden Schwingen endlich zu nutzen, breitete sie sie aus und ließ sich mit einem Lächeln auf den Lippen fallen ...

Der Geist
Ute Gudat

Als er stehen blieb, wohl wissend, dass er Einigen im Weg war, und seine Augen schloss, um diesen einen Gedanken, der ganz flüchtig in seinen Kopf kam, heraus zu filtern, wusste er, dass er zurück gehen musste. Jeder Schritt, der ihn seinem Ziel näher brachte, wusste er, dass er das Richtige tat. Er sah sie schon von weitem auf ihrer Bank sitzen. Ihr braunes Haar lag schön und glänzend von der Sonne auf ihren Schultern. Sie hatte den Kopf nach hinten geneigt und genoss ohne Zweifel die Sonnenstrahlen auf ihrer glatten Haut. Er hatte das Gefühl, ihren intensiven Geruch nach Rosenblättern jetzt schon wahrzunehmen, obwohl er nicht einmal in ihrer Nähe war. Bei dem Versuch, die Worte, die er gleich aussprechen wollte, vor sich her zu sagen, hörte er sein Herz bis zum Hals schlagen. Er nahm die Umgebung viel deutlicher wahr, weil sie dort genau reinzupassen schien. Die Bäume fielen ihm auf, sie waren sehr groß und einige davon auch schon sehr alt. Das unterschiedliche Grün der Pflanzen und das eigentümliche Geräusch des Rasens bei jedem seiner Schritte.

Dieses Bild wollte er immer, wenn er die Augen schloss, so sehen wie es jetzt war. So wie sie dort saß in ihrem weißen Sommerkleid mit den dünnen Trägern, die ihre Brüste nur erahnen ließen. Darum ging er sehr langsam weiter und beobachtete jede ihrer noch so kleinen Bewegungen. Als er dicht hinter ihr stand, hatte er das Bedürfnis, seine Hände von unten in ihre Haare fahren zu lassen, um diese Weichheit immer und immer wieder spüren zu können. Er beugte sich nach unten, um ihre Stirn zu küssen und war gleichzeitig von ihrem Duft benommen. Da sie sich nicht rührte, verharrte er in seiner Bewegung und schaute direkt in ihr Gesicht.

Der Anblick der Ränder unter ihren geschwollenen und verweinten Augen ließ ihn zusammenzucken. Was konnte nur passiert sein, das sie so traurig machte? Als er zu sprechen ansetzte, um sie danach zu fragen, hörte er seine eigene Stimme so verzerrt und dunkel, dass er zutiefst erschrak. Genau so stellte er sich die Stimme des Teufels vor. Er legte ganz vorsichtig die Hand auf ihre Schulter und verlor fast das Gleichgewicht. Sie sauste durch ihren Körper durch. Jetzt fiel es ihm wieder ein: Als das Licht ihn holte, weinte sie sehr viel und das tat sie bis zum heutigen Tag, immer wenn sie auf ihrer Bank saß. Im Sommer wie im Winter und er lief als Geist neben ihr her. Aber diesmal war etwas anders. Mehr als tausend Hände griffen ganz vorsichtig nach ihm. Sie führten ihn dahin, wo das Licht die Tür für ihn geöffnet hatte. Er wusste, er würde sie irgendwann wiedersehen, aber es war nicht die richtige Zeit.

Alice – Von Zylinderhüten, Kaninchen und Fliegenpilzen
Silke Wiest

Alice wundert sich über das Land, in dem Kaninchen in der Tiefsee schwimmen und außergewöhnliche Zylinder in merkwürdiger Weise auf grell geschminkten Köpfen balancieren. Die Tatsache, dass das Kaninchen rosa ist, hätte Alice ja nicht einmal verwundert, vielleicht ist es ja einer *Telly-Weijl*-Reklame entsprungen oder hat einfach nur einen miesen Billigfrisör erwischt. Aber dass es wie die kitschige Lampe in Mutters Badezimmer minütlich seine Farbe wechselt, irritiert sie doch. Auch der Hammerhai schaut verblüfft. Der Oktopus verspritzt erschrocken Tinte in neon-orange und sieht aus wie ein Müllmann.

»Ob er wohl orakelt und andeuten will, dass ich mich in Gefahr befinde und besser hier verschwinden soll?«, überlegt Alice einen Augenblick lang, »Aber dieses Kaninchen, in aufreizender Langsamkeit umrundet es mich ständig, diese Slow-Motion-Lichtorgel: Jetzt ist es gerade blau, nein violett, mir ist schon ganz seltsam zumute. Das erinnert mich an meinen letzten Magic-Mushroom-Trip, oder hypnotisiert es mich vielleicht? Ich muss mich zusammen reißen, wenn ich diesen Zylinder-Heini wiederfinden will.«

Alice strafft die Schultern, blickt sich um, doch weit und breit ist kein Zylinderträger zu sehen. Sie schwimmt auf das nächste Korallenriff zu.

»Wo ist dieser Typ geblieben, verflixt, ich wollte ihn doch nach seinem Hutmacher fragen!«, schimpft Alice vor sich hin. Seit ihren Kindertagen hat sie ein ausgesprochenes Faible für ausgefallene Hüte. Damals hatte sie die Sommer auf »Balmoral«, dem Landgut ihrer Tante Viktoria in Schottland, verbracht. Tantchen war bekannt für ihre ausgefallenen Hüte und Klein-Alice liebte es, sie heimlich aufzuprobieren. Alice wird immer zorniger, nirgendwo kann sie auch nur die Hutkrempe des Zylindertyps entdecken.

»Und da ist schon wieder dieses Karnickel! Verschwinde endlich!«, brüllt sie.

Das Kaninchen sieht das Mädchen verständnislos an. Alices Lippen entweichen nur Blubberblasen und ein undeutliches Gebrabbel, ein jähriges Krabbelkind hätte sich verständlicher artikuliert.

»Überhaupt, in der Geschichte steht, dass du in einem Erdbau verschwindest, nicht in einem Ozean. Was soll der Schrott überhaupt?«, blubbert Alice weiter. Ihr Zorn wird von Sekunde zu Sekunde größer, so dass sie befürchtet, wie ein Ballon zu zerplatzen, wenn jetzt nicht endlich der Zylindermann aufkreuzt oder das Kaninchen mit dem Tiefseeblödsinn aufhört.

»Jetzt kommt es auch noch auf mich zu gepaddelt«, stellt sie genervt fest. Das Kaninchen, gerade in einem Mintgrün schimmernd, zückt eine Taschenuhr und deutet mit ernster Miene darauf. Es hält die Uhr direkt vor Alice Gesicht. Anstelle eines Ziffernblatts hat diese Uhr ein Display und das Kaninchen spielt ein Video ab, auf dem zu sehen ist, wie der Zylindermann auf die Korallenbank zu schwimmt. Er holt einen kleinen Gegenstand aus seiner Hosentasche, reibt daran und binnen kurzer Zeit wächst daraus ein riesiger Obelisk. Diesen stößt der Zylindermann in die Korallenwand und eine Pforte öffnet sich. Er verschwindet im Innern der Korallenbank und der Eingang verschließt sich hinter ihm. Alice starrt das Kaninchen ungläubig an, schiebt es mit einer Handbewegung zur Seite und schwimmt eilig auf die Korallenbank zu.

»Hier ist er also verschwunden!«, murmelt sie, »Aber wie komme ich zu diesem 'Sesam öffne dich'?« Alice drückt mit beiden Händen gegen die Korallenwand, fährt mit den Handflächen darüber und zieht sich einen schmerzhaften, sofort stark blutenden Schnitt zu.

»Mist!«, flucht sie blubbernd und sieht, dass der Hammerhai sich mitsamt seiner kompletten Sippschaft nähert, »Das hat mir jetzt noch gefehlt, der Hammermörder mit Verwandtschaft, das verspricht echt ein Supertag zu werden.«

Während Alice sich verzweifelt nach einer Fluchtmöglichkeit umsieht, schwimmt das Kaninchen geräuschlos heran, gerade ist es wieder rosa. Es bewegt sich zwischen Alice und der Hammerhai-Sippe, zückt erneut seine Taschenuhr und lässt sie vor der Hammernase des Anführers baumeln. Die ganze Hai-Sippe macht auf der Stelle kehrt und ergreift die Flucht. Mit einem triumphierenden Lächeln dreht sich das Kaninchen zu Alice und deutet auf die Uhr. Jetzt ist anstelle des Ziffernblattes eine Konservendose mit der Aufschrift »*shark-fin soup*« zu sehen. Alice lacht einen Schwall Blubberblasen und reckt ihren ausgestreckten Daumen nach oben. Zum Dank schüttelt sie dem violetten Kaninchen die Pfote, zieht es zu der Korallenwand, klopft mit ihrer freien Hand dagegen und zuckt fragend mit den Schultern. Das Kaninchen versteht, öffnet auf der Taschenuhr ein neues Fenster und zeigt Alice das Portrait eines überdimensional breit grinsenden Hundes.

»Der könnte aber auch mal ein Bleaching vertragen. Wer ist denn der hässliche Köter?«, will Alice wissen. Das Kaninchen bedient das Touchscreen der Taschenuhr und es erscheint eine Ganzkörperaufnahme des Vierbeiners. Alice erkennt, dass aus seinem fetten Hinterteil anstelle eines Schwanzes ein obeliskenförmiges Etwas wächst. Das Kaninchen macht eine Pfotenbewegung, als ob es einen Bleistift durchbrechen würde und nickt Alice zu.

»Du meinst, ich soll der Töle den Schwanz abbrechen?«, fragt Alice erstaunt. Das Kaninchen nickt erneut.

»Und wo finde ich den nun wieder?«, will Alice wissen. Das grüne Kaninchen deutet zur Wasseroberfläche.

»Du meinst auf dem Land?«, versichert sich Alice, »Na das ist doch mal eine gute Nachricht, kommst du mit?«, blubbert sie und schwimmt los. Das Kaninchen nickt und folgt Alice in gemächlichem Tempo nach oben. Am Strand angekommen, wringt Alice ihren Rocksaum aus, das Kaninchen schüttelt seinen maisgelben Pelz, sodass die spritzenden Wassertropfen im

Sonnenlicht wie Diamanten glitzern. Als sie zu Boden fallen, sieht Alice, dass im Sand tatsächlich hunderte von Edelsteinen liegen und sammelt sie eilig auf.

»Man kann nie wissen, wozu man die noch brauchen kann«, sagt Alice, nun wieder ganz ohne begleitendes Blubbern.

»Ist es weit?«, fragt sie. Das Kaninchen schüttelt die langen Ohren. Es deutet auf ein nahe gelegenes Wäldchen. Kurz nachdem sie den Waldrand erreicht haben, hält das Kaninchen plötzlich an. Vor Alices Füßen befindet sich ein Loch in der Erde, das etwa so groß wie ein Fußball ist.

»Aha, also doch wieder ein Bau, in den ich hinein fallen soll!«, stellt Alice fest. Das Kaninchen schüttelt den Kopf und deutet hinauf in die Baumkronen.

»Jetzt machst du Scherze, Hoppele? Was soll ich denn da oben in den Baumwipfeln, und wie soll ich da hin kommen?«, fragt sie erstaunt. Das Kaninchen steckt den Kopf in den Erdbau, kriecht bis zu dem Stummelschwanz hinein und kommt dann sehr langsam, rückwärts wieder heraus. In seiner Pfote hält es eine Strickleiter, die es Alice auffordernd reicht.

»Oh nein!«, protestiert Alice, »Wie Rapunzels Prinz an den Zöpfen, an so einem wackligen Ding diese hohen Bäume hinauf, niemals!«, zetert sie. Das Kaninchen nickt und zückt seine Taschenuhr. Der Bildschirm zeigt dieses Mal ein Labyrinth aus Hundehütten, die durch schmale, überdachte Gänge miteinander verbunden sind, hoch oben in den Bäumen.

»Wow, echt cool!«, staunt das Mädchen, »Trotzdem gehe ich da nicht hoch!«

Das Kaninchen zeigt ihr erneut das Bild, auf dem der Obeliskenschwanz des Hundes zu sehen ist und macht mit seinen Pfoten die Knickbewegung.

»Nein, auf gar keinen Fall, mit diesem labberigen Teil steige ich nicht in solch schwindelnde Höhen, ohne mich, für nichts auf der Welt!«, Alices Entscheidung steht felsenfest. Da hält ihr das Kaninchen seine Taschenuhr direkt vor die Nase und lässt sie langsam hin und her pendeln. Alices Augen folgen der Taschenuhr. Rechts, links, rechts, links, rechts, links ... Alice kann ihren Blick nicht von dem Bild auf der Taschenuhr abwenden. Gierig saugen sich die Augen an dem Zylinderhut fest, den die Taschenuhr nun zeigt.

»Er ist so wunderschön!«, flüstert Alice, »Von überirdischer Schönheit, ich muss wissen, wo es den gibt, ich muss so einen Hut haben ...«

Das nachtblaue Kaninchen drückt der entrückten Alice die Strickleiter in die Hand und zieht sie zu einer Eiche, die so hoch ist wie ein Wolkenkratzer in Shanghai. In Trance wirft Alice die Leiter in die Höhe, sie verfängt sich im Geäst und Alice beginnt, zu klettern. Kaum hat sie die erste Sprosse betreten, landet neben ihr ein hässlicher, schwarzer Vogel mit nacktem, schrumpeligen Hals und krächzt heiser: »Hi Alice, ich bin Paulchen Pleitegeier.«

»Ach, hallo, sind sie ein Verwandter von dem Multicolor-Karnickel?«, fragt Alice überrascht.

»Äh, wie? Nee, sehe ich etwa so aus? Aber wenn du mir einen Penny gibst, flieg ich dich da hoch!«

»Das ist ein Angebot«, lachte Alice, »Dann starte mal durch, Paulchen!«

Sie kramt aus ihrer Rocktasche den geforderten Penny hervor, der Vogel schnappt sie am Kragen und im Steilflug geht es den Baum hinauf. In schwindelnder Höhe angekommen, steckt Alice sofort den Kopf durch den Eingang der Hütte, um nach zu sehen, ob der gesuchte Hund da ist. Beißender Gestank schlägt ihr entgegen, schnell zieht den Kopf zurück.

»Puh, das ist wohl sein Klohäuschen!«, schnauft Alice und atmet tief durch. Ihr Blick wandert den Gang entlang zur nächsten Hütte, dann presst sie mit Daumen und Zeigefinger ihr zierliches Näschen zusammen und näselt: »Da hilft wohl nichts, da muss ich durch!«

Alice beugt sich herunter und will in die Hütte schlüpfen, bleibt aber mit den Schultern hängen. Sie dreht und windet sich, um hinein zu kommen, muss aber schließlich aufgeben.

»So ein Mist! Ich bin viel zu groß.«, schimpft sie, »Und von der Lichtorgel ist natürlich nichts mehr zu sehen! Was soll ich denn nun hier oben machen?«

Ratlos setzt sie sich auf das Hüttendach und baumelt mit den Füßen. Sie denkt an den herrlichen Zylinder und seinen Träger und wird ganz traurig, als ihr klar wird, wie unerreichbar beides für sie ist. Dicke Tränen kullern über Alices rosige Wangen. Sie schluchzt und jammert herzerweichend.

»Was ist denn das hier für ein Geplärr?«, fragt plötzlich eine Stimme neben Alice. Das Mädchen wischt sich über die roten Augen und blickt sich um. »Hallo, wer da?«, fragt Alice.

»Ich, Sabine, ihre Majestät die Königin des Volkes der Summsebienen!«, antwortet die Stimme. Ein dickes, pelziges und gelb-braunes Insekt landet auf Alices Fußspitze.

»Hör sofort auf, zu schaukeln, mir ist schon speiübel!«, herrscht die Biene Alice an. Alice hält überrascht ihre Füße still.

»Geht doch! Also was flennst du hier so herum?«, fragt die Königin in barschem Ton.

»Ich muss in diesem Labyrinth aus Hütten den grinsenden Hund mit dem Obeliskenschwanz finden und ich bin zu groß, um in die Hütte zu kriechen.«, erklärt Alice.

»Das stellt für mich kein Problem dar!«, prahlt die Bienenkönigin und fliegt zum Beweis mehrmals in die Hütte rein und wieder heraus.

»Du bist ja auch winzig klein.«, jammert Alice.

»Erstens heißt das 'Ihr seid winzig klein' und zweitens bin ich nicht winzig klein, ich bin die Herrscherin über Tausende von Untertanen!«, widerspricht Sabine.

»Ja, sicher, verzeiht!«, sagt Alice niedergeschlagen, »Aber das nützt mir auch nichts.«

»Ich kann dir helfen, ich, die große und mächtige Königin des Summsebienen-Volkes!«, spricht die Biene Sabine stolz.

»Du? Wie denn?«, will Alice wissen.

»Zunächst meine Bedingung!«, sagt Sabine und fliegt so nah vor Alice Nase hin und her, dass Alice schielen muss, um sie zu sehen, »Ich liebe Blütenstaub!«

»Ach nee, tut ihr das nicht alle?«, fragt Alice nach.

»Ich liebe Blütenstaub der Hanfblüte, einer ganz speziellen Hanfblüte«, erklärt Königin Sabine grinsend, und beginnt, aufgeregt zu wirken, »Es gibt hier ganz in der Nähe eine ganze Plantage davon.«

»Und warum holst, Verzeihung, warum holen eure Majestät sich dann dort keinen?«, will Alice wissen.

»Weil die Plantage von den Soldaten des Plantagenbesitzers bewacht wird«, antwortet Sabine, »Deshalb schlage ich vor: Ich rufe mein Volk zusammen, wir fliegen dich zur Plantage, du sammelst Hanfblütenstaub, bringst ihn zu mir in die königlichen Gemächer und ich erteile den Befehl, dass man dich zu der Hütte mit dem Hund fliegt! Einverstanden?«

»Das Angebot scheint mir fair. Deal!«, verspricht Alice.

Königin Sabine entfernt sich von Alices Nase, führt einen lustigen Tanz auf und Sekunden später naht ein ganzer Bienenschwarm, der Alice packt und in die Luft hebt. Nach kurzem Flug erreichen sie ein riesiges Gewächshaus und landen hinter einem Gebüsch in unmittelbarer Nähe des Eingangs. Alice sieht sich um. Wenige Meter von ihr entfernt patrouillieren mit AKMs bewaffnete Soldaten in schwarz-grauen Tarnanzügen, mit finsteren Blicke suchen sie die Gegend nach Eindringlingen ab. Ein Soldat kommt Alice so nahe, dass sie die Aufschrift 'Los Rastrojos' auf der Jacke lesen kann.

»Au weih, die Privatarmee des mächtigen Kolumbianers 'Capachivo', mit denen ist nicht zu spaßen!«, stellte Alice erschrocken fest, »Wie soll ich bloß an diesen verflixten Hanfblütenstaub kommen? An dem Typ ist kein Vorbeikommen, soviel steht fest!«

Das Summen und Brummen in ihrem Versteck verrät ihr, dass sich das Bienenvolk noch in ihrer Nähe befindet.

»Vielleicht«, überlegt sie, »kann ich sie mit einem ähnlichen

Tanz, wie ihn ihre Königin aufgeführt hat, anlocken und zu dem Soldaten dirigieren?«

Vorsichtig wackelt Alice mit ihrem Popo, schüttelt die Schultern und bewegt den Kopf wie eine thailändische Tempeltänzerin hin und her. Das Gebüsch wackelt verdächtig, der Soldat schaut schon aufmerksam in ihre Richtung. Alice hält die Luft an.

»Oh nein!«, flüstert sie und wackelt energischer mit ihrem Hinterteil. Da hört sie den Schwarm heran kommen. Als das ganze Volk sie umschwärmt, huscht sie rasch aus ihrem Versteck und rennt mit tanzenden Schritten und schwenkendem Po auf den Soldaten zu. Das Bienenvolk um sich herum wirft Alice sich dem verblüfften Soldaten an den Hals und die Bienen tun es ihr augenblicklich gleich. Der Soldat gerät in Panik und schlägt sich an den Hals, um den er eine dicke Halskrause aus summenden, krabbelnden Bienen trägt. Die Tierchen reagieren aggressiv auf seine Schläge und stechen zu. Jaulend und um sich schlagend rennt der Wachsoldat davon. Alice begibt sich ohne Zeit zu verlieren in das Gewächshaus und erntet die Blüten samt Blütenstaub. Im Tanzen nun schon geübt, ruft sie das Bienenvolk zurück. Das Volk ist so groß, dass der Verlust einiger Bienen Alices Transport nicht gefährdet, der Rückflug zur Königin startet. Königin Sabine ist begeistert von der reichen Ernte und weist ihre Arbeiterinnen sofort an, die kostbare Beute einzulagern, nur einen kleinen Rüssel genehmigt sie sich auf der Stelle.

Entspannt und mit seligem Lächeln lässt die Königin sich auf den Rücken plumpsen und spricht: »Ich bin sehr zufrieden mit dir, werde doch meine persönliche Dienerin und Ehrenbürgerin meines Volkes!«

»Ja, ja, später vielleicht«, erwidert Alice, »Jetzt lass mich zu dem Hund fliegen, damit ich endlich meinen Zylinder finde. Du hast es versprochen!«

»Ja, ja, nur keine Eile, immer mit der Ruhe. Mein Volk ist jetzt mit der Einlagerung des Blütenstaubs beschäftigt. Morgen vielleicht, morgen oder übermorgen ...«, summt die Königin.

»Oder vielleicht in einem Jahr?«, schimpft Alice, doch die Königin ist längst eingeschlafen.

»Ich glaube es nicht, jetzt ist die Summse eingepennt und was mach ich jetzt? Bis ich den Zylindertyp nach seinem Hutmacher fragen kann, werde ich alt, grau und hässlich sein«, zetert Alice.

Das Bienenvolk nimmt keine Notiz von ihr, emsig wuseln alle herum und schaffen den Blütenstaub fort.

»Vielleicht sollte ich auch ein Nickerchen machen, solange ihre Majestät im Träumeland weilt«, überlegt Alice und macht es sich gemütlich. Mit einem lauten Summen nähert sich ein Monsterinsekt mit aggressiven, schwarz-gelben Rallyestreifen auf dem Hinterteil und landet auf Alices Hand.

»He, was willst du denn von mir?«, fragt Alice entsetzt. Ohne zu antworten, sticht das Tier Alice in den Finger. Alice schwinden die Sinne, sie hört aus weiter Ferne noch eine Stimme: »Ich bin die Wespenkönigin, der Hanfblütenvorrat ist mein und du wirst Sabine nicht zur Hilfe kommen.«

Dann fällt Alice ins Koma. Alice hatte gerade einmal zehn, höchstens zwanzig Jahre geschlafen, da beugt sich ein hässlicher Wicht über sie. Er kommt ihrem Gesicht so nahe, dass seine knollige Nase wie eine Geschwulst auf ihrer Stirn sitzt. Alice öffnet die Augen und blickt auf. *Spitze, gelbe Zähne?*

»Hund?«, murmelt Alice verschlafen. Erbost springt der Wicht von Alices Stirn auf ihre Brust und feixt: »Ich bin kein Hund, ich bin ein Mooswicht und heiße Humpelstelzchen!«

Dabei klopft der Wicht mit seinen gichtigen Fingern auf sein Holzbein.

»Und wer bist du? Bist du eine Prinzessin?«

»Eine Prinzessin?«, fragt Alice überrascht nach. Wenn er glaubt, ich sei eine Prinzessin, vermutet der hässliche Kerl vielleicht Reichtümer bei mir und ist bereit mir zu helfen, überlegt Alice und antwortet: »Ja, sicherlich, ich bin eine echte Prinzessin.«

Sofort springt der Wicht von ihrer Brust auf den Boden und beginnt auf seinem echten Bein im Kreis zu hüpfen, dazu singt er mit quäkendem Stimmchen: »Ich brat mir einen Fliegenpilz und der Prinzessin ihre Milz!«

Erschrocken springt auch Alice auf und ruft: »Nein, nein, Humpelstelzchen, ich habe gelogen, ich bin gar keine Prinzessin, nur ein armes Mädchen mit einem Tick, und auf der Suche nach einem Zylindertyp, um ihn nach seinem Hutmacher zu fragen.«

Der Wicht unterbricht seinen Gesang und seinen Tanz.

»Pah, du willst also sagen, du hast das berühmte Humpelstelzchen angelogen?«, keift er giftig.

»Äh, ja, tut mir leid«, gesteht Alice.

»Wer einmal lügt, dem glaubt man nicht!«, kichert der Wicht und beginnt erneut seinen Reim zu singen, »Ich brat mir einen Fliegenpilz und der Prinzessin ihre Milz!«

Alice denkt fieberhaft darüber nach, was sie tun könnte, um den Troll von seinem Vorhaben abzubringen.

»Ich muss ihm irgendetwas anbieten.«, beschließt sie, »Ich helfe dir, ganz viele Fliegenpilze zu finden, dann brauchst du meine Milz doch gar nicht!«, schlägt Alice Humpelstelzchen mit zuckersüßem Lächeln vor.

»Prinzessinnenmilz ist aber meine Leibspeise.«, quengelt der Wicht und hüpft weiter singend im Kreis, »Ich brat mir einen Fliegenpilz und der Prinzessin ihre Milz«

Alice knabbert nachdenklich auf ihrer Unterlippe und auf einmal platzt es aus ihr heraus: »Von Prinzessinnenmilz wird man klein und hässlich, weil sie so viele Giftstoffe und Cholesterin enthält!«

Da bleibt Humpelstelzchen augenblicklich stehen und sieht Alice erstaunt an. »Das habe ich nicht gewusst, das ist ja schrecklich, ich werde sofort eine Diät beginnen, nie mehr Prinzessinnenmilz, das schwöre ich. Ich will ja nicht klein und hässlich werden. Aber du musst mir helfen, Fliegenpilze zu suchen, sie mit mir braten und dann mit mir essen. Ich bin immer so schrecklich einsam!«, jammert Humpelstelzchen.

»Wie komm ich jetzt aus der Nummer wieder raus?«, überlegt Alice.

»Natürlich helfe ich dir, Fliegenpilze zu sammeln, ich brate sie auch mit dir, aber essen darfst du sie ganz allein, ich will dir ja nicht auch noch etwas wegessen, wenn du schon diese strenge Diät machst!«, flötet sie und überwindet sich dazu, dem hässlichen Troll liebevoll über die Knollennase zu streicheln.

»Das ist aber außerordentlich nett von dir, Prinzessin«, antwortet Humpelstelzchen gerührt, »Dafür hast du einen Wunsch frei. Sagtest du nicht, dass du jemanden suchst?«

Alice kann diese glückliche Wendung kaum fassen und antwortet schnell: »Ja, ich suche einen Mann mit einem wunderschönen Zylinder, er ist in einer Grotte tief unten im Meer verschwunden und um dort hinein zu gelangen, muss ich einen Hund finden, der anstelle eines Schwanzes einen Obelisken trägt –«

»Halt, langsam, du redest mich ja ganz schwindelig!«, unterbricht der Troll sie, »Wen suchst du nun, einen Hund oder einen Mann mit Zylinder?«

»Den Zylindertyp!«, antwortet Alice schnell.

»Das ist kein Problem!«, ruft Humpelstelzchen stolz, schiebt zwei Gichtfinger zwischen seine gelben Zähne und stößt einen schrillen Pfiff aus. Augenblicklich taucht das Kaninchen aus einem Erdloch auf. Es schillert gerade purpurrot und fragt eifrig nach den Wünschen von Humpelstelzchen.

»Nee jetzt, wo kommt denn die Lichtorgel so plötzlich wieder her?«, entfährt es Alice. Humpelstelzchen grinst.

»Diese Prinzessin hier möchte gern den Zylinderträger treffen, um ihn etwas zu fragen.«, sagt Humpelstelzchen und setzt dabei eine sehr wichtige Miene auf. »Den Zylinderträger? Selbstverständlich! Ich werde die 'Prinzessin'«, kichert das Kaninchen, »sofort zu ihm führen. Eure Majestät, wenn ihr mir folgen wollt?«

Das langsam rot werdende Kaninchen macht eine tiefe Verbeugung und eine ausladende Bewegung mit seiner Vorderpfote.

»Oh nein!«, ruft Alice mit entschiedenem Kopfschütteln, »Mit diesem Hoppelmonster gehe ich keinen Schritt mehr nirgendwohin. Dabei ist bisher auch nichts Gescheites rausgekommen. Es zückt nur wieder seine abgedrehten Taschenuhr und jagt mich wer-weiß-wohin!«. Alice lässt sich trotzig auf den Boden plumpsen und schiebt die Unterlippe vor.

»Weißes, äh rotes, äh grünes, äh blaues – verflixt, lass sofort diese albernen Spielereien, Kaninchen, sonst nehm ich dir die Farbpatronen aus dem Hinterteil und du kannst den Rest deiner Tage transparent umher hupfen!«, schimpft Humpelstelzchen verärgert. Das Kaninchen wird augenblicklich schwarz wie die Nacht und senkt den Kopf.

»Ich werde Prinzessin Alice ohne Umwege direkt zum Zylinderträger bringen, das verspreche ich!«, erklärt das schwarze Kaninchen und hebt die rechte Pfote, die ganz vorne an den Krallen schon wieder lila zu werden beginnt.

»So soll es sein!«, verkündet Humpelstelzchen, »Aber zuerst sammeln wir Fliegenpilze!«

»Fliegenpilze sammeln! Wird gemacht!«, ruft das Kaninchen und auf seinem roten Fell erscheinen weiße Punkte. Es wuselt hektisch davon und reißt wahllos jeden Pilz, den es finden kann, aus den Boden. Alice schüttelt den Kopf, Humpelstelzchen schnauft ärgerlich.

»Doch nicht so, du stummelschwänziges Chamäleon!«

Humpelstelzchen zieht dem Kaninchen die Taschenuhr aus der Westentasche und hält sie ihm vor die Nase. Das Zifferblatt zeigt einen mächtigen Nadelbaum, unter dem zahlreiche, prächtige Fliegenpilze wachsen.

»Lies die Koordinaten ab und bring uns dahin!«, fordert Humpelstelzchen das erschrockene Kaninchen auf.

»Äh ja, natürlich!«, stottert das Kaninchen und eilt davon. Der humpelnde Wicht und Alice haben Mühe, hinterher zu kommen. Als sie die gesuchte Stelle erreicht haben, sammelt Alice die Pilze in ihrem hochgeschlagenen Rock. Humpelstelzchen leckt sich bei dem Anblick gierig die Lippen und ein zähe Speichelspur kriecht seinen Mundwinkel herab. Alice kräuselt angewidert das Näschen.

»Und wo ist nun mein Zylindertyp?«, fragt sie rasch. Humpelstelzchen kann seinen Blick nicht abwenden und schweigt, das tannengrüne Kaninchen holt seine Taschenuhr hervor.

»Ich sehe sofort nach!«, versichert es eifrig.

»Aha, da haben wir ihn schon!«, stellt das Kaninchen fest und zeigt Alice das Ziffernblatt. Erleichtert sieht Alice, dass der Zylinderträger sich nicht mehr unter Wasser befindet, sondern an Bord eines altertümlich aussehenden Piratenschiffs.

»Wo ist das?«, fragt sie neugierig.

»Das ist die 'Schwarze Perle', ein altes Piratenschiff, wahrscheinlich besucht der Zylindermann seinen Freund Hans Spatz, den gefürchteten Piratenkapitän«, erklärt Humpelstelzchen mit immer noch leuchtenden Augen.

»Kaninchen, sieh gleich mal nach, wann die 'Schwarze Perle' den nächsten Hafen anläuft!«, befiehlt er.

Eifrig tippt das Kaninchen sofort auf der Taschenuhr herum.

»Heute Abend!«, antwortet es rasch.

»Das schaffen wir leicht«, erklärt Humpelstelzchen Alice, »Da kann ich noch ganz gemütlich meine Pilze braten. Kaninchen, mach ein Feuer! Und wir zwei Hübschen machen es uns gemütlich«, raunt Humpelstelzchen Alice mit lüsternem Grinsen zu. Als Humpelstelzchen schmatzend alle Pilze vertilgt hat, brechen das Kaninchen und Alice auf. Humpelstelzchen bleibt zurück, er wäre zu langsam und würde die Reise nur behindern, erklärt der Wicht und wirft Alice einen letzten gierigen Blick zu. Das Kaninchen blinkt wild in hellem Orange und löst sich zusammen mit Alice auf, um Bruchteile einer Sekunde später am Kai des Hafens zu stehen. Vor ihnen liegt die 'Schwarze Perle' vor Anker. Gespannt starrt Alice auf ein kleines Ruderboot, das sich langsam nähert.

»Da, da ist er! Ich erkenne den Zylinder!«, ruft Alice aufgeregt.

»Ja, und der Mann, der rudert, das ist Kapitän Spatz«, erklärt das Kaninchen nervös, »Er soll sehr gefährlich sein.«

»Ach was«, lacht Alice und rennt den zwei Männern, die gerade den Kai betreten, entgegen. Verzückt starrt Alice den Mann mit dem riesigen Zylinder an.

»Gestatten, Johnny the Mad. Mit wem habe ich die Ehre?«, fragt der Zylinderträger mit einer galanten Verbeugung, bei der er seinen Hut elegant schwenkt. Alice fixiert das Objekt ihrer Begierde und muss sich beherrschen, um nicht gleich zuzugreifen.

»Alice«, stottert sie endlich, »Ich bin Alice und ich liebe Ihren Hut!«, schwärmt sie mit entrücktem Blick.

»Meinen Zylinder?«, lacht Johnny the Mad.

»Ja, er ist so wunderschön. Wo haben Sie ihn fertigen lassen?«, haucht Alice entzückt.

»Oh, den hat mir mein Freund Hans von einem seiner Beutezüge mitgebracht.«

Johnny the Mad umarmt den Kapitän und klopft ihm auf die Schultern.

»Aber er wird sicher nichts dagegen haben, wenn ich Ihnen den Zylinder schenke«, sagt Johnny the Mad und sieht Hans Spatz fragend an. Der schüttelt grinsend den Kopf. Johnny verneigt sich erneut und reicht Alice den Hut. Kaum hat Alice mit ihren Händen den ersehnten Zylinder berührt, löst er sich mit einem leisen *Puff!* in Luft auf und in Alice Ohren schrillt ein grelles Läuten.

Üppig rankende, gelbe Teerosen umwuchern Alice, ein süßer Blumenduft mit leicht zitroniger Unternote kitzelt ihre Nase. Diffuse Sonnenstrahlen tauchen das Blütenmeer in ein warmes Licht. Alice sieht sich schläfrig um. Sie braucht eine ganze Weile, bis sie begreift, dass die Teerosen nur auf ihre Bettwäsche gedruckt sind, der herrliche Duft dem Potpourri auf ihrem Nachttisch entströmt und das diffuse Licht von ihren zugezogenen Vorhängen herrührt. Alice räkelt sich, schüttelt lächelnd den Kopf und schwingt dann beide Beine aus dem Bett. Als ihre nackten Füße den Boden berühren, wundert sich Alice über den steifen, glatten Stoff, den sie unter ihren Fußsohlen spürt. Neugierig beugt sie sich hinunter und betrachtet verwundert einen großen Zylinder.

Nachtengel
Mirjam H. Hüberli

Du warst meine Heilung
Warst mein Geliebter
Mein bester Freund
Mein Halt
Mein Herz

Ich war deine Blüte
War dein Leben
Deine große Liebe
Dein Traum
Dein Engel

Eine unbändige Kraft beherrschte meinen Körper, raubte mir den Schlaf. Mein Herz raste, fand keine Ruhe. Ich konnte dieses Gefühl nicht deuten, nicht zuordnen. Meine Seele hat geschrieen, doch ich habe es nicht gehört. Sie schrie um Hilfe, aber ich nahm den Hilferuf nicht wahr, erfasste ihn nicht in all seiner Grausamkeit. Meine Seele schrie lauter, so laut, dass mein Körper sich in Taubheit hüllte. Ach, hätte ich nur verstanden ...

Ein Blick in die Zukunft und ich hätte unser letztes Gespräch niemals enden lassen, wäre an deiner Seite geblieben, bis der Himmel dämmert und der Mond seine Bahn vollendet. Uns verband eine Liebe, die so tief, ehrlich, treu und erfüllend war, wie man sie nur einmal im Leben finden kann. Du warst mein Fels in der Brandung, warst immer für mich da, teiltest jeden Gedanken, aber auch jedes Geheimnis mit mir, nahmst die Last von meinen Schultern, wenn sie mir zu schwer wurde, weintest mit mir den Schmerz aus meinem Körper, hieltest mir den Spiegel vor, wenn es nötig war, und entlocktest mir in jeder Seelenlage ein Lächeln.

Wer rechnet schon mit einem solchen Schicksalsschlag?

Sie sind auf dem Weg. Ich wittere ihre Feindseligkeit. Ihr heimtückisches Kalkül wird nicht fruchten. Doch sie werden nicht eher ruhen, bis mein Atem versiegt, mein Herzschlag verstummt.

Wieso bin ich in jener Nacht bloß gegangen? Was würde ich geben, um die Zeit zurück zu drehen, ein letztes Mal deiner rauen, wohltuenden Stimme zu lauschen, ein letztes Mal dein Lachen zu spüren, das so wunderbar ansteckend und heilsam wirkte, ein letztes Mal in deine honigbraunen Augen blicken, die wie kleine Sterne funkelten.

Wie ich dich vermisse!

Ich wäre geblieben bis zum bitteren Ende, hätte an deiner Seite gekämpft bis zum letzten Atemzug.

Ich verspreche dir, ich werde nicht ruhen, ehe ich deinen Tod gerächt habe – oder mich an deiner Seite wieder finde.

Ich höre Musik, lausche der Melodie in weiter Ferne. Sie spielen unser Lied. Leise und sanft sammeln sich die Klänge, liebkosen mich wie ein Flügelschlag. Tanzen mit den herabrieselnden Schneeflocken einen Walzer im Licht des Wintermondes. Doch sie verführen mich nicht mehr, sie zu erforschen, mich an sie zu schmiegen, mich mit ihnen im Einklang zu bewegen.

Du fehlst.

Jede Bewegung kostet mich Überwindung. Die einzige Bewegung ist die meines Herzschlags. Paradiesisch und wahrhaftig wie der leichte Flug eines Schattenfalters pulsierte das Organ, warst du an meiner Seite. Zerbrechlich und anfechtbar schlägt das Herz jetzt in meiner Brust. Meine Welt leuchtet nicht mehr hell, so wie sie vor mehr als einem Jahr erstrahlte. Mein Mondschein ist mir genommen, ein Teil meines Herzens ist mir entrissen worden. Ein anderer Teil meines Herzens bewahrt dich auf, behütet für den Rest meines Daseins, geschützt und unberührt.

Sie kommen näher. Ich höre sie, ich rieche sie. Sie hinterlassen Spuren. Ihre Unwissenheit verrät sie, und ich, ich bin bereit. Nicht nur bereit, ich erwarte sie mit Sehnsucht.

Ich kenne ihre Schwächen. Jeden Tag habe ich Nachforschungen betrieben, ihre Rituale studiert, ihre Gewohnheiten ermittelt und in meinen Notizen zusammengetragen, mir ihr Wesen, ihren Geruch und ihre Kleidung eingeprägt. Ich habe diese Hülle längst abgelegt. Sie sind mir fremd und doch so schrecklich vertraut. Die Bestien. Sie haben Angst, sind von Hass erfüllt und von Panik getrieben. Treten in Rudeln gegen uns an, feige und hinterhältig. Doch ich verwandle sie vom Jäger zum Gejagten. Heute Nacht wird es passieren. Ich werde dich rächen.

Meine Hände sind kalt. Die Kälte frisst mich allmählich auf und mit ihr erlöschen die letzten Funken der Erinnerungen an meine Menschlichkeit.

Unendlich viele Winter sind verstrichen, seitdem du mir neues Leben schenktest, ein Jahr ist vergangen, seitdem ich dich tot auffand. Dein Blut tränkte den Schnee unter deinem leblosen Körper, verfärbte das reine Weiß in ein tödliches Blau.

Nicht mehr viel Zeit trennt das Jetzt und mein Aufeinandertreffen mit den Bestien. Eines muss ich ihnen lassen, sie sind hartnäckig. Seit deinem qualvollen Tode suchen sie nach mir. Dein letzter verzweifelter Schrei hat sie aufhorchen lassen. Ich hörte, wie du meinen Namen riefst. Dieser Aufschrei sucht mich jeden Tag aufs Neue heim. Wie ein Nachklang hallt er in meinem Inneren wieder. Er verblasst nicht wie die Erinnerung an dich, an dein Gesicht, deine Bewegungen, und deine zärtlichen Berührungen.

Wieso verblasst er nicht?

Bald sind sie bei mir. Der Wind trägt ihren verräterischen Geruch zu mir, getränkt mit Furcht, einer gehörigen Prise Aggression und einem lächerlichen Hauch von Übermut, berührt fahl meine Haut, umspielt mein Gesicht, flüstert mir mit seinem süssen Winterhauch zu: Sie kommen. Nicht mehr lang und sie sind bei dir.

Du hast mich gelehrt, die Angst zu beherrschen, weißt du noch?

Niemand war für mich da, keiner hat mich vermisst. Du hieltest mir deine Hand entgegen, als ich sterbend auf dem Waldboden lag, halb mit Laub verdeckt und zugescharrt wie ein Stück Dreck. Er dachte, ich wäre tot. Nicht mal die Mühe hat er sich gemacht, meinen nackten Körper gänzlich zu verdecken, geschweige denn, mir ein menschenwürdiges Grab zu bieten, nachdem er mich für seine Gier benutzte. Das war das Ende. Das Ende meiner Menschlichkeit.

Du gabst mir meinen Lebenswillen zurück. In dieser Nacht hast du die Spuren meines gebrochenen Herzens verwischt, brachtest es zum Knospen, zum Blühen und schenktest mir das Leben. Dein Leben. Dein Herzschlag durchrieselte meine Adern, beflügelte und labte mich. Ich riss das falsche Kleid von mir und mit ihm meine Vergangenheit, meinen Schmerz, meinen irdischen Mantel.

Dunkel leuchtete deine Seele, glänzte, glühte, spiegelte in meinen Augen wie das Licht der Nacht, so wunderschön und unendlich.

Du hast mich gelehrt, die Wut, die in meinem Innern loderte und meinen Brustkorb beinahe zu zerbersten drohte, in tödlichen Kampfgeist umzuwandeln.

Du hast Liebe in meine kalte Seele gesät. Der Samen hat sich von deiner Energie ernährt. Ich hab dir meine Liebe geschenkt und du gabst mir dein Herz. Die Liebe gedieh, zum Pflücken bereit. Nun wuchert sie wie Unkraut, schmerzlich und unumstösslich, zurück gelassen, verlassen.

Pure Verachtung prallte dir entgegen, 'Auswuchs der Hölle' hatten sie dich genannt. Und wegen diesem Klang der Abscheu in ihren Worten gelobte ich, diese Bestien die Rache eines gebrochenen Herzens spüren zu lassen.

Ich bin bereit.

Bald sind sie da. Ich fühle ihren gehetzten Herzschlag, schmecke ihr ausgeschüttetes Adrenalin auf meiner Zunge. Ich werde sie leiden lassen. Auge um Auge, Zahn um Zahn. Deinen ganzen Stolz, deine ganze Kraft, deine ganze Magie haben sie dir genommen. Deine Flügel lagen ausgezerrt, verstümmelt neben deinem Körper. Blut klebte daran. Deine majestätische Gestalt in ein letztes blaues Bad getaucht, hilflos ausgeliefert und erniedrigt.

Ihre Menschlichkeit ist ihnen vorausgeeilt. So durchschaubar und berechenbar.

Wie ist es, Geliebter, dem Tode ins Auge zu blicken? Hast du in deinen letzten Atemzügen deiner Furcht freien Lauf gelassen?

Ich heiße den Tod willkommen, sehne ihn herbei. Mein Herz ist längst verloren, du nahmst es mit dir in den Tod. Ohne dich fühle ich mich leer. Der Tod blickt mich an. Hungrig. Schmachtend. Gierig. Doch ich bin es auch. Ich will an deine Seite, da gehöre ich hin.

Du warst mein Halt
Mein Geheimnis
Anziehend und mystisch
Verschlossen und verschwiegen
Ein Geheimnis, das birgt den Tod

Ich war dein Herz
Deine Liebe
Beglückend und zauberhaft
Unverstanden und verachtet
Eine Liebe, die birgt den Tod

Millennium
Carola Kickers

»Raubtiere, die ihrem Jagdinstinkt nachgehen, können nicht gnädig sein. Aber wir können es.«

Es waren die Worte eines netten jungen Mannes, die in dieser Nacht mein Schicksal besiegelten. In seinen Armen nahm ich Abschied von meinem bisherigen Leben.

Es war kurz nach der Jahrtausendwende, als sich viele Menschen überall auf der Welt für Esoterik und Parapsychologie zu interessieren schienen. Die Zeit der falschen Propheten hatte begonnen. Ich erinnere mich daran, dass dies schon irgendwo in der Bibel erwähnt wurde. 2012 schien ebenso ein Zauberwort zu sein. Ich persönlich hatte mich nie dafür interessiert. Allerdings – seit dem Millennium waren die Karnevalstage voll von Hexen, Zauberern, Teufeln und anderen mystischen Gestalten und es wurden jedes Jahr mehr. Alle waren sie damals auf der Suche nach einer Art Magie, die ihre rücksichtslose, kalte Welt besser machen sollte. Eine Welt, in der es wenige Reiche und Millionen von Armen gab. Jeder Arbeitsplatz wurde hart umkämpft. Um ihr Volk zu beschäftigen und von den wirtschaftlichen Problemen abzulenken, zettelten einige kleinere Staaten Bürgerkriege an. Unsere Währung verlor immer mehr an Wert und die Verzweiflung wuchs. Die Menschen tanzten lachend am Abgrund, wohl aus Angst vor einer ungewissen Zukunft.

Auch meine Zukunft schien damals ungewiss, ich war Ende dreißig, nach zwei gescheiterten Beziehungen eingefleischte Junggesellin und beruflich war auch nichts so, wie es sein sollte. Zwar hatte ich lange Jahre erfolgreich als Chefsekretärin in der Werbebranche gearbeitet, doch hintereinander hatten die Firmen Pleite gemacht, und ich war schon seit fast vier Jahren bei meinen Eltern im Geschäft tätig, was mich allerdings geistig weniger forderte.

Mein Leben schlich so dahin, in scheinbar festgefahrenen Bahnen. Leise wie auf Katzenpfoten verging die Zeit und ich hatte immer noch kein Ziel vor Augen.

In zwei Jahren würden meine Eltern in Rente gehen, das Geschäft verkaufen und ich würde wählen können zwischen Arbeitslosigkeit und minderwertigen Aushilfsjobs, denn bei so vielen Arbeitslosen standen die Chancen ab 40 trotz einer guten Ausbildung und vielen Jahren Berufserfahrung ziemlich schlecht. Also war auch ich auf der Suche nach etwas Unbestimmten und das schon ziemlich lange. Etwas, das mich aus dieser Starre befreien sollte. Heute glaube ich, dass ich es irgendwie angelockt habe. Und dann kam dieser Traum:

Ich saß wieder mal alleine mit meinen beiden Katzen und einem Glas Rotwein zu Hause und schaute fern. Die Zeit verging, das Glas leerte sich, ich schlief ein und träumte von einer seltsamen kleinen Stadt, in der sich mein Dasein für immer verändern sollte.

Am nächsten Morgen erinnerte ich mich genau an diese Vision, maß ihr jedoch keinerlei Bedeutung bei. Ich trank zwei Tassen Kaffee als Frühstück und fuhr wie gewöhnlich zum Geschäft. Seltsamerweise fühlte ich mich an diesem Tage richtig euphorisch und stritt mich nicht einmal mit meiner Mutter, die ja gleichzeitig meine Chefin war, über jede Kleinigkeit herum, wie es sonst so oft der Fall war.

Kurz nach Feierabend am späten Abend verließ ich den Laden. In der Dämmerung verspürte ich plötzlich ein Gefühl der Leere und eine Sehnsucht in meinem Herzen, die nach einer Entscheidung verlangte. Wieder kam mir dieser Traum in den Sinn und ich erinnerte mich an meine Gefühle und Worte darin. Doch der Alltag und die Gewohnheit holten mich bereits am kommenden Tag sehr schnell wieder ein und es folgte das Vergessen.

Ein halbes Jahr später sollte dieser Traum Wirklichkeit werden:

Gemeinsam mit zwei Freundinnen, Thea und Marie, fuhr ich in ein verlängertes Wochenende, nur ein paar Tage aus der Stadt raus, nichts Besonderes. Es war Sommer, die Luft roch verheißungsvoll und wir drei Mädels hatten gute Laune. Kurz nach Einbruch der Dunkelheit trafen wir in einem kleinen Ort ein, in der wir Zimmer für eine Übernachtung gebucht hatten.

Als wir am Ortseingangsschild vorbeifuhren, das nur wenige Sekunden von den Scheinwerfern unseres Wagens erfasst wurde, beschlich mich ein ungutes Gefühl. Das Gefühl, dass ich schon einmal hier gewesen war. Vom Dorf selbst war nicht viel zu erkennen. Es schien nur eine Hauptstraße und recht wenige Straßenlaternen zu geben. Die Silhouette eines Kirchturms ragte mahnend in den Himmel.

Auch der gemütliche Gasthof im altdeutschen Stil, der uns heute Nacht aufnahm, kam mir seltsam bekannt vor, ja, selbst die Gesichter der Gäste hatte ich schon einmal gesehen, oder etwa nicht? Ich schaute mich verwirrt um. Es gab keinen leeren Tisch mehr in diesem Gastraum.

Meine Freundinnen gingen zur Theke, um uns anzumelden. Ich setzte mich solange an einen Tisch, an dem mir gegenüber bereits drei junge Leute, zwei Männer und ein Mädchen, saßen. Sie grüßten mich freundlich, doch ihre Augen hatten einen seltsamen Ausdruck von Erwartung. Ich fühlte mich unwohl trotz ihres Lächelns.

Oberflächlich machten sie einen ganz normalen Eindruck, nur ihre Kleidung wirkte etwas altmodisch, wie aus den 80ern. Sie schienen mich zu beobachten, ganz besonders einer von ihnen: Er war gut aussehend, hatte dunkelblonde, halblange Haare und wissende grüne Augen mit fast mädchenhaften langen Wimpern.

Verlegen blickte ich mich nach meinen Freundinnen um, die sich angeregt an der Theke mit einigen der anderen Gäste unterhielten, doch ich konnte nicht hören, worüber sie sprachen. Alles schien in Ordnung zu sein. Im Hintergrund war Musik zu hören, nichts Modernes, sondern die traurige Ballade 'Bridge over troubled water'.

Die Gaststätte wirkte durch die kleinen Gruppen von Gästen nahezu überfüllt. Fast alle waren zwischen Anfang 20 und Mitte 40. Ich hatte das Gefühl, in einer Art Fernsehwerbung zu sein: Alle sahen hübsch aus, wirkten sympathisch, fast zu normal. Etwas irritierte mich. Keiner der Anwesenden rauchte. Es gab auch keine Aschenbecher auf den Tischen und keiner von ihnen trank etwas, das aussah wie Bier oder Wein. Einige hielten zwar silberne Becher in den Händen, doch deren Inhalt konnte ich nicht erkennen.

Ich wunderte mich im Stillen darüber, dass keine älteren Leute anwesend waren, wie es in dieser Art Gasthöfen oft der Fall war. In diesem Augenblick richtete der junge Mann an meinem Tisch das Wort an mich. Er hatte mich die ganze Zeit mit seinem Blick nicht losgelassen. Es schien, als ob er meine Gedanken lesen konnte.

»Wir altern nicht«, sagte er schlicht.

Seine Stimme war sanft und irgendwie hypnotisch. Ich blickte ihn etwas ratlos an und er lächelte wieder. Dabei fiel mir auf, dass seine Begleiter unseren Tisch verlassen hatten und ich ganz allein mit ihm war. Die Situation war mir unangenehm.

»Wir müssen noch unsere Taschen aus dem Wagen holen«, sagte ich schnell, um einen Vorwand zum Gehen zu haben, doch er legte rasch seine Hand auf meinen Arm und hielt mich zurück.

»Ihr braucht euer Gepäck nicht mehr. Du weißt es doch.«

Ich blickte ihn wieder verunsichert an, spürte, wie zugleich eine panische Angst meine Wirbelsäule hochkroch. Ich war fasziniert von diesem Jungen mit den grünen Augen, gleichzeitig wollte ich weglaufen, raus aus diesem merkwürdigen Dorf. Stattdessen blieb ich wie angewurzelt sitzen.

Wie ein Netz zog sich etwas Unsichtbares um mich zusammen, wob mich ein in einen Kokon aus Beklommenheit, Neugier und lauter unbekannten Gefühlen. Eines davon war das

Gefühl, angekommen zu sein. Aber wo?

Mein Gegenüber schien darum zu wissen, denn mit der gleichen Ruhe und Gelassenheit wie zuvor gab er mir die Erklärung, die Antwort, die ich in meinem Unterbewusstsein aus jenem Traum schon kannte.

»Wir sind Kinder der Dunkelheit. Wir alle. Bald wirst du verstehen.«

Ich wollte etwas erwidern, laut lachen oder das Ganze als fürchterlichen Unsinn abtun, doch ich war unfähig, mich zu bewegen. Stattdessen hörte ich mich fragen: »Wirst du es tun?«

Er nickte.

»Du bist die einzige von euch, die freiwillig kommt und die eine von uns werden wird. Keiner der anderen wird dich anrühren.«

Noch bevor ich eine Frage stellen konnte, folgte eine Erklärung.

»Du hast deine Welt vor langer Zeit gewählt, als die Menschen dich immer wieder enttäuscht haben. Du hast dich so sehr gesehnt.«

Meine Gedanken rasten. Ich suchte nach einem Ausweg. Alles, was ich bis dahin über diese Geschöpfe gelesen oder gehört hatte, ging mir durch den Kopf und dazu noch weitere tausend Fragen. Welche Möglichkeiten zur Flucht gab es? Welches Dasein erwartete mich? Waren sie wirklich so grausam? So, wie ich sie jetzt sah, erschienen sie mir weniger als blutrünstige Wesen, denn als hungrige Tiere. Es stand jedoch fest, sie würden keine von uns entkommen lassen. Bei den vielen Gästen würde ich nicht einmal bis zur Tür kommen, noch weniger würde man mich durchlassen, um meine Begleiterinnen an der Theke zu warnen. Trotzdem akzeptierte irgendetwas in mir die ganze Situation, denn es erschien nur logisch, dass man nicht nur an das Gute und an Engel glauben konnte und dabei das Dunkle verleugnete. Es gab kein Licht ohne Schatten.

Ich hörte trotz des Gesprächslärms ferne Kirchenglocken läuten, und ein anderer Gedanke ergriff von mir Besitz: Ich musste Gott noch in dieser Nacht meine Seele anvertrauen, denn ich wusste nicht, ob ich Gott jemals wieder finden würde.

»Bitte, darf ich noch zur Kirche gehen?«, fragte ich den jungen Mann. Er schien zu überlegen.

»Die Zeit läuft uns davon«, sagte er nur.

Ich war verzweifelt und legte meine Hand auf die seine.

»Bitte, bring mich dorthin, du brauchst ja nicht zum Altarkreuz zu gehen. Es ist doch erst dreiundzwanzig Uhr.«

»Es gibt dort drin schon lange kein Kreuz mehr«, meinte er fast spöttisch. Dennoch verstand er mein Flehen.

»Komm mit!«

Wir standen auf. Ich schaute nochmals hinüber zu meinen Freundinnen, aber die vielen Leute, oder was auch immer sie waren, verdeckten sie. Der junge Mann schob mich sanft durch die Gäste hindurch, die mich neugierig und wissend musterten. Dann gelangten wir ins Freie. Die Nacht roch nach Blumen und die Luft war kühl und wirkte seltsam befreiend. Noch einmal regte sich in mir kurz der Wunsch, zu fliehen. Ich bemerkte, dass unser Wagen, den wir vor dem Lokal geparkt hatten, verschwunden war. Gleichzeitig wusste ich, dass ich Thea und Marie wohl nicht wieder sehen würde.

Ein LKW fuhr auf der Hauptstraße stadtauswärts an uns vorbei und noch einmal war ich versucht, zu schreien, hinterher zu laufen oder irgendetwas zu tun. Aber innerlich hatte ich mich bereits dem Kommenden ergeben.

Mein Begleiter hatte mich an die Hand genommen und ging stumm mit mir durch die schlecht beleuchteten Straßen bis zu einem kleinen Marktplatz, hinter dem sich die Kirche befand. Einige Stufen führten zum Portal hinauf. Ich zitterte. Mein Vorhaben schien vergessen. Wir blieben stehen. Wie selbstverständlich nahm mich der Unbekannte in die Arme. Ich wagte nicht, ihn anzuschauen. Mein Herz raste vor Angst vor dem, was geschehen würde. Dann sagte er jenen Satz, den ich nie wieder vergessen sollte. Er hatte Recht. Seinen Biss spürte ich kaum und ich begann, die Nacht zu lieben. Das war im Sommer 2012.

Katzenzorn
Ulrich Spottke

Die gelben Raubtieraugen der Katzenfrau zogen sich zu schmalen Schlitzen zusammen und gleichzeitig öffnete sich die schlitzförmige Iris, um mehr von dem wenigen Mondlicht einzulassen. Der Kopf mit den spitzen Ohren schob sich vorsichtig über den Rand der Schlucht und spähte in die Finsternis. Mit ihrem feinen Gehör nahm sie die geringsten Geräusche wahr; das leise Schaben des Sandskorpions, die Schwingen des Nachtfalken hoch oben in der klaren Luft und die fremden Stimmen dort unten zwischen den gewaltigen Felsformationen des Gronder Berglandes.

Das Heer der Huniter lagerte auf dem Grund der Schlucht, um sich vor dem schneidenden Wind aus der Wüste zu verbergen. Die Steppenreiter hatten zum Schutz vor der Kälte der Nacht zusätzlich ein paar Feuer entzündet, und vielleicht fürchteten sie auch die Tiere des Berglandes. Die Katzenfrau unterdrückte ein verärgertes Fauchen. Sie fürchteten sich nicht genug. Bald würden sie Grund haben, sich zu fürchten.

Systematisch erfasste die Katzenfrau – oder Jinthee, wie sie in ihrer Heimat, den fernen Wüsten von Vuld, genannt wurde – die Anzahl der fremden Krieger am Boden der Schlucht. Es mochten an die zweitausend von ihnen sein, die sich aus den Steppen von Hun aufgemacht hatten, um die reichen Städte von Hillenien zu plündern. Kaum war die kaiserliche Armee weit genug entfernt, hatten sich diese Barbaren wie ein Rudel räudiger Aasfresser gesammelt, die Grenzbefestigungen überwunden, die Stadt Chakol überrannt und waren mordend und plündernd immer weiter nach Süden vorgedrungen. Keine Burg und kein Kontingent der verbliebenen kaiserlichen Truppen vermochte, sie aufzuhalten. Khan Vulthu persönlich führte die Stämme an, und schon bedrohten sie die heilige Oase von Calliope und sogar die ewige Stadt Hillenas schien in Gefahr. Niemand wusste, was zu tun war. Der Kaiser kämpfte irgendwo im hohen Norden einen Krieg gegen irgendeinen Zauberer und könne seinem Volk nicht zu Hilfe eilen, so sagte man. Die ersten reichen Händler und hohen Beamten verließen die Stadt in Richtung Dorr, Hirr oder gar über das Meer nach Altan oder Condoror. Opfer wurden den Göttern gebracht. Unablässig brannten die Opferschalen und das Blut der Schafe, Ziegen und sogar Ochsen rann in Strömen, und doch kamen die Steppenreiter der Huniter von Tag zu Tag näher und die Verzweifelung nahm zu.

Die Katzenfrau hatte genug gesehen und glitt leise wie der Wind in den Schutz großer Felsen und dürren Gestrüpps. Die Monde wurden immer wieder von dicken Wolken verdeckt. Nur ein paar vereinzelte Sterne sandten spärliches Licht zur Erde. Für die Jinthee war das kein Problem, konnte sie doch im Dunkeln hervorragend sehen, aber die Menschen dort unten waren in der Nacht vergleichsweise so gut wie blind. Das würde sie sich zu nutze machen.

Das sie umgebende Bergland wurde von den wieder auftauchenden Monden in ein bleiches Licht getaucht. Der Stein wirkte blaugrau und die Schatten dazwischen wurden undurchdringlich. Die Katzenfrau wusste, dass dieses Land im Licht des Tages die Farbe gelben Sandes hatte und die Bergflanken rostbraun und in verschiedenen Ockertönen leuchteten. Im Dunkel der Nacht jedoch hatte alles seine Farben verloren und der getigerte Pelz der Katzenfrau verschwamm mit den Schatten der Felsen, so dass nur ein sehr geübtes Auge die Bewegung der Jinthee hätte wahrgenommen können.

Sie huschte zwischen die Felsen. Ihr Geruchssinn hatte die anderen Katzenfrauen längst gewittert und sie fand sie dort, wo sie sie verlassen hatte. Erwartungsvoll stand die Gruppe hinter den Gesteinshaufen. Dutzende von gelben Augen blickten sie an. Sie wusste, worauf ihre Schwestern warteten und ihr wurde ganz flau im Magen. Sie hatte schon früher Krieger in den Kampf geführt, aber damals, in den Wüsten von Vuld, ging es um ihr Überleben und den Schutz ihrer Heimat. Worum ging es diesmal? Sie wusste es nicht genau – und das machte ihr Angst. Wie sollte sie ihre Schwestern überzeugen, wenn sie selbst nicht überzeugt war?

Eine große Katzenfrau, die ein silbernes Kettenhemd und einen schmalen Krummsäbel trug, trat vor.
»Wie viele sind es, Relenia?«, wollte sie wissen.
Relenia senkte ein wenig den Blick.
»Mindestens *vohnihn*«, antwortete sie, wobei sie die hillenische Zahl benutzte. Von den versammelten Katzenfrauen stieg ein aufgeregtes Gemurmel auf.
»So viele!«, stieß die hochgewachsene Jinthee aus. Sie hatte im Gegensatz zu Relenia keinen getigerten Pelz, sondern einen so schwarz wie die Nacht, lediglich mit weißen Spitzen an den Ohren.
»Du hast gesagt, wir würden mit ihnen fertig werden!«
Einige der Katzenfrauen miauten leise und wichen zurück. Waffen wurden zaghaft gesenkt.
»Das werden wir, Pandoria!«, fauchte Relenia und ging auf ihre Gegenüber zu. Sie straffte sich und wusste, dass sie sich jetzt keine Blöße geben durfte.
»Sie rechnen nicht mit uns. Erst gestern haben sie die Streitmacht, die man ihnen entgegengeschickt hatte, bis auf den letzten Mann niedergemacht. Deren Köpfe zieren ihre Speere. Jetzt sitzen sie um ihre Feuer und denken, der Weg nach Hillenas sei frei, aber das ist er nicht. Wir sind noch da!«
»Ja, aber wir sind noch nicht einmal zweihundert!«, gab Pandoria zu bedenken, »Das reicht nicht!«
»Wir sind Jinthee«, erwiderte Relenia stolz und reckte das Kinn vor, »Wir sind über ihnen, noch bevor sie etwas bemerken. Die Nacht ist unser Verbündeter. Wir werden sie bestrafen für

das, was sie getan haben!«

»Uns haben sie nichts getan«, entgegnete Pandoria und erntete zustimmendes Gemurmel, »Was schulden wir den Hilleniern? Sollen sie doch hinter ihren Mauern verbrennen, dann können wir vielleicht wieder nach Hause zurück. Was sind wir Besseres als die Sklaven, die tagein, tagaus die Drecksarbeit für ihre hillenischen Herren tun müssen?«

»Sie haben uns immer gut behandelt in all den Jahren«, antwortete Relenia, doch es klang wie eine müde Ausrede.

»Wir sind nichts anderes als Geiseln, damit unser Volk Frieden hält«, erwiderte Pandoria.

Relenia nickte. Seit sechs Jahren waren sie und ihre Schwestern nun schon Geiseln am hillenischen Kaiserhof. Nach der Niederlage des Katzenvolkes bei den Pyramiden von Condoror hatte der Kaiser verfügt, dass tausend jungfräuliche Jinthee ihn und sein Heer nach Hillenien begleiten und als Unterpfand für das Stillhalten ihres Volkes am Hof von Hillenas leben sollten. Es ging ihnen gut dort. Sie konnten sich frei bewegen und sie wurden mit Respekt behandelt – aber Pandoria hatte recht. Sie waren und blieben Gefangene.

Relenia hob den Blick. Rund zweihundert ihrer Schwestern waren ihrem Aufruf gefolgt – alles mutige Kämpferinnen. Sie selbst hatte den Gedanken nicht ertragen können, tatenlos herumzusitzen, nachdem eine Legion nach der anderen von den Hunitern abgeschlachtet worden war. Sie hatte viele Freunde unter den Zenturi der hillenischen Garde – und nun würde sie viele von ihnen nie wieder sehen. Zuletzt hatte die Kaiserin dem Zug der Jinthee zugestimmt und sie mit Waffen und Panzern ausgerüstet. Was hatte sie auch dabei zu verlieren?

Der Blick der Katzenfrau schweifte über die versammelten Jinthee. Die meisten waren in leichte Kettenrüstungen oder Lederpanzer gehüllt und trugen kurze Speere oder Schwerter. Nur einige wenige konnten mit Pfeil und Bogen umgehen, doch Relenia sah auch ein paar ihrer Schwestern, die mit schweren

Armbrüsten bewaffnet waren. Feuerwaffen hatten sie keine, doch auch bei den Hunitern hatte sie keine dieser zwergischen Mordwerkzeuge entdecken können. Doch nun sah sie Angst in den Augen ihrer Schwestern. Die Huniter waren ihnen zehn zu eins überlegen. Das war eine gewaltige Übermacht – selbst für eine Jinthee, das musste Relenia zugeben.

»Denkt daran, was diese Barbaren unseren Schwestern in Chakol angetan haben!«, rief sie aus, »Sie wurden grausam gemartert. Am Schwanz wurden sie an einen wilden Ochsen gebunden und zu Tode geschleift.«

Wütendes Gemurmel und Gefauche wurde laut.

»Diese Hunde!«, schrie jemand. Fäuste wurden gehoben und Waffen geschwenkt.

»Glaubt ihr, ihr kommt ungeschoren davon, wenn sie Hillenas stürmen?«, fragte Relenia weiter.

»Wir könnten uns einfach aus dem Staub machen«, schlug Pandoria grinsend vor, »Die Kaiserin war so nett, uns sogar Waffen zu geben. Wir schlagen uns bis nach Hause durch.«

»Und wo willst du hin, Schwester?«, fragte Relenia höhnisch, »Wo sollen denn die Schiffe anlegen, wenn die Huniter die Häfen zerstört haben?«

Sie blickte einzelnen Jinthee ins Gesicht, worauf diese beschämt die Augen nieder schlugen.

»Kennt irgendjemand von euch den Weg nach Hause? Weiß irgendeine, wie man ein Schiff steuert? Wie sollen wir ohne Zauberer an den Inseln der Hexenschwestern vorbeikommen? Nein! Hier wohnen unsere Freunde, die es zu beschützen gilt. Dies ist jetzt unsere Heimat, die wir verteidigen müssen und unser einziger Weg nach Hause führt über die Leichen dieser Barbaren dort unten!«

Sie deutete mit ihrer krallenbewehrten Hand in die Dunkelheit in Richtung Schlucht.

»Wir können uns nach Norden wenden«, Pandoria ließ nicht locker, »Dort soll es auch Häfen geben, die die Huniter nicht zerstört haben.«

»Von diesen Gegenden weiß ich nichts, und es sind sicher nicht mehr als Gerüchte, die du gehört hast«, gab Relenia zurück, »Ich weiß nur, dass die Huniter genau von dort gekommen sind. Es wird sicherlich noch mehr von ihnen in dieser Richtung geben. Außerdem sagt niemand, dass die Menschen im Norden uns freundlich gesonnen sind.«

»Ich habe gehört, dass die nördlichen Reiche derzeit in einen furchtbaren Krieg gegen einen bösen Zauberer verwickelt sein sollen«, gab eine weitere Katzenfrau mit dunkelgrau gestreiftem Fell und weißen Händen zu bedenken, »Das ist auch der Grund, warum der Kaiser nicht hier ist. Er kämpft auf Seiten der Könige des Nordens gegen den Zauberer und seine Koboldhorden, sagt man.«

»Da habt ihr es gehört!«, Relenia erhob ihre Stimme, »Wir würden nur von einem Krieg in den nächsten stolpern. Was soll uns das bringen, außer dass wir fern von unseren Wohnungen und unseren Freunden sterben würden? Wenn ich die Wahl hätte, würde ich lieber hier und bei dem Versuch, diese Wohnungen und Freunde zu beschützen, sterben.«

Wieder erntete Relenia zustimmendes Gemurmel. Mit hoch erhobenem Haupt trat sie vor Pandoria und blickte sie an. Die schwarze Katzenfrau war fast einen Kopf größer als Relenia, sodass diese den Kopf in den Nacken legen musste, doch irgendwie wirkte die kleinere Jinthee größer und mächtiger. Nur halb unterdrückte Wut und Kampfesfreude sprühte aus den Augen mit den schlitzförmigen Pupillen.

»Was sagst du?«, fragte sie herausfordernd.

Pandoria blickte sich um. Die Stimmung war umgeschlagen. Die meisten ihrer Schwestern hatten sich unzweifelhaft auf die Seite von Relenia geschlagen. Sie schienen fest entschlossen, zu kämpfen und kämpfend unterzugehen. Pandoria hielt das alles nach wie vor für Wahnsinn, aber sie konnte jetzt nicht mehr zurück. Sie grinste Relenia an, wobei sie ihre erschreckend spitzen Fangzähne zeigte.

»Ich gehe mit dir, Schwester. Dein Vorhaben ist eine einzige Torheit, aber gerade deswegen gefällt es mir.«

Sie fauchte angriffslustig und schwenkte ihren Säbel.

»Wann geht es los?«

Relenia zog ihre Krallen wieder ein und ließ den toten Huniter lautlos zu Boden gleiten. Sie hatte ihre Schwestern auf beiden Seiten der Schlucht verteilt und mittlerweile waren die Wachen sicher schon beseitigt. Sie selbst wollte sich gemeinsam mit Pandoria und fünf weiteren Jinthee zu den eingepferchten Pferden schleichen. Die Tiere würden die Katzenfrauen aber sicherlich wittern, unruhig werden und möglicherweise die Wachen warnen, weswegen sie auf die Unterstützung der Bogen- und Armbrustschützen am Rand der Schlucht angewiesen war. Langsam huschte sie geduckt auf den nächsten Wachtposten zu.

»*Ga Toh*?«, rief der Huniter in die Dunkelheit und hob seinen Speer. Gerade hatte er gedacht, einen Schatten gesehen zu haben, der sich an dem Pferch zu schaffen gemacht hatte. Die Pferde waren ungewöhnlich nervös, schnaubten und wieherten ängstlich. Ob sich ein *Wrolf* und *Bhaer* hier herumtrieb? Der Steppenreiter bemerkte, wie sich trotz der Kälte der Nacht Schweiß in seinen Handflächen sammelte.

»*Ga Toh*?«, rief er erneut und schluckte anschließend. Normalerweise hätte sich einer seiner Kameraden längst melden müssen. Sein Kopf schwenkte von rechts nach links. Niemand! Hier stimmte etwas nicht. Er musste Alarm schlagen!

Der Schlag kam wie aus dem Nichts. Der Huniter erhaschte noch einen kurzen Blick auf ein Paar gelber Augen und blitzenden Stahl, als sein Kopf auch schon den Rumpf verließ, noch bevor er Gelegenheit hatte, einen Schrei auszustoßen. Pandoria fauchte befriedigt. Sie schob das blutbesudelte Krummschwert zurück in die Scheide auf ihrem Rücken und machte sich wieder an die Arbeit, das Gatter zu entfernen. Die Pferde schnaubten und wieherten. Von der anderen Seite des Pferches erklangen Schreie und panikerfülltes Wiehern. Pandoria strengte sich an, um die Stangen schneller zu entfernen. Jetzt ging es erst richtig los!

Relenia wollte sich erneut von hinten auf einen der Posten stürzen, als dieser sich unvermittelt umdrehte und der Katzenfrau mitten ins Gesicht blickte. Für einen schrecklich langen Augenblick schauten sich die beiden Kontrahenten schweigend an. Der Mann trug einen Panzer aus mit Bronzeplättchen verstärktem Leder, einen mit Pelz verbrämten Helm auf dem Kopf und als Waffe einen langen Speer. Über seinen Schultern lag ein schwerer, roter Mantel. Er war noch jung und sah eigentlich recht hübsch aus. Die leicht geschlitzten Augen verliehen ihm ein exotisches Aussehen. Schwarzes Haar lugte unter dem Helm hervor.

Relenia reagierte zuerst und stieß mit ihrem Kurzschwert zu. Der Hunitcr parierte den Schlag mit seinem Speer und versuchte, der Katzenfrau den Schaft gegen den Kopf zu schlagen. Die Jinthcc fauchte und während ihre Rechte das Schwert schwang, zischte ihre Linke mit fingerlangen Krallen durch die Luft.

»*Eote! Jhimtee, et Dmonas!*«, fluchte der Huniter und versuchte, sich außerhalb der Reichweite der gefährlichen Krallen zu halten.

Relenia blieb stumm. Sie durfte sich nicht lange mit diesem Menschen aufhalten, denn ihr Kampf würde bestimmt nicht unbemerkt bleiben, und wenn erst das ganze Lager der Huniter in Aufruhr war, konnte sie ihren schönen Plan vergessen.

Mit einem Schrei stürzte sie sich auf den Mann, unterlief den Stoß des Speers und prallte mit voller Wucht gegen den Lederpanzer. Schreiend und fauchend stürzten sie zu Boden und rollten durch den Staub.

»*Medoh! Medoh!*«, schrie der Mann in höchster Not, »*Jhimtee! Jhimteeee!*«

Relenia rammte ihm ihr Schwert bis zum Heft in den Hals, um ihn zum Schweigen zu bringen, doch der Schaden war angerichtet. Von allen Seiten hörte sie die knirschenden Geräusche von Stiefeln, die schnell näher kamen.

Sie sprang auf, doch schon war sie von drei Männern umzingelt. Dunkel hoben sich ihre Silhouetten vom Nachthimmel ab. Die Jinthee reagierte, ohne zu zögern, hob den Speer ihres getöteten Gegners und schleuderte ihn dem ersten Gegner entgegen. Mit einem Aufschrei ging er zu Boden.

Die beiden anderen hoben ihre Speere. Schon zischte der Stahl Relenia entgegen, doch sie hatte damit gerechnet und wich der Waffe geschickt aus. Der zweite Gegner kam von rechts, sodass sie gezwungen war, den Stoß des Speeres mit ihrem Kurzschwert zu parieren.

»*Ghrumbah! Et Jihmthee*«, rief der Mann, als er Relenia als das erkannte, was sie war. Sie fauchte ihn zornig an und der Hunter wich angsterfüllt vor den messerscharfen Krallen und den spitzen Zähnen zurück.

Die Jinthee sprang zurück und machte die Schussbahn frei. Die Monde traten für einen Moment hinter den Wolken hervor, sodass die beiden Wachtposten für die Schützen auf dem Kamm der Schlucht gut zu erkennen waren. Bogensehnen sirrten und zwei Ticken später lagen die beiden Hunter tot im Staub. Je ein rot gefiederter Pfeil ragte aus ihrer Brust.

Sie dankte den Schützen auf dem Kamm mit einem kurzen Winken und wandte sich anschließend sofort dem Pferch mit den Pferden zu. Pandoria würde ihren Teil der Arbeit mittlerweile erledigt haben.

Sie sprang geschmeidig auf die Holme und die Pferde wichen ängstlich vor ihr zurück. Die Hengste schoben sich schnaubend und wiehernd und mit geblähten Nüstern schützend vor die Stuten. Relenia suchte sich ein besonders prächtiges Tier aus. Der Rappe war glänzend schwarz und sein Schweif und seine Mähne waren nicht geflochten oder gekappt, sondern wehten stolz im leichten Wüstenwind. Dies mochte das Ross eines hohen Häuptlings sein – oder gar das Reittier des Khans selbst? Der Gedanke gefiel der Jinthee, sodass sie sogar ein wenig grinste. Sie spannte ihre Muskeln und mit einem gewaltigen Sprung landete sie auf dem Rücken des Rappen, der sofort erschreckte und voller Panik durchging.

Relenia musste sich krampfhaft an der Mähne festhalten, um nicht abgeworfen zu werden. Trotzdem stieß sie ein kräftiges Fauchen aus, um die Herde noch mehr in Panik zu versetzen, doch das war gar nicht mehr nötig. Durch das Durchgehen ihres Leittiers und die unmittelbare Nähe der Raubtiermenschen gab es für den Rest der Herde kein Halten mehr. Donnernde Hufe ließen den Wüstensand erbeben.

Pandoria hatte mittlerweile das Gatter geöffnet.

»Reite, Relenia!«, schrie sie ihrer Kampfgefährtin zu und rannte mit den panischen Pferden um die Wette, »Reite, reite!«

Vulthu, der hohe Khan der Stämme von Hun, schlug die Augen auf. Der Boden bebte, was ihn seines Schlummers beraubt hatte. Aufgrund der Dunkelheit, die ihn umgab, wusste er, dass der Morgen noch nicht angebrochen sein konnte. Was war los? Noch verschlafen rieb er sich den kahl rasierten Schädel. Von jenseits der Zeltbahn drangen Schreie und das Rufen seiner Männer an sein Ohr. Verärgert und leicht besorgt warf er die Felle von sich und stemmte sich von seinem Lager. Die beiden halbnackten Sklavinnen rechts und links neben ihm grunzten noch im Schlaf und tasteten nach den wärmenden Decken.

Die Zeltbahn am Eingang wurde zur Seite geschleudert. Broschni, sein 1. Hauptmann, stürzte ins Zelt.

»Mein Kahn!«, schrie er, »Die Pferde! Wir werden angegriffen!«

Noch bevor Vulthu diese Botschaft richtig aufnehmen konnte, wurde das Zelt von einer Woge heranbrandender Pferdeleiber zu Boden gerissen. Broschni schrie und verschwand unter der alles zertrampelnden Welle der Hufe. Der Khan klammerte sich instinktiv an eine der schwankenden Zeltstangen fest. Die Zeltbahn fiel in sich zusammen und beraubte ihn augenblicklich jeglicher Sicht. Die schrillen Schreie seiner Sklavinnen gellten in seinen Ohren, als sie noch halb im Schlaf von den Pferdehufen zermalmt wurden. Fluchend versuchte er den schweren Stoff von seinen Schultern zu stemmen; bisher hatte ihn das Schicksal verschont. Bei Batushi! Was war hier geschehen?

Er tastete sich über den mit kostbaren Teppichen ausgelegten Boden. Von draußen waren noch immer Schreie zu hören und dazu ein grässliches Fauchen und Geräusche, die ihn an die Katzen seiner Heimat erinnerten, wenn man einen Schuh oder ein Stück Kaminholz nach ihnen warf. Er stieß auf den zertrampelten Körper seines Hauptmanns und tastete nach einem Schwert oder wenigstens einem Dolch. Er musste diese verdammten Zeltbahnen loswerden, bei Jagoschs brennenden Haaren! Unter dem Stoff war er verwundbar wie ein Kleinkind inmitten einer Herde wilder *Wrölfe*.

Seine Faust fand den Griff von Broschnis Schwert und zerrte es unter dem gefallenen Körper hervor. Mit einem Schrei stieß er die Klinge durch den schweren Stoff und sprang durch die so entstandene Öffnung. Zuerst konnte er vor lauter Staub und aufgewirbeltem Dreck kaum etwas sehen. Dann wirbelte ein Windstoß den Staubschleier zur Seite. Er erstarrte. 'Bei allen Göttern der *Terr*!', schoss es ihm durch den Kopf.

Relenia drückte dem großen Hengst ihre Schenkel an den Körper und riss an der Mähne, um ihn zum Stehen zu bringen. Gerade hatte die Herde das Ende der Schlucht erreicht und rannte nun immer weiter in die Wüste hinaus. Die Pferde waren so in Panik, dass sie gar nicht bemerkten, dass ihr Leittier stehen geblieben war. Der Rappe wieherte protestierend und versuchte, die Jinthee abzuschütteln, doch sie drückte nur noch fester zu und zwang ihn, wieder umzukehren.

Überall von den Hängen erschienen ihre Schwestern wie

Wüstendämonen und stürzten sich auf die verwirrten und überraschten Huniter. Diejenigen, die die Stampede der wild gewordenen Herde unbeschadet überstanden hatten, wurden noch im Aufstehen erdolcht oder von den Krallen der Katzenfrauen zerfetzt. Das Klirren von Metall, schrille Schreie, Fauchen oder wilde Flüche in der fremden Sprache der Huniter erfüllten die Luft.

Unweit von Relenia entfernt erhob sich ein Mann aus den zerknüllten Stoffbahnen eines prächtigen Zeltes. Er war bis auf ein Lendentuch nackt und trug ein prächtiges Krummschwert in der Hand. Sein Kopf war rasiert und die Enden seines Schnauzbartes ragten bis unter sein Kinn. Er starrte Relenia an und der hasserfüllte Blick aus seinen schwarzen Augen nahm diese als Aufforderung zum Kampf auf.

»Ha!«

Sie rammte ihrem Pferd die Krallen ihrer Füße in die Flanken, sodass es mit einem schrillen, schmerzerfüllten Wiehern nach vorne sprang. Ihr Schwert hoch über dem Kopf preschte sie auf den Huniter zu, der sein Krummschwert mit beiden Händen über seiner linken Schulter hielt.

Kurz bevor die Jinthee ihren Gegner erreichte, duckte er sich unter dem Schlag hinweg und sein Schwert brachte den Hengst zu Fall. Die geschundene Kreatur schrie schrill auf und stürzte sofort zu Boden. Relenia wurde in hohem Bogen vom Pferd geschleudert, überschlug sich in der Luft, landete aber instinktiv auf allen Vieren – doch sie hatte ihre Waffe verloren.

Vulthu näherte sich ihr. Die Schwertspitze ruhte auf seinem Unterarm und zeigte direkt auf das Gesicht der Jinthee. Mittlerweile hatte er das ganze Ausmaß der Katastrophe aufgenommen. Seine Männer waren tot oder zerstreut, seine Pferde in wilder Flucht in der Wüste verloren. Sein Traum, die Reichtümer Hilleniens zu besitzen und Herr über das Reich zu werden, war zerplatzt wie eine Seifenblase. Jetzt war er entschlossen, dieses Katzenweib dafür büßen zu lassen. Mit einem Schrei auf den Lippen griff er an.

Relenia zuckte vor der Schwertspitze zurück. Der Stahl kappte fast eines ihrer Tasthaare und sie konnte noch das Öl auf der Klinge riechen. Ihre Krallen zuckten vor und kratzen über den ausgestreckten Arm des Khans. Schmerzerfüllt zog er seinen Schwertarm wieder an sich. Seine Augen sprühten vor Hass. Angespannt umkreisten sich die Kontrahenten. Relenia leicht gebückt, die Finger mit den ausgefahrenen Krallen ausgestreckt. die gelben Raubtieraugen auf den Mann vor ihr gerichtet. Vulthu zeigte mit der Linken auf die Katzenfrau, während er das Schwert über seinem Kopf schwang. Jeder Muskel in seinem Körper war angespannt, trotzdem wirkten seine Bewegungen geschmeidig.

Wieder griff der Hunter an. Das Schwert beschrieb einen silbern glänzenden Bogen und schnitt tief in Relenias Unterarm, den sie schützend vor ihr Gesicht gehalten hatte. Zuerst spürte sie die Wunde nicht und warf sich gegen den Khan der Steppenreiter. Ihre Krallenhand stieß gegen seinen Körper und drang tief in die Bauchmuskeln ein. Vulthu schrie auf, schlug erneut nach der Jinthee und traf sie an der rechten Schulter, sodass erneut Blut spritze. Jetzt spürte Relenia auch den Schmerz, der sich wie mit glühenden Dolchen in ihrer Schulter und ihrem Arm ausbreitete.

Sie durfte jetzt nicht nachlassen. Lange würde sie den Kampf gegen das Schwert nicht mehr bestehen können. Fauchend sprang sie den Khan erneut an. Dieser hielt die Linke auf seinen blutenden Bauch gepresst. Der Körper der Katzenfrau füllte mit einem mal sein gesamtes Blickfeld aus. Augen, wie aus dem tiefsten Höllenschlund, starrten ihn an. Zähne und Klauen, spitz wie Dolche, rissen an seinem Fleisch. Das Schwert zuckte hoch und traf auf Widerstand. Ein schrilles Miauen drang an sein Ohr. Gleichzeitig wischten die Krallen durch sein Gesicht. Grässliche Schmerzen ließen nicht mehr zu, dass er das Schwert halten konnte. Eine warme Flüssigkeit rann ihm über das Gesicht. Bei Batushi und Grohl, er konnte nichts mehr sehen! Das war das Ende.

Voroni, der Häuptling der Jagomer, eines Stammes, der an den südlichen Küsten des großen Meeres von Hun lebte, erkannte den Khan, wie er blutend, und mit an das Gesicht gepressten Händen von einer ebenfalls taumelnden Jinthee wegstolperte. Die Gegnerin war offensichtlich auch verwundet, denn sie machte keine Anstalten, den Khan erneut anzugreifen, obgleich er jetzt der Katzenfrau nahezu schutzlos ausgeliefert war. Voroni hatte eines der wenigen Pferde, die nicht in der Wüste verschwunden waren, ergattert und auch ein paar Männer um sich geschart. Jetzt sah er seinen Khan in höchster Gefahr. Die Schlacht war verloren, das wusste er so gut wie jeder andere. Überall huschten diese verfluchten Katzenwesen wie Geister umher, und für jede, die sie töten konnten, fielen zehn Hunter. Schon ergriffen die ersten Männer die Flucht, nur um an den steilen Wänden der Schlucht ein unrühmliches Ende zu finden. Er stieß einen Schrei aus, um seine Männer auf sich aufmerksam zu machen. Sein Pferd machte einen Sprung nach vorne. Er musste jetzt den Khan retten.

Relenia keuchte. Der letzte Stoß hatte sie in die Brust getroffen und das Atmen bereitete ihr höllische Schmerzen. Fast bekam sie keine Luft mehr. Der Hunter taumelte von ihr weg. Die ganze rechte Seite seines Gesichts hing in Fetzen. Blut sickerte aus tiefen Wunden aus seinem Bauch. Sie hätte ihm jetzt den Rest geben können, wenn sie dazu in der Lage gewesen wäre, aber schon trübte sich ihr Blick und auch die Geräusche der Schlacht drangen nur noch gedämpft und stumpf an ihr Gehör. Alles rauschte in ihrem Kopf. Die Welt verschwand unter einem grauen Schleier und dann wurde es dunkel um sie.

Unerträgliche Schmerzen und grelles Sonnenlicht, das in den Augen stach, holten sie in die Welt der Lebenden zurück. Sie konnte nicht sagen, welcher Teil ihres Körpers ihr keine Schmerzen bereitete. Die Qualen waren nahezu unerträglich und sie wünschte sich die gnädige Ohnmacht zurück, aus der sie nun zu erwachen drohte.

Langsam schlug sie die Augen auf. Die Gesichter mehrerer Katzenfrauen starrten auf sie nieder. Sie lag noch auf dem steinigen Boden der Schlucht, soviel konnte sie erahnen. Die Sonne stand fast senkrecht, sodass so gut wie kein kühlender Schatten auf den Wüstenboden fiel. Sie hatte Durst. Ihre geschwollene Zunge fuhr über die aufgesprungenen Lippen.

»*Duschda*«, krächzte sie das vuldische Wort für Wasser und sofort hielt ihr jemand einen Schlauch mit einer lauwarmem Flüssigkeit an die Lippen.

»Langsam, langsam«, kamen die warnenden Worte einer schwarzbepelzten Jinthee, »Du hast eines deiner neun Leben verbraucht.«

Pandoria nahm den Schlauch von Relenias Lippen und warf ihrer Freundin einen halb besorgten, halb bewundernden Blick zu. Ihre Katzenaugen nahmen den fragenden Blick der Verletzten auf.

»Die Huniter sind besiegt«, berichtete Pandoria stolz, »Fluchtartig haben sie sich aus dem Staub gemacht. Die meisten ihrer Pferde werden sie nicht wieder finden.«

Sie grinste.

»Nicht viele werden ihre Heimat wieder sehen. Die Wüste wird ihnen den Garaus machen. Bei Ihris, die Götter waren auf unserer Seite.«

Sie grinste noch breiter.

»Der Dank der Kaiserin ist uns sicher. Jetzt muss sie uns unsere Freiheit schenken.«

»Was ist mit dem Krieger passiert?«, wollte Relenia wissen. Ihre Stimme kam nur krächzend über ihre Lippen, »Ich habe mit jemandem gekämpft.«

Pandorias Stirn zerfurchte sich.

»Seine Männer haben ihn in ihre Mitte genommen, kurz bevor wir dich erreichten. Er konnte uns entkommen, aber du hast ihn hart getroffen, dem Blut nach, das ihn bedeckte. Vielleicht ist er schon tot.«

Sie zuckte mit den Schultern.

»Er hat gut gekämpft. Trotzdem hoffe ich, dass ich ihm nie wieder begegnen muss«, kommentierte Relenia dies nur und schloss dann die Augen. Sie hatten gesiegt! Dieses Wissen ließ sie ihre Schmerzen fast vergessen. Nun würde sich alles zum Besten wenden. Sie hatten Hillenien gerettet. Das musste der Kaiser anerkennen und sie würden nach Hause zurückkehren können. Endlich!

Doch Sashda, die Heilerin, die nun Relenias Wunden versorgte, war ebenso eine Seherin, und aus der Form der Wunden erkannte sie, dass sich Relenia in ferner Zukunft mit diesem wilden Krieger noch ein zweites Mal würde messen müssen, doch sie blieb stumm und erzählte niemandem davon. Jetzt sollte die Kriegerin erst einmal zu Kräften kommen. Sie würde sie bald benötigen.

Ben
Nicole Schröter

6.03 Uhr. Der erste Flieger dieses Morgens setzt zur Landung an. Genervt drehe ich mich auf die Seite, greife nach dem kleinen Kissen und drücke es mir auf das freie Ohr. Nicht mal am Sonntag hat man seine Ruhe vor den Ungetümen. Dabei hatten wir uns so gefreut, Ben und ich, als wir das kleine Häuschen mit dem herrlichen Garten so günstig erstanden hatten.

6:08 Uhr. Das zweite Flugzeug des Tages donnert in Richtung Landebahn. Ich krieche tiefer unter die Decke. Meine Hand tastet nach Ben. Natürlich: Bens Atem geht ruhig. Er schläft wie immer tief und fest.

6:13 Uhr. Ein Dritter donnert am Himmel entlang. Ich seufze, setze mich auf. Die Blase ruft. Im Bad ist es kalt. Ich habe gestern Abend nach dem Duschen vergessen, die Heizung anzustellen.

6:15 Uhr. Durch den Lüftungsschacht dringt noch immer das Grollen der Maschine: Erst wird es leiser, entfernt sich, dann wieder lauter. Ich horche auf. Meine Ohren registrieren sofort, wenn etwas anders klingt. Sie sind immer in Alarmbereitschaft, seit wir hier wohnen.

6:16 Uhr. Ich höre das Schrammen von Metall auf Beton – dann, einen ohrenbetäubenden Knall. Ein Fenster splittert. Ich stürze in den Flur. Es ist das in der Küche. Es ist das, was Richtung Flughafen ausgerichtet ist. Oft standen Ben und ich an diesem Fenster und sahen den vielen Starts und Landungen zu, anfangs, als es noch neu für uns war, derart große Vögel fliegen zu sehen. Der Flughafen ist nicht zu sehen. Nur dichter, schwarzer Qualm steigt auf.

6:18 Uhr. Ich eile ins Schlafzimmer, zurück.

»Ben!«, rufe ich. Ben ist nicht da. Seine Bettdecke ist glatt gestrichen.

»Ach, Ben«, denke ich, »Was für ein ordentlicher Mann du

doch geworden bist.«

Ich höre die Fahrwerke eines Jumbos ausfahren. Vom Fenster aus kann ich ihn schon sehen. Er fliegt zu tief. Ich kann das hören. Ich renne zurück zum Küchenfenster. Ich höre, wie er wieder durchstartet. Er ist zu schwer. Er fliegt direkt in den schwarzen Rauch hinein, bis eine glühende Feuerkugel auch ihn in Stücke reißt.

Unser Häuschen hat keine Fenster mehr. Ich sehe Ben im Garten stehen. Er winkt mir zu, zeigt auf den Sitz, der im Beet liegt. Es ist ein Flugzeugsitz. Ich drehe mich um. Der Boden ist mit Splittern übersät. Ein paar davon sammle ich auf, vorsichtig, weiß aber nicht wohin mit ihnen. Also werfe ich sie wieder zu den anderen.

6:23 Uhr. Mit leisem Summen höre ich ihn kommen. Zu leise! Ich haste die Treppen hinunter und reiße die Stahltür zum Keller auf. Als ich in aller Eile versuche, sie hinter mir zu schließen, bebt die Erde. Ich werde die Treppe hinab geschleudert. Um mich herum ächzt und knirscht es. Direkt über mir explodiert die Welt. Meine Welt!

Ich kauere in völliger Finsternis, bedecke meine Ohren mit beiden Händen. Kein Kissen ist mehr da. Ich zittere und weine, leise und hilflos. Eine Hand legt sich auf mein Haar. Eine andere zieht mich sanft auf die Füße und führt mich sicher durch die Dunkelheit. Ich werde in einen Raum geleitet, den ich nicht kenne. Ein wärmendes Feuer erhellt den Raum. Ben lächelt mich an. Er setzt mich auf eines der dicken Felle. Sie sind echt. Ein Krug mit Wasser auf einem Hocker, daneben ein Laib Brot. Ben hat an alles gedacht und ich fühle mich zuhause, obwohl es keines mehr gibt. Wie konnte er wissen, dass so ein Unglück passieren würde? Die Welt schien doch in Ordnung. Woher kannte er diesen Raum in unserem Keller? Mir war er bisher verborgen geblieben. Es kommt mir fast so vor, als befänden wir uns in einer Höhle. Es ist, als hätte Ben alles vorausgeahnt und einen gemütlichen Unterschlupf für uns beide geschaffen.

Ich schmiege mich voller Dankbarkeit an ihn. Er nimmt mich fest in seine Arme und küsst mich, bis alle Angst einem Gefühl von Wärme und Geborgenheit weicht. Ich schließe die Augen und genieße den Moment.

7:00 Uhr. Als ich die Augen öffne, blendet mich helles Licht. Mein Kopf ist schwer und schmerzt. Vor mir steht eine fremde Frau. Sie ist rund und trägt einen weißen Kittel.

»Na, wie geht es uns heute?«

Sie lächelt mir freundlich zu. In meinem Kopf beginnt es fieberhaft zu arbeiten. Eben noch war die Welt explodiert, aber hier war alles sauber und weiß.

»Wer sind Sie?«, bringe ich mühsam hervor. Meine Zunge ist merkwürdig schwer.

»Ich bin Dr. Miles«, sagt sie und streicht mir eine Haarsträhne aus dem Gesicht, »Geht es Ihnen heute etwas besser?«

Ich denke nach und untersuche im Geiste meinen Körper. Alles scheint an seinem Platz zu sein. Nur das Herz schmerzt.

»Ben!«, durchfährt es mich, »Wo ist Ben?«

Plötzlich ist alles wieder da: Ben hatte einen Studienfreund in New York besucht. Ben hatte sie angerufen. Es hatte sich ganz nah angehört, obwohl er von so weit weg anrief. Wie ein kleiner Junge hatte er ihr von seinen Erlebnissen auf der anderen Seite der Erde berichtet. In vier Tagen würde er wieder bei ihr sein. Aber Ben war nicht zurück gekommen. Kurz nach dem Start schon war es passiert. Selbst sein Handy hatte augenblicklich den Empfang verloren.

Jäher Schmerz zerreißt mein Innerstes. Ich klammere mich am Metall des Bettes fest und starre Dr. Miles mit schreck geweiteten Augen an.

»Nein!«, flüstere ich, »Das darf nicht sein! Bitte! Nein!«

Dr. Miles drückt mir sanft die Schultern zurück in die Kissen.

»Hören Sie mir bitte zu!«, sagt sie, »Ich kann Ihnen gern noch ein weiteres Mal ein Beruhigungsmittel geben, aber irgendwann müssen Sie anfangen, zu lernen, mit der Wahrheit umzugehen. So schmerzlich es ist, Sie haben doch noch Ihr schönes Haus. Sicher hätte Ihr Mann sich gewünscht, dass Sie sich auch weiterhin dort zuhause fühlen.«

»Zu Hause!«, hallt es durch meinen Kopf. Das Ziehen in meinem Bauch lässt nach.

»Mein Zuhause ist noch da?«, frage ich.

»Aber ja!«

Dr. Miles sieht mich verständnislos an. Ich lächle.

»Dann war es also nur ein Traum«, überlege ich, »Oder etwa nicht?«

Ich fühle neue Kraft in mir. Ja, sogar Hunger kann ich wieder spüren. Als Dr. Miles am nächsten Vormittag nach mir sieht, wirkt sie erleichtert. Sie gibt mir eine Visitenkarte mit der Anschrift einer Selbsthilfegruppe für Angehörige. Ich bedanke mich und bin erfreut zu erfahren, dass ich in zwei Tagen nach Hause darf.

Die Sonne scheint durch das Fenster und wärmt mein Gesicht. Ich schließe die Augen. Mit einem Lächeln lehne ich mich zurück. Die Sonne malt ein rotgoldenes Licht hinter meine geschlossenen Lider.

»Wie das behagliche Leuchten eines Feuers«, denke ich.

In meinem Haus angekommen, hänge ich den Mantel an die Garderobe. Ich gehe in jedes Zimmer.

»Zu Hause!«, denke ich, und Zufriedenheit breitet sich in mir aus. Über dem Haus dröhnen die Triebwerke eines Flugzeugs. Der Lärm ebbt ab, dann ist es still. Alles ist so vertraut.

»Ben!«, schallt es in meinem Kopf. Ich gehe zum Kühlschrank, nehme mir eine Cola und blicke beim Trinken aus dem Fenster. Der Flughafen wird von der Nachmittagssonne angestrahlt. Ich stelle die Dose auf die Anrichte und gehe die Treppe wieder hinunter.

Die Stahltür zum Keller ist nur angelehnt. Einen Moment lang zögere ich, doch dann ziehe ich sie entschlossen auf. Ben hatte diese Tür einbauen lassen, eine Sicherheitstür. Man wisse ja nie, hatte er gemeint. Die Trauer übermannt mich, als die Tür hinter mir ins Schloss gleitet.

Scheinbar ziellos steige ich Stufe um Stufe abwärts in die kühle Dunkelheit. Auf dem letzen Absatz lasse ich mich erschöpft nieder, ziehe die Knie an, vergrabe das Gesicht in den Händen. Als eine Hand über mein Haar streicht, erschrecke ich nicht. Ich weiß, es ist Ben. Ich weiß, er wird mich nach Hause bringen. Nach Hause, wo bereits ein wärmendes Feuer auf uns wartet.

Melody
Sinje Blumenstein

Seit drei Wochen sitze ich Tag für Tag nach der Schule auf der abgewetzten Bank im Park. Der Wind, der über meinem Kopf tanzt, ist so warm wie das Lachen, an das ich denke. Drüben im Pavillon sitzt wie jeden Tag ein alter Mann, an den ich mich nicht erinnern kann. Er füttert die Krähen und beobachtet mich aus den Augenwinkeln. Kurz bevor ich die Augen schließe, weil sich meine Gedanken anfühlen wie grelle Sonnenstrahlen, sehe ich, Tag für Tag, wie er den Kopf schüttelt. Stundenlang sitze ich hier und denke an Melody.
Nur an sie.
Weil ich sie liebe.
Schon lange.
Noch immer.
Ich schließe die Augen, weil ich sie dann sehen kann, wie ich sie sehen möchte: Das Mädchen, mit dem ich vor fünf Jahren noch im Wald gespielt habe. Das Mädchen, das lachen konnte, auch wenn es sich mit dem langen, dicken Zopf im Gestrüpp verfing. Noch heute höre ich dieses silbrige Lachen, das ihr Tränen in die Augen trieb, bis sie moosgrün schimmerten wie der alte Waldsee.

Ich sitze auf der Bank und hebe die Hand, weil ich ihr sonnenblondes Haar aus den Zweigen befreien will. Dann spüre ich einen feuchten Kuss auf der Nase. Ich erinnere mich an Melodys Blick, der mich intensiv durchfuhr und erschaudern ließ.

»Ich liebe dich, aber nur bis zum Mond und nicht weiter«, höre ich sie sagen. Ich schmecke Preiselbeeren von ihren Lippen. Die Erinnerung an den einzigen Kuss hat einen bitteren Nachgeschmack, denn das Mädchen entgleitet mir, bevor Melodys Kichern verklingt und ich die Augen aufschlage.

Wie jeden Tag sehe ich, dass der Mann wieder den Kopf schüttelt.

Seine Krähen beschimpfen mich, sobald ich mich auf den Weg mache, wenn sich die Baumkronen im frühen Abendlicht rot färben.

Dann gehe ich zu Melody.

Jeden Tag.

Sie verändert sich, es geht ihr schlechter, und sie weiß, dass ich es sehe. Vergeblich wendet sie sich ab, wenn ich mich an ihr Bett setze und die Mitschriften auf ihren Nachtschrank lege. Seit drei Wochen ist sie bereits krank.

Einfach so.

Es ist keine Erkältung, die sich drei Tage lang angekündigt hat.

Kein Knochenbruch.

Nichts Greifbares.

Nichts Erklärbares.

Etwas Namenloses fesselt sie ans Bett und lässt sie den Frühling versäumen, hinter geschlossenen Fenstern, eingehüllt von dicken Vorhängen, in einem Zustand, der sie und ihr Umfeld zu Schatten werden lässt.

Stumm sitze ich auf ihrem Schreibtischstuhl, der viel zu klein für mich ist, und warte darauf, dass sie etwas sagt.

Während ich das betrachte, was ich von ihrem abgewandten Gesicht noch sehen kann, möchte ich immer wieder dem Drang nachgeben, ihre durchscheinende Haut zu berühren.

Sie würde es nicht zulassen, das weiß ich.

Sie würde nicht wollen, dass ich an ihr erfriere, denn sie wirkt gläsern wie das Mädchen im Märchen, das versehentlich Väterchen Frosts tödlichen Zauberstab berührte.

Jeden Tag starre ich auf die Stelle an ihrem Hals, wo die Schlagader pulsieren sollte, und warte. Ich warte darauf, dass sie mir endlich eine Antwort gibt, mir sagt, was mit ihr geschehen ist, und dass sie mir sagt, sie könne mich auch bis zur Sonne lieben. Endlich.

Aber ich starre und warte, bis meine Augen vom fahlen Licht

in ihrem Zimmer brennen. Dann nehme ich ihr Aufgabenheft und weiß, dass es wie immer unbeschrieben ist. Ich möchte nicht mit den Schultern zucken und tue es doch, als ich es in meine Tasche schiebe. Das Geräusch ist so laut, dass meine Ohren schmerzen.

Ich rücke den Stuhl zurück an seinen Platz und gehe zur Tür.

Wie jeden Tag halte ich inne, denn ich spüre Melodys Blick auf meinem Rücken. Ich wünschte, er streichelte mich, doch er durchbohrt, schmerzt mich, sodass ich für einen Sekundenbruchteil atemlos bin. Sobald ich mich umgedreht habe, sind Melodys Augen zur Decke gerichtet, aber geschlossen, als schliefe sie.

Heute ist es anders.

Das schwache Licht ihrer Nachttischlampe macht ihre Haut wächsern, als sie mich mit trüben Augen ansieht.

Die Klarheit ihrer Stimme lässt mein Herz hüpfen.

»Warte auf mich heute Nacht«, trägt sie mir auf, und ihre Stimme wabert an meinem Ohr entlang, als stünde sie neben mir.

Noch nie habe ich den Duft ihrer Haut wahrgenommen. Heute weiß ich, dass sie wie die Blüten der Mandelbäumchen vor ihrem Elterhaus duftet.

Von ihrem Bett aus sieht sie mich an, und ich möchte nach ihrem Haar greifen, es aus ihrer Stirn streichen. Berühren möchte ich sie, mit meinen Lippen über ihren Mund streifen, wissen, ob sie noch immer nach Preiselbeeren schmeckt.

Wenigstens einmal.

Ich nicke stumm.

Melody öffnet die Lippen, doch sie lächelt nicht. Nur ihre Zähne blitzen kurz auf, als sie mich erneut auffordert, auf sie zu warten.

Plötzlich friere ich, weil ich ihr Lachen nicht erkenne.

Silbern wie eh und je, aber stechend wie eine scharfe Herbstbrise verfolgt es mich, als ich nach Hause renne, als müsse ich eine Medaille gewinnen.

Mein Bett ist feucht.

Und kalt.

Ich habe nicht aufgehört zu frieren, obwohl ich von der Sonne geträumt habe, von Wärme und Licht und von Melody.

Jede Nacht träume ich von ihr.

Davon, wie sie mit mir auf der Parkbank sitzt.

Auf meinem Schoß, den Kopf an meiner Schulter.

Heute kann ich ihr Haar riechen.

Ihre rechte Hand ruht auf meiner Brust, und aus den Augenwinkeln kann ich sehen, dass uns der alte Mann beobachtet. Mit grimmigem Ausdruck wirft er seinen Krähen Brotkrumen zu. Es scheint mir, er wolle etwas sagen, doch er schweigt. Wie immer.

Melodys Lippen sind kühl, als sie meinen Hals küsst.

»Nur bis zum Mond«, flüstert sie an meinem Ohrläppchen.

Ich lächele und versuche mit dem Zeigefinger, ihr Kinn anzuheben.

»Komm zu mir, wann immer du für die Sonne bereit bist, und wenn nicht, komm trotzdem«, sage ich und schmecke Preiselbeeren.

Dann entzieht sie sich mir, und ich überlasse meinen Hals ihren Lippen.

Bevor ich die Augen schließe, quittiert der Mann im Pavillon mein Grinsen mit einem betrübten Kopfschütteln.

Melody.

Ihr Name tanzt durch meinen Kopf, und ich weiß, dass ich nur träume. Im Traum ist sie bei mir, während sie im Wachzustand mit mir spielt.

Das weiß ich.

Und doch liebe ich sie.

Wach auf, befehle ich mir.

Meine Hände sind kalt, als sie das Papier auf meiner Brust ertasten.

Wie jeden Tag bin ich über ihrem Heft eingeschlafen, müde

von dem Versuch, ihre Handschrift zu fälschen. Heute duften die Seiten nach Mandelblüten. Ich presse sie an mich, bis ich mein Herz hämmern höre.

»Melody«, flüstere ich mit trockener Kehle und wage es nicht, meine Augen zu öffnen. Das Licht, das mich jede Nacht erwartet, wenn ich in meiner Hülle aus Schweiß und Sehnsucht erwache, ist erbarmungslos und macht mich blind.

Heute aber spüre ich Kälte.

Während vor dem Fenster sattgrünes Gras gedeiht, liege ich in einem Bett aus Schnee und bin überzeugt, dass mich die Dunkelheit umarmt. Sie umschließt meinen Kopf und legt sich wie ein Mantel um meine Schultern.

Ich weiß nicht, wer das Licht gelöscht hat.

Öffne die Augen, befehle ich mir selbst, auch wenn ich dann bis zum Morgengrauen nicht mehr einschlafen werde.

Langsam gehorche ich.

Mein Traum hat sie eingeladen.

Der Mond schickt ein breites Silberband durch mein geöffnetes Fenster und schlingt es um Melodys zerbrechliche Gestalt. Sie steht am Fußende meines Bettes, im weißen Nachthemd, schimmernd wie ein Geist, und schmunzelt kaum merklich. Noch immer sieht sie krank aus. Das Mondlicht lässt ihr Haar fast weiß erscheinen und macht sie zu dem Schnee, dessen Kälte ich zu spüren meine.

Ich hatte nicht an die Vollmondnacht gedacht, aber sie interessiert mich ebenso wenig wie die Frage, wer mein Fenster geöffnet hat.

»Du bist gekommen.«

Etwas Sinnvolleres fällt mir nicht ein. Meine Stimme versagt ohnehin. Sie produziert nichts als ein Krächzen.

Ohne mich zu bewegen, verfolge ich mit den Augen das Silberband zurück zum Fenster. Wie jeden Abend sitzt die Krähe dort, als warte sie auf Brotkrumen. Ihre Augen sind getrübt, traurig, glaube ich, bevor sie aufflattert und mich mit dem Gefühl einer Ohrfeige zurücklässt.

Ich habe keine Mühe, meine Aufmerksamkeit wieder auf Melody zu lenken.

»Du bist gekommen«, wiederhole ich zufrieden.

Für einen Augenblick blitzen ihre Augen auf, vergnügt wie damals im Wald, als wir noch Kinder waren.

In meinen Gedanken erschallt ihr scharfes Lachen, und ich friere wieder, als sie wie eine Feder über mich gleitet. Ihre schmalen Hände umspannen meine Handgelenke, hindern mich, sie zu berühren. Sie ist kühl und schweigsam. Fremd auch. Aber ich weiß, dass sie es ist, denn ihr Blick durchdringt mich auf bekannte Weise. Ich lächele, stolz, möchte ich meinen, weil sie meiner Einladung gefolgt ist.

»Nur bis zum Mond, aber für immer«, versichert sie mir ungefragt.

Ich lächele immer noch, als sie spitze Eckzähne entblößt.

Die Macht des Spiegels
Ernst-Michael Schwarz

Vor langer Zeit irgendwo im Harz

Das kleine Land am Rande des römischen Reiches wurde von Sachsen, allerlei Bauern und Volk, die vor den Römern Schutz suchten, bewohnt. Der dichte Wald und die Berge boten auch jenen Schutz, die aus unterschiedlichen Gründen das Licht scheuten. König Gunter regierte mit Umsicht und Güte. Er hatte einen Vertrag mit den Römern geschlossen, die ihrerseits froh waren, ein Stück der germanischen Grenze durch einen Verbündeten sicher zu wissen. Vor geraumer Zeit kamen Mönche ins Land, die ein Kloster gründeten und schon viele Bewohner missioniert hatten. Aber die meisten Bewohner gingen noch den alten Bräuchen und Kulten nach. Auch das Königshaus war zum christlichen Glauben übergetreten, ohne dass sich daran etwas geändert hätte.

Zwei Wesen trieben seit Menschen Gedenken ihr Unwesen in den Wäldern und Bergen des Harzes: Bodo der Riese und das alte Zauberweib Watelinde. Regelmäßig tauchten sie auf und terrorisierten die Waldbewohner. Seit ewigen Zeiten lockte Watelinde fromme Jungfrauen durch allerlei schöne Versprechungen in ihr Reich, um ihren Zauber über sie werfen zu können und Hexen aus ihnen zu machen. Watelinde lebte auf dem hohen Felsen, der heute unter dem Namen Hexentanzplatz bekannt ist. In der Walpurgisnacht fanden dann genau dort grausame Rituale statt. Man erzählte sich, dass auch der Teufel regelmäßig zu Gast gewesen sei. Jeder, der versuchte, das Treiben zu beobachten, verlor sein Augenlicht und musste von nun an blind durchs Leben gehen. Selbst Wotan, der Göttervater, wurde nicht verschont, allerdings verlor er auf der Suche nach der absoluten Wahrheit nur ein einziges Augenlicht.

Anders war es mit dem Riesen Bodo: Er versuchte vor langer Zeit, dem Teufel die Macht zu entreißen, was allerdings gründlich misslang, und von jenem Zeitpunkt an war der Riese dazu verdammt, unstet in den Wäldern umher zu reiten. Erlösung sollte er erst dann finden, wenn es ihm gelingen würde, eine Königstochter zu heiraten.

König Gunter waren diese alten Sagen nicht unbekannt, und obwohl er aufgeschlossen und modern eingestellt war, hatte er ständig Angst um seine schöne Tochter Brunhilde. Er ließ sie auf Schritt und Tritt bewachen und gestattete ihr nicht, alleine auszureiten. In letzter Zeit waren auch wieder Jungfrauen verschwunden und der alte Köhler unten im Tal wollte schon mehrfach Bodo auf seinem schwarzen Ross gesehen haben.

Als Brunhilde nun eines Tages in Begleitung zweier Knappen auf ihrem Schimmel durch die Wälder ritt, passierte es. Plötzlich ertönte ein Stampfen, Unterholz brach, und Bodo näherte sich auf seinem Pferd. Er hatte Brunhildes Spur gefunden und verfolgte nun das Mädchen und die Knappen. Kreuz und quer jagte er die kleine Gruppe durch den dichten Wald, doch der Versuch, den Verfolger abzuschütteln, scheiterte. Den Knappen blieb nichts anderes übrig, als sich Bodo im Kampfe zu stellen. Doch sie hatten keine Chance gegen ihn, er erschlug beide und schleuderte sie samt Pferden über die Baumwipfel bis weit ins Tal hinunter.

Brunhilde ritt wie besessen weiter und kam so immer höher hinauf zu den Felsen über der Schlucht. Plötzlich leuchteten ihr zwei große gelbfunkelnde Augen entgegen. Entsetzt versuchte sie, eine andere Richtung einzuschlagen und zu fliehen, aber da kam ihr Bodo auch schon entgegen. So ritt sie weiter und erblickte ein großes, schwarzes, katzenähnliches Tier, das ihr in wilden Sprüngen über die Baumwipfel entgegenflog.

»Watelinde«, schoss es Brunhilde durch den Kopf und Entsetzen durchfuhr das Mädchen. Hinter ihm kam der wilde Bodo und von der Seite die Hexe Watelinde. Sie wusste aus den Erzählungen, dass sie auf keinen Fall in den Zauberkreis der Hexe geraten durfte, sonst wäre sie verloren. Ihr Pferd jagte wie besessen weiter, doch der Versuch, die Verfolger abzuschütteln, misslang. Sie wollte sich schon ihrem Schicksal ergeben, da stoppte ihr Ross plötzlich mit einem jähen Ruck. Vor Brunhildes Augen lag ein gähnender Abgrund. Unten im Tal schäumte die Gischt des wilden Flusses, den man später die Bode nennen würde. Inzwischen war Bodo in bedrohlich nahe gekommen. Da erklang auf einmal eine Stimme.

»Spring!«

Die schöne Königstochter gab ihrem Pferd beherzt die Sporen und setzte damit zum Sprung über die tiefe Schlucht an. Der Sprung glückte. Die Hufe des Rosses gruben sich beim Aufschlag tief in den Felsen ein.

Brunhilde war gerettet, einzig ihre goldene Krone und der kleine Handspiegel, den sie von ihrer verstorbenen Mutter geerbt hatte, fielen während des Sprungs in die Tiefe hinab und versanken sogleich in dem reißenden Fluss. Bodos Versuch, ebenfalls die andere Seite zu erreichen, schlug fehl. Er stürzte mit seinem Pferd in den Abgrund und wurde zur Strafe in einen schwarzen Hund verwandelt. Man sagt, er bewache seitdem die Krone Brunhildes und ihren Zauberspiegel für ewige Zeiten am Ufer des nach ihm benannten Flusses.

Watelinde wurde bei der Verfolgung mit Blitz und Donnerschlag in die Lüfte gehoben, über das Bodetal hinweg gefegt und von einer unsichtbaren Hand gegen einen Felsen geschleudert, wo sie selbst zu Stein erstarrte. Der Felsen trägt noch heute den Namen Hexengroßmutter.

Die vom Verderben gerettete Brunhilde kehrte wohlbehalten in das Schloss ihres Vaters zurück. Die Suche nach der Krone und dem Spiegel blieb erfolglos. Brunhilde heiratete einen sächsischen Fürsten und starb im hohen Alter. Sie soll irgendwo an der Rosstrappe beerdigt sein und alle 500 Jahre in der Walpurgisnacht aufstehen, um nach ihrer Krone und dem Spiegel zu suchen.

In Thale

Noch zwei Tage, dann ist hier in Thale am Rande des Harzes die Hölle los. Bei dem Vergleich musste ich schmunzeln, denn die ausgiebigen Feiern auf dem Hexentanzplatz, an der Rosstrappe und auch direkt in der Stadt hatten schon etwas höllisches. Jedenfalls füllte sich die Stadt allmählich, die Hotels würden ausgebucht sein. Am Ende sind dann alle zufrieden, die Hoteliers, Gastronomen und Geschäftsinhaber, und anschließend kann auch die Stadt wieder zum normalen Alltag übergehen.

Heute Morgen war die Sonne rausgekommen und wenn die Prognosen des Wetterdienstes stimmten, würde es über den ersten Mai auch schön bleiben. Beste Voraussetzungen für ein ausgelassenes Fest. Ich hatte mir frei genommen, da mein Job in der Stadtverwaltung und die vielen Verpflichtungen im Tourismusverein der Stadt an diesen Tagen nicht unter einen Hut zu bringen waren. Allein heute waren ca. zehn Stadtführungen zu koordinieren und die nächsten Tage kam es sicher noch dicker.

Auf meinem Weg quer durch die Stadt an St. Petri vorbei zum Tourismusbüro fiel mir ein mittelgroßer schwarzer Hund auf, der mir zu folgen schien. Blieb ich stehen, stand oder saß er auch und ging ich weiter, trotte er mir nach. Auch vor dem Bäcker wartete er geduldig, bis ich mit meinem zweiten Frühstück wieder raus kam. Irgendwie kam er mir bekannt vor. Ja, ich war mir ziemlich sicher, dass ich ihn schon öfter im Sommer an der Bode unterhalb der Rosstrappe gesehen hatte. Aber dann war er immer wie vom Erdboden verschwunden, wenn er bemerkte, dass ich ihn gesehen hatte. Aber jetzt verfolgte er mich und war nicht abzuschütteln. Kurz vor der Touristeninformation blieb ich stehen und drehte mich nach ihm um.

»Sag mal, warum läufst du mir nach? Möchtest du ein Stückchen Kuchen?«

Er blieb ruhig vor mir sitzen.

»Quatsch, ich will mir dir reden, Klaus. Oder besser gesagt,

'Freiherr Klaus von Wendhusen'.«

Ich drehte mich blitzartig rum. Wer war da noch? Aber da sah ich niemanden. Sprach etwa der Hund mit mir, oder begann ich irre zu werden, und das in meinem Alter?

»Such nicht weiter, ich bin es und sitze hier vor dir. Nur du kannst mich hören und ich auch nur dich. Die 500 Jahre sind vorbei und nur du, Klaus von Wendhusen, kannst mein Elend beenden.«

Mir lief es kalt den Rücken runter.

»Wer bist du? Und wieso nennst du mich 'Klaus von Wendhusen'?«

»Alles zu seiner Zeit«, erwiderte mein zotteliger Begleiter, »Nenn mich einfach Bodo, vielleicht dämmert da was bei dir, und komm heute kurz vor Mitternacht runter zum Fluss an die Stelle, an die du immer zum Fischen gehst, dann erkläre ich dir alles. Ja, und pass auf, ab jetzt legst du dich mit ganz finsteren Mächten an, die das, was wir vorhaben, verhindern wollen. Jetzt geh und heb das kleine Etui auf, das da neben deinem rechten Fuß liegt. Es ist ein kleiner Spiegel, er hilft dir weiter, wenn du in Bedrängnis kommst und wir brauchen ihn noch, später.«

»Ja aber, ...«, wollte ich erwidern, aber da lief der zottelige Bodo auch schon in Richtung Wald davon.

»Sie haben da etwas verloren.«

Ein Passant deutete auf meinen rechten Fuß.

»Danke«, konnte ich nur noch stammeln und da lag es, ein Ledertäschchen, sehr kunstvoll gearbeitet und darin verborgen fand ich einen kleinen, goldenen Taschenspiegel. Ich begann, zu frieren. Bodo, der Fluss, an der Rosstrappe, finstere Mächte, der Name Wendhusen, wie unser Kloster?

Nein, dies war ein böser Traum. Natürlich kannte ich die alten Sagen und Geschichten alle bestens, schließlich erzählte ich sie ja immer wieder den Touristen. Aber nein, ich war ein aufgeschlossener Mensch, wir schrieben das 21. Jahrhundert, aber da war dieser wunderschöne Spiegel, und der erschien mir sehr real. Dann war da noch die Warnung des sprechenden Hundes Bodo, die sich im nächsten Moment bewahrheiten sollte. Gedankenverloren ging ich über die Straße und hörte nur noch das Quietschen von Bremsen. Ganz fest presste ich den Spiegel an mich, öffnete die Augen und sah einen LKW der Brauerei direkt vor mir stehen.

»Mann, haben Sie Glück gehabt. Alles in Ordnung mit Ihnen, oder soll ich einen Arzt rufen? Dass ich den kurzen Bremsweg geschafft habe, grenzt an ein Wunder. Na ja, aber es ist ja noch mal gut gegangen.«

Pass ab jetzt auf, hatte Bodo gesagt, und der Spiegel hilft dir! In der Hektik des Tages und den Vorbereitungen für die Walpurgisnacht kamen die morgendlichen Ereignisse erst am Abend wieder in meiner Erinnerung hoch und pünktlich, kurz nach zehn war es, machte ich mich auf zu dem Treffen mit einem sprechenden Hund. Natürlich konnte ich niemandem von meinen Erlebnissen berichten, sonst säße ich jetzt beim Neurologen.

Nachts an der Bode

Es war eine wunderschöne Frühlingsnacht. Der Sternenhimmel funkelte, weit und breit waren keine Wolken zu sehen und der Mond zeigte mir den Weg durch den Wald runter an die Bode zu der verabredeten Stelle. Den Weg war ich allerdings schon so oft gegangen, dass ich ihn auch bei totaler Finsternis gefunden hätte. Außerdem leuchtete mir meine Taschenlampe den Weg gut aus. Schon von weitem sah ich Bodo am Ufer sitzen und in die Richtung schauen, aus der er mich kommen sehen konnte. Erst als ich näher kam, sah ich, dass er dämonisch rote Augen hatte, wie Kohlenglut funkelten sie mir entgegen. Als er mich bemerkte, kam er mir ein Stück entgegen.

»Komm Klaus, wir haben nicht viel Zeit.«

Wieder erschrak ich, hatte ich mich doch noch nicht an den sprechenden Hund gewöhnt. Bodo lief jetzt direkt neben mir.

»Dort unter dem Felsen, da können wir reden.«

Eigentlich war es ein schönes Plätzchen, an dem wir dann saßen, für Beobachter waren wir nur ein Angler mit Hund. Vor uns rauschte die wilde Bode, über uns glänzte der Sternenhimmel und hinter uns ragte die Rosstrappe bedrohlich in den Nachthimmel hinein. Aber ich war unruhig und hatte keinen Nerv für Romantik, außerdem hatte ich so ein Gefühl, beobachtet zu werden.

Bodo setzte sich vor mich und begann, zu erzählen.

»Ich glaube, du weißt jetzt, wer ich bin. Ja, genau, ich bin der Riese Bodo, der eigentliche Herr über Land und Fluss. Da du die alte Sage kennst, kann ich mir das alles ersparen. Ich lebe eigentlich im Fluss und nur alle 500 Jahre darf ich ihn zur Walpurgisnacht verlassen und wenn ich dann noch das Glück habe, einen Verwandten zu treffen, der mich mit Hilfe des Spiegels meiner Braut Brunhilde erlöst, dann kann ich endlich Ruhe finden und Luzifer und Watelinde haben keine Macht mehr über mich. So, und jetzt zu den Dingen, die du nicht kennst. Alles, was heute über Brunhilde und mich erzählt wird, ist Unsinn. Wir waren verlobt und einander versprochen. Dann ist König Gunter dieses Bündnis mit den Römern eingegangen, meinen Erzfeinden. Unsere Verbindung wurde gelöst und Brunhilde sollte irgendeinen Sachsenfürsten heiraten. Hinter diesen ganzen Intrigen stand nun wieder die Hexe Watelinde, die ein Auge auf mich geworfen hatte und im Bündnis mit dem Teufel stand. Mir unterstellte man, dass ich die Jungfrauen entführt und entehrt hätte, die damals von Watelinde oben am Hexentanzplatz zu Hexen verwandelt wurden. Als ich ihr dann kurz vor unserer Flucht eröffnete, dass sie bei mir keine Chance hätte und ich ihr Treiben durchschaute, verfluchte sie mich. Brunhilde konnte nur ein junges schwaches Fohlen zur Flucht nutzen. So gab ich ihr mein Pferd, sehr wohl in dem Wissen, dass ich es nicht schaffen würde, zu fliehen. Den Rest kennst du. Brunhilde gelang der Sprung über die Schlucht und ich landete im Fluss, wo ich nur den Spiegel und die Krone meiner Geliebten retten konnte.«

Ich war sprachlos. Wo war ich hier nur hin geraten? Bodo kratzte sich.

»Hunde haben Flöhe, ich hasse Flöhe.«

Jetzt war es kurz vor Mitternacht und mein sprechender Hund wurde immer unruhiger. Ich war noch nicht zu Wort gekommen. Nachdem Bodo sich umgesehen und sich versichert hatte, dass keine ungebetenen Besucher kamen, sprach er weiter.

»Jetzt zu dir, Klaus von Wendhusen oder *Wendler*, wie du dich jetzt nennst. Ja, das Kloster Wendhusen geht auf unsere Familie zurück. Der Urahn Ulrich von Wendhusen war mein Bruder und nach meinem Verschwinden, alle dachten ich sei ertrunken, legte er alle weltlichen Insignien ab und gründete das Kloster. Es war das erste hier in der Gegend. Die Freiherren von Wendhusen gab es nicht mehr, nur noch den Abt Ulrich von Wendhusen. Du bist ein echter Wendhusen und ich dein Urur-urur ... onkel!«

Aus der Ferne läutete St. Petri zur zwölften Stunde. Ich schloss kurz die Augen, um das alles zu begreifen. Als ich sie wieder öffnete, war mein 'Onkel auf vier Pfoten' verschwunden. Mich durchzuckte es wie ein Blitz. Vor mir stand ein stattlicher Mann, perfekt modern gekleidet, wie ein Jäger mit einer sehr wertvollen Jagdflinte. Aber es war nicht der Förster, den kannte ich. Ich wollte gerade eine Erklärung los lassen, warum, wieso und weswegen, da bemerkte ich die roten Augen.

»Bodo ...?«

»Ja, was dachtest du denn? Etwas an magischen Kräften ist mir schon geblieben und wenn ich mich alle 500 Jahre zurückverwandeln kann, dann möchte ich schon modern durch diese Welt gehen.«

Langsam fand ich meine Fassung wieder.

»Und was jetzt?«

»Das ist recht einfach, allerdings ging es vor 500 Jahren mit einem deiner Vorfahren schief und noch mal fünfhundert Jahre mag ich nicht warten. Wir müssen Watelinde finden, töten, dabei dem Teufel nicht in den Weg kommen und dann sagt uns der Spiegel, wie es weiter geht.«

»Ach so, ich dachte schon, es wird schwierig.«

Jetzt mussten wir beide lachen.

»Ach, noch was: Ich kann mich jederzeit unsichtbar machen, das hat so seine Vorteile. Hast du den Spiegel?«

Ich hielt ihm das kostbare Stück hin.

Der Tag vor der Walpurgisnacht

Bodo wich mir nicht mehr von der Seite, entweder als Hund, als menschlicher Begleiter oder aber unsichtbar. Ich kam mir stellenweise wie in einem schlechten Film vor. Bodo versuchte zwar, mir zu erklären, dass die Vergangenheit, unsere eigene Vergangenheit, immer wieder präsent sei, wir es nur manchmal nicht merkten, und dass ich und die Geschichte unserer Familien Sonderfälle seien, und dass die Gegend um Thale besonders intensiv von allerlei Geistern und ähnlichem betroffen sei.

Der Spiegel leistete uns gute Dienste. Wir konnten immer wie in einem Monitor genau die nächsten zwei Stunden sehen und was auf uns zukommen würde. Für Bodo verlief alles viel zu glatt. Aber seiner Meinung nach würden Watelinde und die Geister des Bösen mit dem Einbrechen der Dunkelheit zuschlagen.

Das konnte ich mir nun wieder nicht vorstellen, da gerade in dieser Nacht auf den 1. Mai hier die Hölle los sein würde. Da waren jede Menge Feiern, auf dem Hexentanzplatz das große Walpurgisnachtfeuer und so weiter.

»Wer soll da bitte etwas unternehmen und wann finden wir Watelinde?«

Wir waren auf dem Weg nach Hause und Bodo lief als braver Hund neben mir. In den letzten zwei Stunden waren wir einfach nicht dazu gekommen, den Spiegel zu befragen und das sollte sich im nächsten Moment rächen. Als wir von der Hauptstraße kommend fast bei mir zu Hause waren, glaubte ich meinen Augen nicht zu trauen: Vor meinem Haus standen drei Polizeifahrzeuge und die Nachbarn neugierig auf der Straße. Was war da los?

»Da ist er«, hörte ich einige rufen, »Mörder, Räuber, das hätten wir von dir nicht gedacht.«

Um Gottes Willen, was meinen die? Mein Begleiter Bodo war unauffällig auf der anderen Straßenseite nach vorne gelaufen, keiner achtete auf den Hund, und hatte die Situation sofort erkannt.

»Lauf schnell weg. Hast du den Spiegel? Los, bloß weg hier.«

Wir rannten los und ich durfte die Erfahrung machen, dass vier Pfoten wesentlich schneller waren als zwei Beine. Ein Polizeifahrzeug nahm die Verfolgung auf. Wir, also besser ich, hätten keine Chance gehabt, wäre da nicht Bodo gewesen. Ich sah nur noch einen Jäger, der die Flinte runter nahm; ein Schuss und die Fahrt des Polizeiautos endete an einer Hauswand.

»Auf Polizisten schießen! Sag mal, geht's noch?!«, brüllte ich Bodo an.

»Reg dich nicht auf, denen geht's gut, das waren nur die Reifen«, blaffte er zurück.

Die Polizisten versuchten zu Fuß, die Verfolgung aufzunehmen, aber da hatten wir die besseren Karten und so gelang es uns, den nahen Wald zu erreichen. Bodo war wieder Mensch geworden, allerdings mit denkbar schlechter Laune.

»Noch so ein Fehler und ich muss wieder 500 Jahre warten«, murmelte er vor sich hin.

»Was war das?«

Ich sah ihn fragend an.

»Das waren unsere Freunde von der anderen Seite. Gib mir

mal den Spiegel. Hier siehst du es. Du bist ein Raubmörder. Bei dem Versuch, die heute besonders prall gefüllte Kasse des Tourismusbüros zu stehlen, hat dich der Hausmeister überrascht und den hast du erschlagen.«

Mir wurde übel.

»Ja aber«, wollte ich einwenden.

»Nichts aber, oder glaubst du, Watelinde und der Teufel, Mächte, die die Weltgeschichte beeinflussen können, sind nicht in der Lage, so eine kleine Kriminalgeschichte zu inszenieren?«

Wo war ich hier nur rein geraten.

Mein Opa pflegte immerzu sagen: »Die größten Katastrophen brockt dir die eigene Familie ein.«

Wie wahr, dachte ich jetzt.

»Was nun, Bodo.«

Er hielt mir nur den Spiegel hin.

»Da sieh nur, erschrick aber nicht.«

Was ich da sah, ließ mir das Blut in den Adern erfrieren. Bodo rüttelte mich und rief: »Los weiter wir müssen zur Rosstrappe.«

Walpurgisnacht

Noch drei Stunden bis Mitternacht. Sie mussten sich beeilen, denn um Mitternacht kam die Entscheidung, ob Bodo erlöst würde und endlich seine Ruhe finden könnte. Über mich und mein Schicksal hatte ich noch nicht nachgedacht und das war sicher besser so. Bodo war wieder Hund und als ich ihn beim Aufstieg zur Rosstrappe auf diese Ungerechtigkeit ansprach, meinte er nur: »Lass mir doch wenigstens jetzt diese kleine Erleichterung. Glaub mir, zweitausend Jahre als Hund im, am und unter Wasser war keine Freude.«

Wir wussten, was zu tun war, wenn Watelinde auftauchte, und wir wussten auch, dass es nur einen Versuch gab. Jetzt konnten wir uns nur auf uns und die Kraft des Spiegels verlassen. Von der anderen Seite der Bode auf dem Hexentanzplatz sahen wir die Feuer und hörten die Feiernden und Tanzenden 'Teufel und Hexen', dann plötzlich geschah es: Ein großes, katzenähnliches Tier mit zwei großen, gelb funkelnden Augen flog uns entgegen. Aus seinem Maul sprühte Feuer. Es war Watelinde in ganzer Pracht, von wegen zu Stein erstarrt! Wir hatten sie vor uns, lebendig und gigantisch.

»Der Spiegel!«, brüllte Bodo, der wieder in menschlicher Gestalt neben mir stand. Ich hatte Todesangst, aber nur eine falsche Bewegung, und schon lag der Spiegel auf dem Waldboden. Watelinde versuchte, uns mit Fauchen und Feuer daran zu hindern, ihn aufzuheben. Irgendwie gelang es Bodo aber, den Spiegel zu greifen und ihn in letzter Sekunde der Hexe entgegen zu halten. Wieder geschah Unglaubliches. Die Spiegelfläche vergrößerte sich und saugte Watelinde auf. Die schrie und spie Feuer, aber nichts half: Binnen Sekunden war sie im Spiegel verschwunden. Bodo hielt den Spiegel wieder in der Hand und auch seine Brandwunden waren verschwunden. Es waren nur noch wenige Minuten bis Mitternacht und wir mussten genau an die Stelle gehen, an der vor über 2000 Jahren die Flucht der Brunhilde gelungen und Bodo verhext worden war. Als wir drei Minuten vor Mitternacht oben am Felsen ankamen, sahen wir eine wunderschöne Frau, die auf uns zu warten schien. Bodo ging auf sie zu und sagte: »Es ist vollbracht. Die bösen Geister und Hexen des Harzes sind besiegt und der Fluch über uns und unsere Familien ist aufgehoben.«

Er gab ihr den Spiegel, nahm sie bei der Hand und sagte nur: »Das ist Klaus, der letzte von Wendhusen. Er hat mir geglaubt und sich der Kraft des Spiegels anvertraut. Nur deine Krone, Brunhilde, wird für immer auf dem Grund des Flusses bleiben. Aber da, wo wir jetzt hin gehen, brauchst du sie nicht.«

Dann nahm er auch mich bei der Hand und führte uns an den Rand des Felsens.

»Spring!«

»Wie – was?!«

Ich war totenbleich.

»Wenn du jetzt nicht springst, bist du für immer verloren und denke daran, Hunde hatten wir schon. Möchtest du 2000 Jahre als Katze oder Ratte leben?«

Mit diesen Worten und dem ersten Glockenschlag von St. Petri zur Mitternacht stieß er mich in den Abgrund. Bevor es dunkel um mich wurde und ich das Bewusstsein verlor, hörte ich, wie aus einer anderen Welt eine Stimme zu mir sprach.

»Danke, Klaus von Wendhusen.«

Als ich wieder munter wurde, kitzelten mich die Sonnenstrahlen und etwas Feuchtes strich mir immer wieder übers Gesicht.

»Bodo, lass das. Wo bin ich?«

»Das ist doch Ajax, den kennen Sie doch, nicht Bodo.«

Ich blickte in das besorgte Gesicht von Fred, einem Streifenpolizisten, den besorgte Bürger gerufen hatten, die mich mitten auf dem Platz vor St.Petri am Morgen nach der Walpurgisnacht gefunden hatten.

»Alles in Ordnung, Herr Wendler. Da haben Sie aber gestern tüchtig einen gehoben, was? Na das war ja auch alles etwas viel. Die Vorbereitungen, der ganze Rummel um die Walpurgisnacht und so weiter. Soll ich Sie nach Hause bringen?«

»Nein, geht schon«, erwiderte ich ganz benommen, »Aber sagen Sie, in das Tourismusbüro soll eigebrochen worden sein, stimmt das?«

»Ja, aber halb so schlimm, Herr Wendler, da dachten wohl zwei Besucher, sich noch schnell mit etwas Geld bevorraten zu können. Die sitzen schon in Wernigerode ein. Wir hatten einen Streifenwagen zu Ihnen geschickt, aber da waren Sie schon unterwegs. Frau Reuter hat dann alles geregelt, neues Schloss gekauft und so weiter. Also, alles Gute Herr Wendler und schlafen Sie sich erst mal aus.«

Nachdem ich Ajax noch mal gestreichelt hatte, ging ich völlig zerschlagen und ziemlich müde nach Hause. Nur eines war mir klar, das war also alles offensichtlich nur ein Traum gewesen.

Als ich vor der Haustür den Schlüssel suchte, hielt ich plötzlich ein kleines Lederetui in der Hand, ein Stück von unschätzbarem Wert, das ich sehr wohl kannte. Dann kam mir noch Frau Müller, die gute Seele des Hauses, entgegen: »Ach Herr Wendler, die Polizei hat Sie gestern gesucht, aber das war wohl nicht so wichtig. Die sind dann zu Frau Reuter gefahren. Dann bin ich noch am Abend spazieren gegangen, es war recht spät. Als ich zu der Stelle kam, an der man so einen herrlichen Blick auf die Rosstrappe hat, war da so ein Wetterleuchten und ich könnte schwören, dass da oben auch Menschen waren. Na, die wollten wohl dem Rummel auf dem Hexentanzplatz entgehen.«

Ich sah sie nur an und sagte: »Nicht nur das, Frau Müller, aber die Watelinde sind wir jetzt endgültig los.«

»Ja, ja, Herr Wendler, bis zum nächsten Jahr«, murmelte Frau Müller und ging kopfschüttelnd ihrer Wege.

Der Buchgnom – Die Fortsetzung
Christina Mettge

Mal wieder hocke ich über einer leeren Seite, dabei versuche ich, angestrengt nachzudenken. Nachdem mir mein Buchgnom beim ersten Buch so sehr geholfen hat, ist er kurze Zeit später bei mir eingezogen – in die Flasche auf meinem Schreibtisch. Aber seitdem ist nicht mehr viel los mit ihm. Er ist richtig faul geworden, seitdem er die Prüfung zum 'guten Gnom' bestanden hat, sodass ich dieses mal wohl wirklich zusehen muss, wie ich alleine etwas Gescheites zu Papier bringe. Was er allerdings seitdem regelmäßig tut, ist, mir mehr schlechte als gute Ratschläge zu erteilen. Das eine Mal meinte er, ich solle doch *die Unendliche Geschichte* weiter schreiben, denn schließlich sei sie ja unendlich, oder ich solle einen weiteren Teil für *Harry Potter* verfassen. Ich habe ihm daraufhin natürlich erklärt, dass das nicht so einfach ist, da ich ja nicht der Autor dieser Bücher bin. Seit gut einer Stunde sitze ich nun schon hier und habe noch gar nichts zu Papier gebracht, nicht mal den Ansatz einer Idee und dabei war das erste Buch doch so ein Erfolg.

Plötzlich höre ich ein 'Plog'. Dieses Geräusch kenne ich mittlerweile zu gut, denn es bedeutet, dass der Gnom endlich mal aufgestanden ist und den Korken seiner Flasche rausgedrückt hat. Es ist ja nicht so, dass wir es mittlerweile nachmittags hätten. Nachdem er sich gereckt und gestreckt und seine noch müden Augen gerieben hat, entdeckt er mich dabei, wie ich mal wieder total frustriert über meinem leeren Blatt sitze.

»So kommst du nicht weiter, das sag ich dir«, fängt er sofort an, mich zu belehren, »Geh doch einfach mal raus, vielleicht fällt dir dann was ein.«

Als ob das etwas bringen würde, denke ich bei mir, aber vielleicht würde mir das ja wirklich mal ganz gut tun, die letzten Wochen bin ich kaum raus gegangen, bin meistens hier an meinem Schreibtisch gesessen und habe auf das leere Blatt Papier gestarrt, als ob es dort etwas zu lesen gäbe, das ich nicht entziffern kann.

Also erhebe ich mich aus meinem Schreibtischstuhl, gehe ins Schlafzimmer, um mich umzuziehen. Denn mit meinen alten Klamotten kann ich ja unmöglich raus gehen, was wäre, wenn mich jemand erkennt? Keine fünf Minuten später verlasse ich gut eingepackt mein Haus und gehe die Straße in Richtung Park hinunter. Ich hoffe, dass bei diesem Wetter dort nicht zu viel los ist, wie konnte ich mich auch dazu überreden lassen, bei Windstärke Acht einen Spaziergang zu machen. Im Park gehe ich wie immer automatisch nach links. Ich bin erst einige Meter weit gekommen, als jemand von hinten ruft: »Eh, du da, komm mal her!«

Ich drehe mich um, um zu sehen, wer da wen ruft.

»Ja, genau du, du Schriftsteller, komm mal her.«

Da ich keinen anderen Menschen sehe, gehe ich in die Richtung, aus der das Rufen kommt, auch wenn ich niemanden sehen kann. Auf einmal ertönt ein spitzer Schrei: »Stopp, zertrete mich bitte nicht.«

Erst jetzt schaue ich auf den Fußboden und siehe da, schon wieder so ein Gnom.

»Lass mich raten: Du bist ein guter Gnom und brauchst nur noch eine gute Tat, um die Prüfung zu bestehen«, mutmaße ich.

»Ja, aber woher weißt du das?«, fragt der Gnom.

»Ach, auf meinem Schreibtisch wohnt schon so einer wie du«, sage ich leicht resigniert.

»Oh, das muss mein Bruder Freddie sein, er meinte, bei Schriftstellern ließe es sich ganz gut leben.«

Wenn dieser Gnom der Bruder von dem ist, der bei mir lebt, dann bin ich der Kaiser von China, denke ich, denn dieser sieht nun wirklich nicht so aus wie meiner. Er ist blau von Kopf bis Fuß, hat auch einen Schwanz, der kurz über dem Po beginnt, aber anstatt in einem Dreieck in einem Puschel endet. Auch der

Hörneransatz fehlt.

»Und lass mich raten, du willst mir jetzt helfen, damit ich mein Buch fertig bekomme und dafür verlangst du nur eine Flasche auf meinem Schreibtisch für die Zeit danach.«

»Genau das wäre mein Vorschlag gewesen«, antwortet der Gnom. Ich komme mir allerdings so langsam vor wie in einem schlechten Film und habe schon Déja-vu-Erscheinungen, da mir aber kaum etwas anderes übrig bleibt, da mir schon mein Verleger im Nacken sitzt, gehe ich drauf ein.

»Okay, ist gebongt.«

Kaum habe ich das ausgesprochen, bin ich schon nicht mehr im Park, sondern im Büro meines Verlegers, auf dem Schreibtisch liegt mein Manuskript. Ich nehme es schnell an mich, bevor ich wieder im Park stehe. In Gedanken nehme ich mir vor, das Manuskript gleich zweimal auszudrucken, denn mein Verleger wird dieses sicherlich dann noch mal brauchen, wenn ich es weggenommen habe. Kaum habe ich das gedacht, stehe ich schon wieder im Park. Der Gnom meint, er hätte mich nicht in eine Buchhandlung bringen können, da auf dieses Buch der Run noch größer sei als auf das vorherige und dass es vermutlich in vielen Buchhandlungen gar nicht mehr verfügbar gewesen wäre. Ich frage mich nur, wie es nicht mehr verfügbar sein kann, wenn es noch gar nicht existiert, schiebe die Frage aber beiseite, denn ich will wissen, was ich schreiben werde. Der Gnom ist zwischenzeitlich schon verschwunden und ich notiere mir in Gedanken, für den zweiten Gnom noch eine Flasche auf meinen Schreibtisch stellen zu müssen. Als ich zu Hause bin, blättere ich die Seiten gedankenverloren durch. Ich schreibe da über das Leben mit meinem Gnom, der, wie ich jetzt ja weiß, Freddie heißt. Ich schreibe über all das, was ich bisher mit ihm erlebt habe, es ist lustig. Plötzlich werde ich aus der Konzentration gerissen.

»Na, bist du wieder da?«, quakt es vom Schreibtisch her.

»Ja, danke, und danke für den Tipp, ich bin deinem Bruder

begegnet«, sage ich.

»Ich habe keinen Bruder, nur eine Schwester«, meckert Freddie.

»Oh, entschuldige, der Gnom, den ich getroffen habe, war blau. Ich bin davon ausgegangen, dass alle Gnome männlich sind, und vor allen Dingen wenn sie blau sind«, entgegne ich.

»Nein, Frauen sind bei uns blau, Männer rot. Und, konnte sie dir helfen?«

»Ja und ob, das hier ist richtig gut, eine ähnliche Idee hatte ich schon, habe sie aber verworfen, ich dachte das hätte keine Chance. Aber mal eine andere Sache: Deine Schwester sagt mir, dass du Freddie heißt. Warum hast du mir das nie gesagt?«, frage ich noch.

»Du weißt doch: Wer nicht fragt, der bekommt auch keine Antwort.«

Einige Wochen später.

Ich hatte das Manuskript nochmals abgetippt, es ist wirklich so gut, wie ich zu Anfang schon dachte. Es ist auch so gekommen, wie ich vermutet hatte, mein Verleger brauchte ein zweites Exemplar. Ihm gefiel es auch, das mit dem Gnom, und er will nun noch mehr davon haben. Seitdem Freddies Schwester eingezogen ist, ist hier noch mehr Leben in der Bude. Stoff habe ich von daher mehr als genug.

Somnambul
Ines Klouw

Verdammt, schon wieder schlafgewandelt, war Merles erster Gedanke, als sie die große Eiche sah. Ihr Blattwerk wurde vom Nachtwind sacht geschaukelt, während die Strahlen des Vollmondes wie zähes Quecksilber über sie krochen und sie in unwirkliches Licht tauchten.

Merle war verwirrt.

Stets erwachte sie erst in ihrem Bett, mit schmutzigen Füßen, und am Frühstückstisch erfuhr sie dann von ihrem nächtlichen Ausflug.

So gut ihr Elternhaus auch abgeschlossen war, sie fand einen Weg hinaus.

Nie wusste sie, wohin sie ging, oder gar, warum.

Verdammt, wo bin ich?

Der Anblick des chromglimmenden Stammes, auf dem kleine Blätterschatten tanzten, erstickte Merles Seufzer.

Wo war nur Bea mit ihrer Rostlaube?

Früher hatte Merles Mutter sie in den Vollmondnächten gesucht und zurück ins Bett gebracht. Aber sie war nicht mehr da.

Ach, Mama, nichts als Ärger mache ich!

Im Geiste stampfte Merle auf.

Seit sie laufen konnte, war sie unbewusst dem Silberleuchten gefolgt.

Wie erschrocken mussten ihre Eltern wohl gewesen sein, als sie feststellten, dass sie nachts nicht im Bett lag, sondern sich mit geschlossenen Augen auf der Spielplatzschaukel wiegen ließ?

Nie war etwas geschehen, immer fühlte sie sich ausgeglichen, denn der Vollmond beruhigte sie.

Nun, da sie im Freien stand, war sie sicher, dass sie zum allerersten Mal während eines dieser Streifzüge erwacht war. Merle fühlte genau, dass sie nicht mehr schlief. Ihr Geist war verwirrt, ihre Augen erblickten zwar die Natur, erkannten aber den Ort nicht. Sie roch die Luft nicht, sah aber den Wind. Wütend spähte sie nach Düften, um sich zu erinnern. Trotz aller Anstrengungen empfand sie nur Leere und Verwirrung.

Deshalb soll man wohl Schlafwandler nicht aufwecken, sagte sie sich.

Merle wusste zwar nicht, wo sie war, erinnerte sie sich jedoch ganz klar an die verschlafenen Gesichter von Tante Bea und Onkel Frank.

Ach, Mama, warum könnt ihr nicht mehr da sein?

Tante Bea, die sanfte Zwillingsschwester von Merles Mutter, war in den drei Jahren nach dem Tod der Eltern gealtert, ihre Augen waren glanzlos geworden. Nur selten sprach sie mit Merle, aber manchmal, in normalen Nächten, setzte sie sich zu ihr aufs Bett, strich die Decke glatt, flüsterte traurig in die Dunkelheit und ging, ohne Merles Reaktion abzuwarten.

Verdammt!

Merle fluchte stumm und fühlte sich wie ein Seelenfresser, der alle aussaugte und zu grauen, dauermüden Hüllen verschrumpeln ließ.

Absicht war das keinesfalls!

Apathisch starrte Merle auf die Eiche, denn ihre Lider ließen sich, so sehr sie sich auch bemühte, nicht senken. Sie starrte und fühlte sich unbeweglich wie ein tief verwurzelter Baum, der allen Naturgewalten trotzte. Ohne dieses bleierne Schweregefühl hätte sie sich in einem angenehmen Traum gewähnt.

Das Mondlicht ergoss sich wie Silberschmelze über den mächtigen Eichenstamm und quoll zäh durch das schwarze Gras auf Merle zu, bis es ihre nackten Füße erreichte.

Jetzt erst sah sie, dass es geregnet hatte und die Halme müde unter dicken Tropfen auf der durchfeuchteten Erde lagen.

Warum aber war Merle vollkommen trocken?

Warum spürte sie weder Nässe noch das nächtliche Gras noch den Wind?

Verdammt!

Das musste eine neue Spielart der Somnambulie sein, eine Zwischenstufe zwischen Traum und Wachsein, die ihr teilweise die Sinne raubte.

Wo blieb nur Tante Bea?

Bea würde diese Farce beenden und Merle nach Hause und in ihr warmes, sicheres Bett bringen.

Frustriert wünschte Merle sich, diese monatlichen Eskapaden nähmen ein Ende.

Als nichts geschah, beschloss sie, allein zu gehen und konzentrierte sich so fest auf ihre Gliedmaßen, dass es ihr schließlich gelang, einen Fuß zu heben.

Unnatürlich und unwillig zugleich.

Wandte Merle sich ab, verlöre sie den Kontakt zum Mond direkt über der Eiche, hätte sein verlockendes Leuchten im Rücken und müsste sich dem Sog entziehen.

Wollte sie das?

Zögerlich setzte sie den Fuß auf das Gras und verharrte.

Zuvor hatte sie den Wind nur gesehen, doch nun spürte sie ihn als ein seltsames Kribbeln im Nacken auf dem Rücken und im Haar.

War das wirklich der Wind, der sich wie heiße Fingerspitzen über ihre Haut tastete?

Merle begann zu zittern.

Sie wollte schreien, öffnete die Lippen aber tonlos.

Ein Lufthauch erfasste ihr Haar und das lange Nachthemd, das Gefühl schmaler Finger auf ihrer Haut aber blieb.

Kühl wisperte ihr die Nacht zu: »Lass uns gehen!«

Merle erstarrte, denn sie kannte die Stimme nicht.

Das konnte nur der Wind sein.

Ihr schlafender Verstand und plötzliche Angst vor der Dunkelheit spielten ihr einen Streich.

Genau so musste es sein.

Unleugbar aber waren die Berührungen, die sie erschauern ließen.

Alles in ihr schrie: »Nein! Fass mich nicht an! Ich bin erst fünfzehn!«

Fünfzehn!

Denk nicht an deinen verbockten Geburtstag, schalt sich Merle, du hast größere Probleme.

Trotzdem kehrte die Erinnerung an den Tag zurück, an dem wieder einmal alle Einladungen ignoriert worden waren und sie erneut allein gewesen war.

Prima, mit deiner nächtlichen Spaziergängerei hast du dir alle Freunde vergrault.

Freunde?

Sie konnte sich kaum an welche erinnern, wünschte sich jetzt aber dringend einen herbei. Einen Freund, der das Kribbeln verscheuchte und sie nach Hause brachte.

»Lass mich gehen!«

Endlich fand sie ihre Stimme, die nicht nach ihr klang.

Sie drehte sich um, mit der selbstüberschätzenden Absicht, den Angreifer umzurennen und davonzulaufen.

Doch sie erstarrte erneut, denn vor ihr war nur Schwärze, niemand, der sie hätte berühren können.

Der Mond zog eine gleißende Grenze vor Merles Füßen, als wollte er sie nicht aus den Schattenarmen der Eiche in die Finsternis entlassen. Er erlaubte nicht, dass sie die Umgebung erkannte oder den Heimweg fand, sondern bildete eine funkelnde Barriere, die sie gleichermaßen anzog wie ängstigte.

Versonnen drehte sie sich wieder um, um dem Mond ins Gesicht zu sehen. Seine kühlen Strahlen berührten ihre Haut, erfüllten sie mit seinem Licht.

»Lass mich gehen!«, flüsterte sie, hin- und hergerissen zwischen ihrer Sehnsucht nach ihm und dem Wunsch, wieder bei der ihr verbliebenen Familie zu sein.

Nachdem sie der standhaften Eiche mühsam den Rücken gekehrt hatte, streckte der Mond seine Arme aus, um ihr den Weg zu weisen. Zögerlich leckte er über die feuchten Halme, bis er auf das erste Hindernis traf und es erleuchtete.

Nun erkannte Merle den Ort und begann zu schreien.

Natürlich!

Dieser beeindruckende, über Jahrhunderte standfeste Baum bohrte seine Wurzeln in die Erde des Platzes, den sie am meisten hasste.

Merle stand mitten auf dem Friedhof.

Die faszinierend abstoßenden Skulpturen ließen keinen Zweifel zu: Das war der Ort, der Merle stets einschüchterte und einsam machte, denn hier schliefen ihre Eltern.

Weder tags noch nachts, weder an Feier- noch an Geburts- oder Todestagen kam sie hierher. Als Kind hatte sie noch hin und wieder an der Hand der Eltern das Areal betreten, nicht aber nach deren Unfalltod im unerbittlichen Winter.

Früher hatten sie ihre nächtlichen Wanderungen in den kleinen Park oder auf die Spielplatzschaukel geführt.

Wie also hatte ihr Geist ihre Füße überredet, sie zum Friedhof zu tragen, dessen morbider Duft bis zur Straße reichte und dort eine unsichtbare Wand bildete?

Ich muss hier weg!

Blind flog Merle über den schmalen Pfad neben der Raseninsel, auf der die Eiche thronte, in die Richtung, wo sie den Ausgang vermutete.

Im Sportunterricht bist du immer eine Niete, dachte sie kurz sarkastisch.

Nun aber war Merles Körper leicht, ihr Atem wurde nicht knapp, und ihr Herz dröhnte nicht vor Anstrengung. Sie war so schnell wie nie, getrieben von der Angst vor diesem Ort und dem Wunsch nach Wärme. Der Belag unter ihren Füßen hatte keine Zeit, zu knirschen oder aufzustieben.

Ja, Merle flog, doch je näher sie dem verwitternden Stakentenzaun kam, umso schwerer fühlte sie sich. Unsichtbare Arme zerrten an ihr, um sie zu stoppen.

Sie sah über die Schulter, denn sie wollte wissen, wer sie aufzuhalten versuchte.

Nichts war da.

Wie zuvor gaukelte der Wind ihr Hände und Finger vor, säuselte Unverständliches. Merle wurde immer ärgerlicher.

Nun lass mich doch endlich nach Hause, flehte sie still und blickte wieder gen Ausgang.

Zu spät erinnerte Merle sich, dass sich der Weg vor dem alten Stein vor ihr gabelte. Sie sah noch die einzig schöne Skulptur des Geländes, eine Putte, die obenauf saß und verträumt auf den wuchernden Efeu hinabblickte. Zu spät befahl Merle ihren Beinen, nach links zu eilen, und stürzte ungebremst auf den harten Marmor zu.

Ihren Geist zusammennehmend, schloss sie die Augen und riss die Arme schützend vors Gesicht, bevor sie gegen den bemoosten Stein fiel.

»Es wird Zeit, Mädchen«, flüsterte eine bekannte Stimme.

Wo bin ich?

Merle spürte ihr Gesicht auf ihren Handflächen, fühlte, dass sie lag, doch Schmerz empfand sie nicht.

Sollte sie nicht Schmerzen haben oder gar bluten?

Im Gegensatz zu altem Marmor war sie sehr wohl zerbrechlich.

Nichts war da; weder Schmerz noch blutende Wunden. Nur ein einziges Gefühl flutete Merle vom Scheitel bis zu den Fußzehen: Ihr war, als läge auf ihrer Schulter eine Hand, die ein liebevolles Strahlen in ihren Körper übertrug.

Könnte man das Schlafwandeln mit einem Fingerschnippen für immer wegzaubern, wäre jetzt der perfekte Zeitpunkt!

Merle stöhnte hörbar und hob den Kopf zu der Stimme, die sie nun aufforderte: »Komm! Du kannst nicht länger hierbleiben.«

Das fand Merle auch. Zu viel Zeit hatte sie bereits an diesem unwirtlichen Ort verbracht.

Zum Glück hatte Bea sie endlich gefunden.

Rasch versuchte sie, sich mit den Händen vom Boden hochzustemmen, stellte jedoch bestürzt fest, dass sie gar nicht auf dem Rasen hinter dem Grabmal lag.

Das Meisterwerk der Steinmetzkunst, die Putte obenauf, ragte mitten durch Merle hindurch, als bestünde sie nur aus Nebel.

Panisch wedelte sie mit den Armen, wollte durch die Finsternis fortschwimmen und schwor sich, ein für alle Mal mit dem Schlafwandeln aufzuhören.

»Nimm meine Hand!«, bot ihr die Stimme zärtlich an.

Merle gehorchte und streckte die linke Hand aus. Aus Angst vor möglichem Schmerz presste sie die Lider fest aufeinander, bis sie jede Faser der helfenden Finger spürte und harten Boden unter den Füßen fand.

Welche Erleichterung! Offenbar funktionierte sie wieder normal und war endlich richtig aufgewacht.

»Danke ...«, flüsterte Merle, und als sie aufsah, blieb ihr das »Tante Bea« im Hals stecken.

Reflexartig zog sie den Arm zurück, konnte dem Griff aber nicht entkommen. Sie zerrte wütend weiter, doch die Hand, die sie festhielt, wurde wärmer und erfüllte sie mit etwas, das sie sich nicht erklären konnte. Unwillig ließ sie sich zur Eiche zurückführen.

Erst am Rand der kleinen Raseninsel kamen sie zum Stehen, und Merle sah in Augen, die sie so liebte, aber unmöglich sehen konnte.

Warme Hände legten sich an ihre Wangen, während sie wieder den Satz »Es wird Zeit, Mädchen« hörte.

Heftig schüttelte Merle den Kopf und fand endlich ihre Sprache wieder.

»Du bist nicht meine Mutter!«, stieß sie zwischen den Zähnen hervor und nutzte die kurze Überraschung, in der sich die Hände von ihrem Gesicht lösten, um sich brüsk umzuwenden.

Die Erwiderung »Da hast du allerdings Recht!« raste heran wie ein Schnellzug, zu schnell und zu hart.

»Ich bin hier, um dich heimzuholen, Mädchen«, flüsterte die Frau, die aussah wie Merles Mutter.

»Nein, danke. Ich werde auf meine Tante warten!«

Störrisch und weil der Wind durch sie hindurch fuhr, als hätte jemand eine Kühlschranktür geöffnet, verschränkte Merle die Arme vor der Brust.

Die Frau hielt ihr die Hand hin und lächelte aufmunternd.

»Aber deshalb bin ich doch hier, Mädchen. Du darfst ihnen nicht länger im Wege stehen.«

Die Stimme sang in Merles Kopf. Obwohl sie diese Stimme seit Jahren wieder hatte hören wollen, wurde ihr schwindlig, und sie kniff die Augen zusammen, um sie zu verscheuchen.

»Du bist nicht meine Mutter. Mama ist tot«, krächzte sie, als sich ein dicker Kloß in ihrer Kehle ballte.

Die Frau mit den tiefbraunen Augen und den bernsteinfarbenen Locken, die ihr herzförmiges Gesicht im Wind sanft umschmeichelten, stand da in ihrem fliederfarbenen Lieblingskleid, in dem man sie zur Ruhe gebettet hatte, und lächelte mild.

»Mädchen, bitte hör mir zu!«

Sie legte die Handflächen behutsam auf Merles Schultern und suchte ihren Blick, bevor sie so bedächtig und wohl formulierend weitersprach, als sei Merle auf den Kopf gefallen: »Ich kenne deine Mutter nicht, aber ich weiß, dass du genauso tot bist wie ich.«

Anstatt sich erneut loszureißen, sackte das Mädchen wie zähflüssiges Wachs auf dem Schotterweg zusammen. Mit zitternden Händen strich es über das feuchtkühle Gras. Als Merle hochsah, kam ihr die Frau so weiß und solid wie eine der lebensgroßen Friedhofstatuen vor. Nur ihr Haar und das dünne Sommerkleid tanzten im Wind. Der Stoff touchierte kurz Merles Wange.

»Ich kann nicht tot sein«, hauchte sie, »Wie könnte ich sonst all das spüren? Schau doch ...«

Sie hielt ihren Finger hoch und zeigte die Feuchtigkeit des Grases, die im Mondlicht funkelte wie ein hochpolierter Schmuckstein.

»Ich kann alles spüren, den Boden und auch dich. Ich bin kein Geist. Sicher träume ich nur. Heute war ich doch noch in der Schule!«

Merle blinzelte, als müsse sie weinen. Sie starrte und wartete, dass ihr Atem vor ihren Augen kondensierte.

Warum sah diese Frau aus wie ihre Mutter, hatte sogar die kleine Narbe über der linken Braue?

Weshalb sprach sie mit ihrer Stimme?

Wie eine Feder flog der lang vermisste, liebevolle Singsang auf Merle herab und erzählte: »Ich würde dir so gerne helfen, dir alles erklären, aber ich weiß weder, wer du bist, noch was dich nach dem Tode verweilen lässt. Das Lebendige fühlst du, weil du es willst. Ich aber soll dich heimholen, wohin wir gehören. Lass los, Mädchen!«

Merle brummte verärgert und erhob sich.

»Nun hör aber auf!«, stöhnte sie, »Wir sind doch nicht im Fernsehen. Erzähl mir bloß nichts von Licht und blabla. Das ist doch Quatsch! Tot ist tot! Also, *wenn* ich tot bin!«

Stumm rief Merle nach Tante Bea und sehnte sich nach ihrem frisch duftenden Bett.

»Und wenn du mir jetzt noch erzählst, du seiest ein Engel, dann, dann ...«

Merle gingen die Drohungen aus, während der Nachtwind das kristallklare Lachen ihrer Mutter zu ihr trug. Sie begann zu frösteln.

»Und überhaupt! Wieso siehst du aus wie Mama? Das kann doch nur ein Traum sein!«, schrie sie und sah sich um, wollte wissen, ob die Anlieger in ihren Häusern aufmerksam wurden. Warum hatte noch niemand bemerkt, dass sie mitten in der Nacht auf dem Friedhof war?

Lächelnd griff die Frau nach Merles Hand.

»Aber nein, wir sind keine Engel. Wir sind Energieseelen, und wir gehören nicht mehr hierher, denn wir stören mit unseren Feldern das Leben. Für uns gibt es einen Ort, an dem wir niemandem schaden. Nur einmal im Monat, wenn der Mond voll über dieser alten Eiche steht, können wir Verlorene wie dich heimholen.«

»Und wer sagt das? Wer schickt dich? Na, wo ist dein Beweis?«

Merle war schließlich nicht auf den Kopf gefallen. Die Ursache ihrer schlechten Noten lag anderswo. Die Frau senkte den Blick.

»Hast du je etwas gefühlt und genau gewusst, dass es wirklich ist?«

Merle nickte betreten, denn sie erinnerte sich an die Nacht, in der ihre Eltern gestorben waren. Damals war sie gewiss, dass sie tot waren, noch bevor der Anruf Bea und Frank aus dem Haus gerissen hatte. Sie verstand, wovon die Frau sprach, und nickte abermals.

»Ich gehe jetzt nach Hause!«, beschloss sie abrupt und wandte sich mit einem angedeuteten Winken um.

»Mädchen, bitte ...«

Merle blickte prüfend nach unten, um nicht wieder über irgendetwas zu fallen, und sie sah, wie der Mond ihre Knöchel mit breiten Lichtbändern fesselte.

Sie seufzte.

»Im Übrigen habe ich einen Namen«, knurrte sie, »Ich heiße Merle.«

Es folgte Schweigen. Atemlos und bedrohlich wie der Augenblick zwischen Blitz und Donner. Der Wind war verstummt, die Blätter lautlos, und auch die Fauna schien nicht existent. Da war kein Atem, kein Herzschlag, nur beißende Stille, die zerriss, als die Frau ungläubig Merles Namen wiederholte, als hörte sie ihn zum ersten Mal. Ihr Tonfall ließ unzählige Fragen mitschwingen und Merle kehrtmachen. Eine Mischung aus Schmerz und unerträglicher Hitze durchfuhr sie, und sie konnte nicht sagen, warum die Augen der Frau traurig fahl schimmerten wie ein Stern im Nebel.

Die Frau nahm Merle an der Hand und zog sie nur wenige Schritte beiseite. Zu dem Grab, das sie nicht sehen wollte.

Merle musste den Kopf leicht in den Nacken legen, um die Frau richtig zu sehen. Mit einem Male fühlte SIE sich klein, als sie die fremden, vertrauten Finger auf ihrem Handrücken spürte und den prüfenden Blick ihrer Traummutter traf. Tränen rannen über die Wangen der Frau, flossen förmlich durch sie hindurch, während sie Merle wortlos an der Schulter zu dem Stein umdrehte, von dem ihr die Namen ihrer Eltern entgegen schrien.

Wie selbstverständlich züngelten die Rosen gepflegt um dessen gerundete Ecken und hielten den obligatorischen Abschiedsspruch und die Lebensdaten frei.

Die Frau hakte Merle unter und kniete sich mit ihr vor die schmale Einfassung. Sie half ihr, die vorwitzigen, unbezwingbaren Efeuranken am Boden beiseite zu schieben, damit sie sehen konnte, was sie ihr zeigen wollte.

Ihre Worte flatterten an Merle vorbei durch die Nacht.

»Ich hätte nie geglaubt, dass es möglich ist!«

Die Farbe auf der kleinen Platte war von mehr als einer Dekade Regen verwaschen, aber dennoch war die Gravur deutlich erkennbar.

'Merle' stand dort in geschwungenen Lettern.

Das hat doch nichts zu bedeuten, sagte sie sich, rein gar nichts.

Außerdem war diese Merle keinen Tag alt geworden, während sie, die echte Merle, immerhin schon fünfzehn war und sich an ein ebenso langes Leben mit Mutter, Vater, Onkel und Tante in einem großen, gemeinsamen Haus erinnerte.

Da war er, ihr Beweis, dass alles nur ein Traum war. Darin war es auch möglich, mitten durch einen Grabstein zu stürzen, ohne die geringste Blessur davonzutragen.

Genau!

Das war alles nur ein Traum.

Sie sah die Frau als ihre Mutter, weil sie sie vermisste.

Sie hatte sie als Traumbild heraufbeschworen.

So musste es sein. Aber nun war es höchste Zeit, dass sie – verdammt noch mal – endlich aufwachte.

Leider sprach ihre Traummutter unablässig weiter.

»Ich hätte nie geglaubt, dass du bei uns bleiben könntest. Du warst einfach gegangen, plötzlich und grundlos. Und nun bist du sogar mit uns gewachsen, als seiest du an uns gebunden. Jetzt verstehe ich alles ...«

Ihre Worte drifteten mit ihrem Blick in die Dunkelheit ab, weil die Erinnerungen sie überrollten. Das Mädchen sah seine Traummutter an und sah Trauriges und Glückseliges an ihr. Das allein ließ es abwarten, bis sie endlich weitersprach. »Du bist all die Jahre geblieben, weil wir nie loslassen konnten. Wir vermissten dich, hätten dich nie ersetzen können. Ich verstehe das jetzt. Ich weiß nun, warum Hannah ...«

»Wer ist Hannah?«, unterbrach Merle.

Im Blick ihrer Mutter spiegelten sich die Sterne des schwarzklaren Himmels. Nie hatte sie Merle so angesehen.

Die Antwort ließ Merle nach Luft ringen.

»Sie ist deine Cousine. Genau wie Bea damals nach mir wurde sie eine Stunde nach dir geboren. Es ist unfassbar, dich zu sehen, dich zu fühlen, wie du hättest sein können. Jetzt verstehe ich, warum ich heute kommen musste. Damit wir wieder zusammen sind. Denn unser Tod hat dich zurückgelassen.«

Die Frau umfasste Merles Gesicht erneut liebevoll.

»Es ist so schön, dich doch noch kennenzulernen«, flüsterte sie und lehnte ihre Stirn sanft gegen Merles.

Das Mädchen schloss die Augen und verstand.

Merle rief Erinnerungen wach, die ihr gehörten, aber nicht ihre sein konnten. Sie hörte die Erwachsenen vom Schlafwandeln sprechen. Der Name Hannah glich einem fernen Echo, aber ihr mentales Spiegelbild zeigte ihr deutlich ein junges Gesicht mit grünen Augen, die nur Onkel Frank weitergereicht haben konnte. Das Bernsteinhaar auf diesem Kopf war längst nicht so lockig wie bei Mutter und Tante.

Dieses vermeintlich fröhliche Gesicht gehörte nicht Merle, sondern Hannah.

Merles Gesicht gab es nicht.

Die Erinnerungen waren durchdrungen von Beas unwirschem Blick, der Merle traf, wenn sie sie nur mit Vornamen ansprach, Augenblicken der mentalen Abwesenheit, in denen sie für einen Augenaufschlag nicht wusste, wer und wo sie war. Alles Seltsame, alles Schmerzhafte schoss in Merle hoch.

Sie fühlte das Mondlicht und den Drang, ihm zu folgen, und plötzlich waren ihr die Beine, die sie über den silbernen Strahlenpfad getragen hatten, fremd.

Wieder sah sie die müden Gesichter der Erwachsenen, registrierte die Müdigkeit im Unterricht, die nicht ihre war, und sie begriff: Sie war es, die ihre Umwelt aussaugte, energielos machte, denn ihr Band wurde stärker, je länger sie blieb.

Entsetzt verstand Merle, dass sie nur im Mutterleib körperlich gelebt hatte. Ihre sterbliche Hülle, so klein und zerbrechlich, verfiel unter ihren Füßen, während ihre Seele ihre unbekannte Cousine Hannah bewohnte, sich von ihr nährte, mit ihr wuchs.

Über all die Jahre war es dem Mond nicht gelungen, Merles Geist und Seele heimzuholen.

Schuld empfand sie nicht.

In Trance stand sie auf und sah zur Eiche.

Das Gras schmiegte sich samtig unter ihre Sohlen, und sie schloss die Augen, um es zu spüren, mit all der Energie, aus der sie noch bestand. Nachtkühle zog in ihre Haut, kroch tief in sie hinein und ließ sie frieren, bevor ihre Mutter sie von hinten in die Arme schloss und in vollkommene Wärme einhüllte.

»Warum heute?«, wollte Merle wissen und sah zu, wie das

Mondlicht einen Sari aus Silber um beide wand, als wollte er ein zerrissenes Band heilen. Er führte sie näher an die Eiche, die im Gleißen der Strahlen zu einem transluziden Trugbild aus Hitze und Licht wurde.

Die Umarmung wurde fester, schützender, so, wie Merle es sich hätte wünschen sollen.

»Ich weiß es nicht«, gestand ihre Mutter, »Vielleicht warst du endlich bereit, Hannah zu verlassen und dem Licht allein zu folgen.«

»Wo ihr lebt, ist das das Land der Sterne, von dem ihr mir – uns – immer vorgelesen habt?«, flüsterte Merle und schloss die Augen. Der Wind verspann das seidige Haar ihrer Mutter mit ihrem.

War es wahr, dass ihre beiden Körper nichts waren als eine sehnsüchtige Imagination des Lebens, geschaffen von der kalten Energie des Todes?

Merle liebte es, Lebendiges zu berühren, zu spüren, zu fühlen, zu schmecken: Texturen, Flüssigkeiten, die Luft und das Gras ebenso wie den Staub der Straße. Nun aber entglitten ihr die Empfindungen, als söge sie der alte Baum auf, um eine Pforte zu öffnen.

Die Antwort »Ja« hörte sie kaum.

Verdammt, dachte sie.

»Aber dort gibt es nichts von alledem, was wir hier haben!«

Ja, sie war enttäuscht. Zum ersten Mal gewahrte sie eine echte Regung in ihrem Herzen, als sie an ihr Heim dachte und an die Lebenden, die sie liebte und für sich beanspruchte.

Sie presste sich an ihre Mutter und ließ sich wiegen wie auf der Spielplatzschaukel.

»Ich habe dich schrecklich vermisst«, murmelte sie gegen ihre Brust und suchte nach dem Honigduft ihrer Erinnerung. Nur nackte, geruchlose Nachtluft flog ihr mit einem sanften Kuss entgegen.

»Ich freue mich so, dich endlich kennenzulernen!«

Die Stimme ihrer Mutter tanzte erfreut, als Merle körperlich von dem betörenden Licht und einem Sog erfasst wurde, der sie sich an die Mutter klammern ließ. Plötzlich war sie ganz leicht und lag wie ein Neugeborenes auf den Armen der Mutter. Von blauer Wärme umgeben schritt sie, das Kind auf den Armen, gemächlich hinein.

Merle schlug die Augen auf und sah hinüber zu den stummen Grabsteinen und der verträumten Putte, bevor sie ihrer Mutter einen klaren Blick schenkte.

»Leb wohl!«, wisperte sie durch die Nacht.

Alles war friedlich und ruhig.
Fast.
Nur ein paar Vögel.
Vögel?
Tatsächlich.
Geräusche!
Düfte.
Nach weißer, gut gekochter Wäsche roch es.
Und nach Gebackenem.
Und da war ein Hauch von Kokosduschbad, so wie ...
... Bea es mochte.
Merle öffnete Augen, sah an sich hinab und lächelte.
Sie lag in ihrem Bett.
Sie war in *ihrem* Körper, ganz gleich, wer darin geboren war.
In diesem Haus waren die Geräusche, die sie hören wollte, die Düfte, die sie riechen, die Menschen, die sie sehen wollte.
Ja, hier war das Leben.
Ihre Seele war zu Hause, und es war ihr gleich, wie oft der Baum oder der Mond nach ihr rufen würde.
Denn sie würde hierbleiben.

Der Geisterzug
Nicole Schröter

Vor knapp drei Jahren, das war im Jahre 1974, ereignete sich in New York etwas, das außer mir niemand glaubte. Ich möchte noch anmerken, dass ich diese Geschichte nicht selbst miterlebt habe, sondern meine Freundin Meggy, ein sehr sensibles Mädchen mit viel Fantasie.

Meggy fuhr an einem Mittwochabend wie gewöhnlich mit der U-Bahn nach Hause. Nach drei Stationen brach jedoch die Achse des Zuges, als sei es so gewollt, genau vor einem kleinen, schmuddeligen Bahnsteig.

Der Fahrer des Zuges rief aus, dass alles schnell behoben sein würde. Aber Meggy hielt es in dem Waggon nicht länger aus. Direkt gegenüber auf dem anderen Bahnsteig hatte ein kleiner, noch schmuddeligerer Zug ebenfalls haltgemacht. Sie stieg um.

Der kleine Zug fuhr mit ihr weiter. Sie wusste gar nicht, auf was sie sich da eingelassen hatte. Das erste, was sie bemerkte, war, dass außer ihr nur ein älteres Ehepaar im Zug saß. Beide waren sehr blass. Meggy dachte, dass es sicher am Alter läge. Bald aber wurde ihr der Anblick unangenehm.

Es waren die stechenden Augen der Frau und der trippelnde Schritt des Mannes, als er einen Sitzplatz wählte, der ihrem näher war. Es kam ihr vor, als würde er durch den Gang schweben. Meggy wurde unruhig. Mittlerweile hätten sie längst an einer Haltestelle vorbei kommen müssen. Ihr blieb nichts anderes übrig, als das Ehepaar zu fragen: »Entschuldigen Sie, wann kommt die nächste Station? Und wie heißt sie?«

Die Alte gluckste auf und krächzte: »Du kennst dich hier nicht aus? Bist du etwa noch ein Mensch?«

Meggy wurde es langsam mulmig. Sie stotterte: »Wieso? Sie vielleicht nicht?«

Der Alte gackerte vor Lachen und leckte sich dann die Lippen: »Nein, natürlich nicht! Niemand, der sich in dieser Zwischenwelt bewegt, lebt noch, und du dürftest es eigentlich auch nicht. Lass mal probieren, ob an dir noch was Warmes dran ist.«

Er bleckte die gelben Zahnstummel und trippelte auf Meggy zu.

Diese schrie entsetzt auf und drückte sich in die hinterste Ecke des Waggons. Inzwischen hatte die Alte ihrem Mann ihre knochige Hand auf die Schulter gelegt.

»Lass sie ruhig! Sie wird sich schon noch daran gewöhnen, jetzt hier mit uns auf dieser Zuglinie zu fahren. Sie braucht eben noch ein Weilchen, bis sie es akzeptieren kann.«

Meggy kauerte eine weitere Ewigkeit auf der hintersten, abgewetzten Sitzbank.

Es war ein alter Zug, ein richtig vorsintflutliches Model, stellte sie fest. Sie sah zum Fenster. Es spiegelte sich nur die schwache Innenbeleuchtung des Waggons in ihnen wider. Sie mussten sich also in einem Tunnel befinden.

Es musste ein sehr langer Tunnel gewesen sein, denn als Meggy erwachte, konnte sie noch immer nicht hinausblicken. Die beiden Alten saßen am anderen Ende und hielten sich bei den runzeligen Händen. Mit schräg gelegten Köpfen starrten sie Meggy unverwandt an.

»Was glotzt ihr mich denn so an?«, fragte Meggy ungehalten, »Ich sitze seit Stunden in diesem Zug fest und keiner sagt mir, was los ist.«

Die Alten sahen erst sich, und dann Meggy an. Mitleid stand in ihren wässrigen Augen.

»Was ist?«

Meggy sah von einem zum anderen.

»Du wirst dich schon daran gewöhnen, jetzt hier zu sein«, krächzte die Alte.

»Was soll das heißen?«, bohrte Meggy weiter.

»Das soll heißen, dass du einen Unfall in einem Zug gehabt haben musst.«

»Ja, den hatte ich. Aber nichts Schlimmes. Nur ein Achsenbruch. Es hätte nur eine Weile gedauert, bis Hilfe gekommen wäre. Mir war langweilig. Deshalb bin ich umgestiegen. Aber wenn ich gewusst hätte, dass ich in so einem alten Bummelzug festhänge, dann hätte ich wohl besser auf Hilfe gewartet.«

»Ein Achsenbruch war es schon«, sagte der Alte und fuhr mit der Zunge wieder über die gelben Stummel in seinem blutleeren Mund, »Aber es war ein Achsenbruch bei voller Fahrt. Mann, war das ein Knall! Und wie die Funken sprühten. So was sieht man nicht alle Tage hier unten. Das war schon was.«

Meggy glaubte ihm kein Wort.

»Das muss ein anderer Zug gewesen sein. Aus meinem bin ich ganz normal ausgestiegen.«

»Es war der kleine Nordbahnhof«, mischte sich nun die Alte wieder ein.

»Am Nordbahnhof steigen immer die frisch Verstorbenen ein. Wenn der Zug nicht bis Mitternacht im Südbahnhof einfährt, sind die Würfel gefallen und man bleibt für immer und ewig in diesem Zug. Er hat viele Waggons, weißt du. Es ist Platz für alle da. Man gewöhnt sich daran. Hab ich nicht Recht, Liebes?«, Er tätschelte die blasse Hand der Alten und schenkte ihr ein gelbes Lächeln.

»Ich bin aber doch nicht tot!«, Meggy war entsetzt aufgesprungen, »Wo ist dieser verdammte Südbahnhof denn?«

»Oh, man erkennt ihn leicht. Es ist der einzige Bahnhof mit dem schönen Licht.«

Erschöpft sank Meggy zurück auf die Sitzbank. Sie musste wieder eingeschlafen sein, denn als sie aufwachte, stellte sie überrascht fest, dass der Zug stand. Sie rappelte sich auf und sah aus dem Fenster. Es war ein kleiner, sauberer, nostalgischer Bahnhof. Und er strahlte in einem warmen Licht.

Meggy sah sich nach den Alten um. Sie saßen noch immer auf ihren Plätzen und starrten sie erwartungsvoll an. Die Waggontür stand offen, und Meggy überlegte nicht lang. Sie sprang auf und hechtete mit einem weiten Sprung zur Tür hinaus und auf das Licht zu, das sie sofort umfing.

Ja, drei Jahre ist es nun her, dass Meggy mir diese Geschichte erzählte. Es ist eine merkwürdige Geschichte, findet ihr nicht? Meggy war meine Klassenkameradin, und ich hatte sie auf der Intensivstation besucht. Warum sie da lag? Na, das könnt ihr euch doch sicher denken: Sie hatte einen Unfall.

Steinschmelze, Kapitel 1
Fiona Campbell
– aus dem Englischen übersetzt von Simone Pamler –

Die Prozession bewegte sich in die grandiose Zentralhalle des Palastes von Ruxen. Entlang der Säulen, welche ein System von Gassen vom Kuppelraum abtrennte, wehten die üblichen Fahnen, als ob sie von einem Wind, der hier im Inneren des Palastes nicht existierte, berührt würden.

Aber die magische Natur dieser Halle machte Dinge möglich, die an anderen Orten dieser Welt jenseits aller Vorstellungskraft schienen. Die Legende besagte, dass die Erbauer des Palastes ewige Zauber über diese Räume gelegt hatten, welche das Zentrum der Magie und damit der Macht nicht nur über das Land, sondern in Wahrheit über die ganze Welt darstellten. Aber natürlich war das nur eine Legende, und es gab noch viel wildere Theorien, wie dieser und alle anderen Effekte geschaffen worden waren. Sicher erschien allein, dass die Kuppel des Gleichgewichts viel älter war als alle noch existierenden Aufzeichnungen. Seltsamerweise schien vor genau eintausend Jahren alles Wissen über die Welt, alle Karten, Bücher und Schriften verloren gegangen zu sein. Alles, was man über den Kuppelraum und den Palast wusste, war, dass sie nicht während der aufgezeichneten Jahre erbaut worden waren, sondern lange zuvor.

Die zweite Unregelmäßigkeit der Aufzeichnungen war, dass die ältesten existierenden Schriften kurz nach der Inthronisation des letzten Wahrers des Gleichgewichts datierten. Prophezeiungen sagten, dass er seine Kräfte nach eintausend Jahren verlieren würde und ein neuer Wahrer in einem komplizierten Ritual eingeführt werden musste. Dieser habe ein Kleinkind zu sein, das nach strengen Maßstäben ausgewählt werden musste, welche jedoch mehr oder weniger unbekannt waren. Es schien, dass damals die Rituale besser bekannt waren, aber natürlich waren alle Aufzeichnungen aus dieser Zeit verschollen.

Allerdings schien es, als ob ein neuer Wahrer rechtzeitig gefunden worden war, als die Omen andeuteten, dass die Prophezeiungen erfüllt werden würden. Zumindest hielt Kanegras ein Kleinkind in seinen Armen, ein neun Wochen altes Mädchen, welches die Seher als das Richtige benannt hatten. Sie hatten ihm außerdem eine Schriftrolle mitgegeben, in der das Ritual beschrieben war. Niemand war bereit, ihm mitzuteilen, wo und wie sie an die Informationen gekommen waren, er wusste lediglich, dass dies das Richtige sein musste, was an diesem Tag zu tun war. Gerüchte berichteten von einer verborgenen Bibliothek, welche Informationen über frühere Zeitalter beinhaltete, aber Kanegras hatte keine Vorstellung davon, wo diese Bibliothek zu finden sein sollte. Als Hohepriester von Ruxen kannte er jeden Punkt der Welt durch seine magischen Gerätschaften und hatte auch jede Ecke des Landes selbst bereist, aber er hatte niemals etwas von einer Bibliothek gehört oder gesehen, die Informationen über etwas anderes als das *Wahre Zeitalter*, wie man es nannte, beinhaltete. Natürlich wäre eine derartige Bibliothek eine feine Informationsquelle, besonders weil man dort wohl jedes Detail nachlesen konnte, wie ein Wahrer ausgewählt und in seine lebensnotwendige Funktion erhoben werden musste. Kanegras konnte nicht glauben, dass auf einer einziger Schriftrolle all das stehen konnte, was wichtig war. Natürlich musste er dem vertrauen, was ihm die Seher mitgeteilt hatten. Aber es erschien ihm seltsam, dass die Information nicht vom Ersten Seher mitgeteilt wurde, sondern von einem niederrangigen Mitglied des Orakels, und außerdem nicht ihm persönlich, sondern seinem Stellvertreter Cancurin. Zumindest passierte dies allerdings in Anbetracht der Abläufe im Palast nicht all zu selten, obwohl ihn die Begründung nicht wirklich überzeugen konnte. Was konnte wichtiger sein als der Fortbestand der Welt, welcher in großer Gefahr wäre, würde man nicht rechtzeitig einen neuen Wahrer des Gleichgewichts erheben?

Kanegras verbannte diese Gedanken, als die Prozession die Mitte des Kuppelraumes erreichte. Das Ritual musste ohne jegliche Verzögerung und Abweichung durchgeführt werden. Er legte das Mädchen in das Becken und begann, es zu reinigen. Dabei hoffte er, dass es nicht begann, zu weinen oder mehr. Der Schriftrolle nach musste dies während des Rituals neun mal durchgeführt werden, nämlich vor jedem Zauberspruch, der auf das Mädchen angewendet wurde. Keiner der Sprüche war Kanegras vertraut, aber er machte sich dabei keine Sorgen, weil er immer recht gut damit zurechtkam, neue Sprüche aus Büchern oder von Schriftrollen anzuwenden. Er hatte auch keine Bedenken, dass die acht anderen Priester bei ihren Aufgaben scheitern würden. Der Seher hatte ausdrücklich angeordnet, dass jeder Zauberspruch von einem anderen Priester auszuführen war, ansonsten hätte das Gleichgewicht Schaden genommen. Diese Anweisung erschien Kanegras mehr als sinnvoll, und er war ziemlich froh, dass er nicht alle Sprüche selbst durchführen musste. Neue Zaubersprüche waren immer anstrengend und er war sich nicht sicher, ob er es schaffen würde, neun von ihnen hintereinander zu sprechen. Seine Hoffnungen wurden jedoch zerfetzt, als Kanegras den Kopf des Mädchens berührte. Es begann plötzlich mit aller Kraft zu schreien, und Kanegras wiegte es sofort sanft und sprach beruhigende Worte. Mit Erfolg, denn so plötzlich das Mädchen zu schreien begonnen hatte, so schnell hörte es auch wieder auf. Er beendete die Reinigung schnell und trocknete das Mädchen mit dem gestreiften Handtuch, das ihm Cancurin reichte, in der Hoffnung, dass dies keine fatale Unterbrechung der Zeremonie gewesen war. Oder war es sogar ein Omen? Kanegras ging einen Schritt zurück und ließ den jüngeren Priester mit dem Zauberspruch beginnen. Jünger war er, auch wenn man keinen Priester des Kernzirkels als jung bezeichnen konnte, auch nicht nach den Maßstäben für Priester. Cancurin war außerdem der kleinste der Neun, obwohl keiner von ihnen nicht als großgewachsener Mann angesehen wurde. Sie alle hatten ihre Köpfe bis auf einen Pferdeschwanz kahlgeschoren, der über ihre Nacken bis zur obersten Naht ihrer regenbogengestreiften Roben hing. Diese waren nicht ausdrücklich von den Sehern angeordnet worden, aber außergewöhnliche Rituale wurden immer in den edelsten Roben durchgeführt. Wenn dieser Spruch erfolgreich durchgeführt wurde, sollte er das Mädchen immun gegen körperlichen Schaden machen, sagte die Schriftrolle. Cancurin gestikulierte und flüsterte die Worte, die auf der Schriftrolle standen. Dann passierte alles zugleich.

Gerade als das Becken ins Nichts zu schmelzen schien, sprangen die Haupttüren des Kuppelraumes auf. Kanegras ergriff das kleine Mädchen gerade noch, bevor es zu Boden stürzen konnte, als eine bekannte Stimme vom Eingang schrie.

»Aufhören! Wollt ihr das Gleichgewicht zerstören und den Schatten freisetzen?«

Ectonas rannte so schnell zum Zentrum, wie es seine Würde als Erster Seher erlaubte. Er untersuchte das Mädchen, bevor er sich Cancurin zuwandte.

»Wenigstens scheinst du dich mit diesem wahnsinnigen Spruch nicht selbst verletzt zu haben. Hast du dir nicht wenigstens einen einzigen Gedanken über die Struktur dieses Spruches gemacht?«

Kanegras schauderte. Einige der Zaubersprüche, darunter dieser erste, hatten keinerlei Ähnlichkeit zu irgendeinem bekannten Spruch, weder in der Struktur noch in der angegebenen Wirkung. Natürlich gab es Sprüche gegen körperliche Schäden, aber diese erschufen immer Auren und legten sich nicht in einzelne Körper. Auch waren sie nicht dauerhaft, sondern hielten immer nur wenige Stunden oder höchstens einen Tag. Sicher, eine der Grundregeln der Magie war, dass die Formulierung und Gestik immer in Beziehung zur beabsichtigten Wirkung des Spruches stand. Aber wer sagte, dass einmalige

Aufgaben keine ungewöhnlichen Strukturen verlangten?

»Alle Informationen über das Mädchen und das Ritual kamen von den Sehern. Warum sollten wir also daran zweifeln, dass sie richtig sind?«

»Wie lange bist du schon Hohepriester? Du solltest eigentlich wissen, dass Ectonas niedrigeren Sehern nicht erlaubt, über Fragen zu sprechen, die das Schicksal der ganzen Welt betreffen. Ich fürchte, dass wir mindestens einen Schattenverschworenen in unseren Reihen haben. Aber Roydan wurde bereits suspendiert und zum Schrein gebracht, wo wir uns in Kürze mit ihm beschäftigen werden.«

Ectonas warf Kanegras einen Blick zu, der eine weitere Belehrung, aber auch wichtige Informationen versprach und ergriff seinen Arm. Kanegras entließ die anderen Priester und folgte ihm aus dem Kuppelraum. Kurz darauf steuerten die beiden geradewegs auf das Hohepriesterquartier zu. Der Erste Seher war eine beeindruckende Gestalt, größer als die meisten Männer im Land. Seine hohe Stirn war von Streifen weißen Haars eingerahmt, die ihm zusammen mit seinem weißen Bart, der fast bis zu seiner Brust hing, eine Ausstrahlung von Wissen und Macht gaben. Wenn seine Ausstrahlung noch nicht majestätisch genug war, beseitigte seine Robe die letzten Zweifel. Golden, mit den Abzeichen des Orakels auf der linken Brustseite und den persönlichen Insignien als Erster Seher auf der rechten, ließ sie keinen Widerspruch darüber zu, dass sie von einem Mann in höchster Funktion getragen wurde. Natürlich war die goldene Farbe dem Ersten Seher vorbehalten, während die Roben der anderen Seher blau oder violett waren, was wiederum von ihrem Rang innerhalb des Orakels abhing. Es spielte nicht einmal eine Rolle, dass keiner der Seher die Fähigkeit hatte, Zaubersprüche anzuwenden. Ihr Ansehen im Land war auch so hoch genug, und sie brauchten die Fähigkeit sowieso nicht.

Nachdem sie eine gefühlte Ewigkeit durch pompöse Hallen und enge, aber nicht weniger geschmückte Korridore gehetzt waren, kamen die beiden endlich im Hohepriesterquartier an, wo sie sofort den Großen Sitzungssaal aufsuchten. Ectonas befahl dem Leibdiener von Kanegras, noch bevor er sich hinsetzte, ihm Gewürztee zu bringen. Kanegras schenkte sich einen Becher Wein ein, was nach diesem schockierenden Ereignis notwendig war, welches mehr als nur das magische Land Ruxen hätte zerstören können.

»Wie wusstest du, was mir Roydan gesendet hatte, wenn dieser Plan vor dir verborgen hätte werden sollen?«

Der Erste Seher schüttelte den Kopf.

»Ich habe Roydan schon seit längerer Zeit verdächtigt. Es gab mehrere Vorkommnisse, die nicht zum Verhalten eines Sehers passten. Entscheidend war aber, dass wir vor acht Tagen den Plan der Schattenverschworenen aufdeckten, ein Kleinkind zu präsentieren, welches der neue Wahrer des Gleichgewichts sein sollte, was nicht stimmen kann. Natürlich kamen wir zu spät, um zu verhindern, dass dieses Mädchen hierher gebracht wurde. Aber ich hatte geglaubt, dass du dir genauere Gedanken über die Prophezeiungen gemacht und herausgefunden hättest, dass das Kind nirgends im Land gefunden werden kann.«

Als der Diener mit dem Tee den Raum betrat, hielt Ectonas inne und nickte dem Mann zu.

»Bitte keinen Zucker, er verfälscht nur den Geschmack der Gewürze. Herzlichen Dank, du kannst uns verlassen.«

Er wartete, bis die Tür ins Schloss fiel und wandte sich wieder Kanegras zu.

»Dann hörte ich, dass du zum Ritual gerufen hattest. Dumm von dir, aber wie es aussieht, bin ich noch rechtzeitig gekommen, um größeren Schaden als die Zerstörung dieses wunderbaren Beckens zu verhindern. Wusstest du überhaupt von dessen wahrem Verwendungszweck?«

Kanegras nickte und der Erste Seher fuhr fort.

»Ich hatte es gehofft. Allerdings kann man jetzt nicht mehr viel daran ändern, du wirst nach einem Weg suchen müssen, es zu ersetzen, da es nicht mehr wiederhergestellt werden kann. Aber nun zu den wichtigeren Sachen. Ich werde dir nicht jedes Detail mitteilen, weil dieses Wissen für dich nicht nötig ist. Wichtig ist nur, dass Ylgalyn persönlich mit mir gesprochen und mir Anweisungen für die Suche gegeben hat. Wenn das Kind geboren ist, gibt es kein Ritual. Es scheint, als ob dieser Teil der Prophezeiungen von Schattenverschworenen gefälscht wurde. Die Schlüssel für die Suche sind Flurac und Llyva Marrhinarc. Aber das sind Dinge, über die du nichts genaueres wissen musst. Sieh mich nicht so fragend an. Ja, das Kind muss erst noch geboren werden. Deine Aufgabe ist es, den richtigen Mann und die richtige Frau zu finden, es zu zeugen, und sie auf ihren Weg zu schicken.«

Kanegras schluckte.

»Aber Flurac ist in Ruinen und kaum lokalisiert. Ich will gar nicht von der Tatsache sprechen, dass niemand jemals auch nur einen Blick auf die Zitadelle des Ewigen Morgens geworfen hat.«

Das war die Übersetzung von Llyva Marrhinarc in die allgemeine Sprache. Beruhigend war an dieser Aussage lediglich, dass der Wahrer noch in der Lage war, direkten Einfluss auf die Welt zu nehmen und mit Ectonas zu sprechen.

»Wie du in der Kuppel gesagt hast: Einmalige Aufgaben erfordern ungewöhnliche Strukturen und besonderen Aufwand. Beide Orte werden gefunden werden, sobald die Prophezeiungen erfüllt sind. Ich hatte geglaubt, dass du dich bei deinen Studien intensiver mit den Prophezeiungen beschäftigt hättest und mit ihren Auslegungen erfolgreicher gewesen wärst. Ganz nebenbei steht es zwar nicht wörtlich in den Prophezeiungen, aber ich bin fest davon überzeugt, dass Kajacha mit einem dieser Orte verbunden sein wird. Nein, das hat mir nicht Ylgalyn gesagt.«

Während er dies sagte, rührte Ectonas unbeeindruckt weiter seinen Tee um.

Kanegras legte seinen Kopf zur Seite.

»Die geheime, oder besser, verlorene Bibliothek? Sie ist mehr als ein Gerücht? Ich würde mein Leben dafür geben, dort studieren zu können.«

Ectonas trank letztlich einen Schluck Tee.

»Ah, das kann man als vernünftige Trinktemperatur bezeichnen. Wie gesagt, ich habe keine Beweise, außer, dass ich sicher weiß, dass sie existiert. Wo sonst soll dein Suchtrupp die Informationen finden, die er braucht, um seine Aufgabe zu erfüllen, sobald du ihn auf seinen Weg geschickt hast? Ich bezweifle jedoch, dass du in der Lage wärst, die Bibliothek zu betreten. Ich könnte mich hierbei aber irren. Sicher ist nur, dass du dich nicht mehr einmischen darfst, sobald die Mission begonnen hat. Das würde ins Verderben führen. Jetzt solltest du besser damit beginnen, die richtigen vier Männer und eine Frau zu finden, um die Mission auszuführen. Ich werde ihnen die notwendigen Informationen persönlich geben, sobald du sie gefunden hast.«

Mit diesen Worten drehte sich Ectonas um und ließ Kanegras alleine in seinem Sitzungssaal zurück. Kanegras blieb eine lange Zeit geschockt stehen, bis Rhonwhallon mit einer anderen Schriftrolle in seiner Hand eintrat. Der schlanke Sekretär für Angelegenheiten fremder Länder hatte die regenbogengestreifte Robe gegen eine weniger extravagante weiße Robe ausgetauscht, die wesentlich besser zu ihm passte. Sein Gesicht versprach hingegen weitere Probleme.

»Wie geht es dem Mädchen?«, fragte Kanegras während er die Rolle öffnete, nachdem es die Überreste des Siegels als jenes des Rates von Epipfuxpu, dem Land westlich von Ruxen, identifiziert hatte. Somit hatte Rhonwhallon es bereits gelesen und als wichtige Information für Kanegras erachtet.

»Sie wird überleben. Ich denke, dass wir ihre Erinnerungen an die Vorbereitungen löschen und sie ihren Eltern zurückgeben sollten. Diese werden ebenfalls Behandlung und Unterstützung brauchen. Es muss eine große Enttäuschung für sie sein, dass ihre Tochter nicht die Auserwählte ist.«

Wir wurden informiert, dass die Seher von Dyrlinar Vorschläge gemacht haben, wie das Problem des Gleichgewichts vermieden werden kann. Allerdings wurden diese Vorschläge nicht von Ectonas, dem Ersten Seher, selbst unterzeichnet, was uns stark beunruhigt. Um Schaden für die gesamte Welt zu verhindern, bitten wir, das vorgeschlagene Ritual zu verschieben, bis es vom Ersten Seher als richtig bestätigt wurde.

Für den Rat von Epipfuxpu
Wylduc

»Wann ist dieser Brief angekommen? Warum wurde er mir nicht vor diesem verdammten Ritual überreicht? Und warum ging er nicht direkt an mich, als er im Palast ankam? Was das Mädchen betrifft, glaube ich nicht, dass sie Schattenverschworenen zurückgegeben werden sollte. Finde für sie einen Platz im Kinderbereich des Palastes und lasse sie aufwachsen wie jedes andere Kleinkind, das zu uns gebracht wird, um eine Priesterin zu werden. Sie könnte trotz allem die Fähigkeit haben, Zaubersprüche anzuwenden, wenn sie erwachsen ist.«

Rhonwhallon schluckte und trat einen Schritt zurück.

»Schattenverschworene? Ich werde handeln, wie du es anordnest. Aber die Schriftrolle war auf meinem Schreibtisch, als ich aus dem Kuppelraum zurückkehrte. Ein Schreiber sagte mir, dass ein Bote angekommen war, kurz nachdem der Erste Seher praktisch die Eingangswachen durchbrochen hatte, um das Ritual zu stoppen. Es wurde wohl deshalb zu mir gebracht, weil niemand davon ausgehen konnte, dass es mehr war als die normale monatliche Botschaft aus Epipfuxpu. Vergiss nicht, dass meine Hauptaufgabe im Palast der Kontakt zu den anderen Ländern ist.«

Kanegras warf dem anderen Priester einen durchdringenden Blick zu.

»Ja, ich weiß das, und ich werde das jetzt nutzen. Du wirst

mir helfen, vier geeignete Männer für eine wichtige Mission zu finden. Zu wichtig, um dir die meisten Einzelheiten zu erklären, aber ich werde dir so viele Informationen geben wie nötig. Ich verdächtige weder dich noch sonst jemanden im Speziellen, aber es scheint, dass es sehr viel schwerer sein wird, jemandem zu vertrauen, als vor einiger Zeit. Sogar und vielleicht besonders im Palast.«

Nachdem Kanegras seine Anweisungen beendet hatte, kehrte Rhonwhallon in seine Quartiere zurück und fragte sich, ob es einen einzigen Mann auf dieser Welt geben würde, welcher die Kriterien erfüllen konnte, die ihm eben mitgeteilt worden waren. Aber es war seine Aufgabe, und er war ein Mann von Ruxen, und natürlich des Gleichgewichts. Er hoffte lediglich, dass der Schatten nicht zu früh und zu stark eingreifen würde.

Das gestohlene Kind
Madeleine Scherer

Ich sitze auf den Steintreppen, die zur Terrasse führen. Die Sonne geht unter, der Wind lässt die Bäume des nahen Waldes tanzen, bewegt das Gras, mein Haar. Ich bin etwa vier Jahre alt, aber die Zahl sagt mir nichts. Meine Beine sind sehr kurz, meine Füße baumeln über der Erde, obwohl die Steine, aus der die Treppe gemacht ist, nicht sehr hoch sind.

Ich beobachte die Gestalt, die mich beobachtet. Sie steht im Wald, in den Schatten, aber ich kann sehen, wie sich ihr Schatten von den anderen abhebt. Sie ist anders, irgendwie. Ich würde gerne hinlaufen, aber ich habe Angst, von der Treppe zu springen und ich habe Angst vor dem Wald, wenn ich alleine bin und ich bin neugierig, ob die Gestalt von sich aus zu mir kommt. Es wird langsam dunkler, im Gras zirpen Grillen. Das Gras ist sehr hoch, fast so hoch wie ich und ich kann mich nicht entscheiden, ob ich es mag, weil es mich wie eine Decke einhüllt oder nicht mag, weil es mich manchmal erstickt und ich raus will, aber nicht kann, weil es überall ist.

Ich sehe nicht, wie sich die Gestalt durch das Gras schleicht, als die Sonne untergegangen ist, aber plötzlich steht sie vor mir.

Sie sieht mich an und ich sehe zurück, eher ein unangenehmes Starren von meiner Seite, weil ich es nicht schaffe, sie so gelassen anzusehen wie sie mich ansieht, als hätte sie mich schon einmal gesehen, als kenne sie mich. Sie ist fast so klein wie ich, vielleicht eine Handbreit größer. Sie ist nicht blass, sondern weiß, mit blassen Augen und langen Fingern. Ich kann nicht entscheiden, ob es ein Mann oder eine Frau ist, nur, dass es ein schönes Wesen ist, schön, nicht wie eine Blume oder der Sonnenuntergang, sondern schön wie eine Vase oder ein frisches, weißes Buch. Sie trägt nichts, aber ich habe auch nicht das Gefühl, als dass sie das sollte. Ihre Flügel – das einzig bunte an ihr, schillernd wie eine Ölpfütze und genauso träge – werden sanft vom Abendwind hin und her geweht. Ich werde müde, sie anzusehen und frage:

»Soll ich mitkommen?«

Die Gestalt – ich denke, es ist ein Elf; ich weiß nicht, was es sonst sein sollte, meine Mutter hat mir von Elfen erzählt und gesagt, sie seien schön und lebten im Wald, weit drinnen – streckt ihre Hand aus und ich nehme sie und sie zieht mich vom Stein runter. Ich lande auf dem Gras, auf eine Weise, auf die ich es nicht kann, wie eine Katze oder ein Wesen mit Flügeln.

Der Elf zieht mich durch das Gras, schnell, so schnell, dass ich kaum hinterherkomme. Ich sehe ihn, wie er weiß vor mir läuft und wie sich das Gras in ihm spiegelt, sodass er fast in es übergeht und ich denke, wenn er sich mir längs zuwenden würde, könnte ich ihn nicht mehr vom Gras unterscheiden. Ich frage mich, wie oft ich wohl schon Elfen gesehen habe, als ich das Gras von meinem Fenster im alten großen Haus betrachtet habe. Die Hand des Elfen jedoch liegt fest und warm in meiner und ich habe kein Angst, durch das Gras zu gehen. Mir ist, als legten es und die allumfassende Dunkelheit sich fest wie eine Decke um mich, der Mond und die Sterne wie eine glitzernde Stickerei auf der Decke, und ich habe das Gefühl, sie berühren und mit ihnen spielen zu können, wenn ich nur die Hand ausstreckte.

Wir erreichen den Wald und gehen hinein. Ich blicke nicht zurück, mein Blick ist gefangen von den alten Bäumen, den vielen Ästen auf dem Waldboden, dem grünen, feinen Moos auf den großen Steinen, an denen wir vorbeigehen, und dem glitzernden Tümpel, an dem wir stehen bleiben. Der Elf legt den Finger auf die Lippen und sieht mich an. Er lächelt nicht – ich bin mir nicht sicher, ob er es überhaupt kann – aber nichtsdestotrotz macht mich sein Anblick glücklich, so wie mich die wilde Umgebung willkommen heißt, auch wenn sie nicht häuslich ist.

Wir warten. Wir atmen ein, wir schweigen. Die Hand des Elfen in meiner ist warm, wir atmen aus. Die Luft streicht um unsere Körper und ich weiß, wenn ich wollte, könnte ich davonfliegen, durch die blaue Nacht.

Auf der anderen Seite des Ufers erscheinen zwei weitere Gestalten. Die eine ist ein anderer Elf, blass wie der neben mir, nicht minder schön, mit langem weißen Haar, das im Wind hin und her weht. Er hält ein Kind an der Hand, das mir auf eine unreife Art und Weise klein vorkommt, bevor ich bemerke, als sie näher kommen, dass es genauso aussieht wie ich.

Es hat mein Gesicht und meinen Körper, aber es ist krank, blass und läuft gebeugt wie unter Schmerzen. Es läuft nicht einmal wirklich, sondern wird mehr von dem anderen Elf geschoben, als stünde es auf Rollen. Ich weiß, dass ich das bin, ich weiß, dass ich irgendwo in einem Krankenhausbett liege, unter einen zu schweren Decke, die mich wärmt, aber meistens erstickt und dass ich dieses Bett eigentlich nicht verlassen kann, weil ich sterbe. Ich weiß, dass meine Eltern neben meinem Bett sitzen und meine Hand halten, dass meine Mutter mir leise von Elfen und Wäldern erzählt und mir sagt, dass wir bald schon ins alte Haus am Waldrand zurückkönnen und ich dann wieder wirkliche Sonnenuntergänge sehen werde, aber ich weiß, dass das nicht stimmt, weil ich fühle, wie ich sterbe, Stück für Stück. Aber ich will nicht sterben, ich habe Angst und deshalb klammere ich mich an der Hand des Elfen fest und bitte ihn, mich als ein Wechselbalg ins Elfenland zu führen.

Unerreichbar
Diana Schleicher

Nacht umfängt mich und umhüllt mit ihrem samtenen Mantel die Welt. Sie gibt den Geschöpfen Ruhe und Zeit, sich von den Herausforderungen des Tages zu erholen.

Nicht aber mir, denn ich liege schon seit Stunden wach und starre an die Decke; zeichne im Geist die filigranen Linien der kunstvollen Malerei dort oben nach. Meine Gedanken sind nicht in einem süßen Traum gefangen, sondern irren in tiefen Pfaden meiner Seele umher. Dort, wo sie noch mehr Schmerz ausrichten als heilen können, und so banne ich die Dunkelheit aus meiner Umgebung.

Sanft durchflutet das Kerzenlicht meinen Schlafbereich und ich setze mich langsam und schwerfällig auf. Der seidene Stoff vor den offenen Fenstern tanzt sacht im Wind, während die Flamme der Kerze mit den Schatten spielt.

Ein leises Seufzen löst sich von meinen Lippen, denn lange schon sollte ich schlafen. Der Morgen würde früh genug kommen und mit geballter Grausamkeit auf mich nieder drücken. Die Trauer in meinem Herzen war schon unter normalen Umständen quälend – doch wie würde es erst sein, wenn mein Geist sich mal wieder nach der Ruhe des Schlafes sehnt?

Nicht immer war es so. Bevor ich dein Antlitz zum ersten Mal sah, war ich stolz und über das sterbliche Volk erhaben, war etwas Besseres und meine Zukunft war die einer Prinzessin an der Seite eines Herrschers.

Für einen Moment schließe ich die Augen und verdränge diese Gedanken. Vielleicht sollte ich noch einen Versuch wagen. Aber ich weiß, dass es keinen Sinn hat, dass es vergeudete Kraft wäre, jetzt noch einmal die Traumwelt aufsuchen zu wollen. Denn so sehr ich es auch versuche, meine Gedanken halten nicht inne. Es ist beinahe so, als ob sie mich quälen wollen und das nicht nur in dieser Nacht.

Ein Kopfschütteln später schlage ich die weiche Decke zurück und spüre den hölzernen Boden unter meinen Füßen. Es fröstelt mich leicht. Für eine meines Volkes eine unnatürliche Empfindung, und in den Augen meiner Brüder und Schwestern ein deutliches Zeichen dafür, dass der Fluch der Sterblichkeit meine Seele und mein Herz berührt hat. Dennoch erliege ich nicht der Versuchung, in den Schutz des wärmenden Bettes zurück zu kehren. Stattdessen greife ich nach einem Plaid, das nicht unweit meines Bettes über einer hölzernen Truhe liegt. Dein Duft haftet dem wollenen Gewebe immer noch an und ich nehme ihn in mich auf, während mein Blick suchend umher irrt. Er sucht dich, doch findet nicht, was er begehrt, weilst du doch nicht mehr unter uns. Ohne zu wissen, warum, trete ich an eines der Fenster und atme die frische Luft ein. Wie auch sonst so oft, habe ich das Gefühl, die Sterne am Himmel berühren zu können.

Blätter streicheln die Haut meines Armes, als ich eine Hand nach den funkelnden Diamanten des Nachthimmels ausstrecke. Obwohl man von hier oben das Gefühl hat, mit dem Himmel zu verschmelzen, kann ich keinen der Sterne berühren.

Und auch wenn ich weiß, dass ich diese Kinder des Himmels nie erreichen kann, kämpfe ich verzweifelt darum. Noch nie zuvor habe ich einen Kampf mit einer solchen Leidenschaft gefochten. Doch in dieser Nacht ist alles anders, will ich doch berühren, was ich einst verloren habe.

Wie schon in den schlaflosen Stunden zuvor, ist es dein Bild, das mich in diesem Moment begleitet. Ich versuche, die Tränen zu verbergen und dein Lächeln zu erkennen. Doch es ist nicht da, denn auch auf deinen Wangen glänzen die Zeugen von Leid und Schmerz. Hast du sie vergossen, als du deinen letzten Atemzug getan hast oder liebkosen sie deine Wangen, nun, da du mich von deinem Platz im Himmel so hilflos siehst?

Wieder und wieder frage ich mich, ob deine letzten Gedanken mir galten, ob du daran gedacht hast, nie wieder ein Lächeln in mein Herz pflanzen zu können? Ich weiß es nicht und ich werde es auch nie erfahren, denn ich war nicht bei dir in diesen letzten Minuten. Doch hättest du es gewollt? Hättest du gewollt, dass ich deine Hand halte und einen Kuss auf deine bebenden Lippen presse, bevor dein Herz ein letztes Mal schlägt? Nein. Wenn ich mir über eine Tatsache sicher bin, so ist es diese. Niemals hättest du gewollt, dass ich in deiner Gegenwart um deine vergängliche Seele weine und damit mein Schicksal besiegle.

Doch genau das tue ich jetzt im Angesicht der Sterne. Was ist schon die Unsterblichkeit meines Volkes, wenn sie den Fluch der Einsamkeit bringt? Denn auch wenn die Zeit Wunden heilt, so werde ich niemals mehr mein Herz einem anderen schenken können. Denn dir alleine gehören ein jeder Schlag und ein jeder Atemzug. Und jetzt, da du dorthin gegangen bist, wohin ich dir niemals folgen kann, schlägt mein Herz immer noch. Doch es hat mit deinem letzten Atemzug einen Teil verloren. Es ist zerbrochen, so wie dein Körper durch die Klingen des Feindes gebrochen zu Boden sank. Wie also soll ich ohne diesen Teil die Gabe der Unsterblichkeit nicht verurteilen?

Heiße Tränen liebkosen meine Wangen, so wie es einst deine Berührungen taten und ich erzittere, als der kühlende Wind über mein Gesicht streichelt. Erinnerungen überkommen mich. Erinnerungen an eine bessere Zeit. Dein Lächeln, als du mich hier an diesem Zufluchtsort wieder gefunden hast. Verstoßen vom eigenen Volk und aufgenommen von der Großzügigkeit eines Sterblichen. Hier verurteilte mich niemand für die Liebe zu einem Menschen. Ich wollte dich halten, doch du wolltest für dein Volk gegen eine Übermacht antreten. Ein aussichtsloser Kampf und dennoch schlug Hoffnung in deinem Herzen. Und so spürte ich erstmals den Fluch der Zeit.

Ich versuchte, jede uns noch bleibende Sekunde in meine Gedanken zu brennen oder sie für die Ewigkeit zu halten. Doch dies war mir nicht möglich und so musste ich hilflos mit ansehen, wie die Zeit mit jedem Kuss und jedem leisen Seufzen durch meine Finger rann. Das war das letzte Mal, dass ich deine

Berührungen spürte und dein Lächeln sah.

Ich atme tief ein und versuche, diese schmerzenden Erinnerungen in den Teil meines Herzens zu verbannen, der mir noch geblieben ist. Damit verebben auch die verzweifelten Versuche, die Sterne zu berühren, dort wo ich dich nun vermute. Meine Lippen formen Worte, die ich so oft aus deinem Munde hörte und ich ebenso oft erwiderte. Doch in dieser Nacht werden sie von Worten des Abschieds begleitet, die der Wind mit sich nimmt auf seine ewige Reise.

Irgendwann werden sie dich erreichen und dir das Wissen schenken, dass ich Abschied genommen habe. Aber nicht von dir, meinem Seelengefährten, sondern von dem Wunsch, die Sterne zu berühren und dir an den einzigen Ort folgen zu können, an dem ich dich nie erreichen werde.

Nachtschattengewächse
Sarah Pritzel

Das Messer lag schwer in ihrer Hand. Ob er der Richtige war?

Während sie ihr weißes Spitzenkleid betrachtete, versuchte sie, in sich hinein zu horchen, eine Stimme zu finden, die ihr die Erlösung prophezeite. Aber in ihr war nur Schmerz. Nach so langer Zeit noch immer. Das Kleid lag wie ein Totentuch auf ihrer Haut und die kühle Frühlingsluft, die durch das offene Fenster herein strömte, ließ sie frösteln.

Als jüngste von vier Schwestern hatte sie schon immer ihren eigenen Weg gehen wollen und nachdem sie sich Hals über Kopf in den Sterblichen verliebte, war ihre Familie vergessen gewesen.

Sie hatte ihn bei einem Ausflug zu ihrem Lieblingssee kennengelernt. Seine dunklen Haare waren ihr als Erstes aufgefallen, sein selbstsicheres Lächeln wenige Sekunden später, als ihre Blicke sich getroffen hatten. Damals war der Boden noch bis tief in das Erdreich hinein gefroren gewesen und eine dicke Schneedecke begrub die faulenden Blätter aus dem Vorjahr in gnädigem Schweigen unter sich.

Für Philipp hatte sie die Annehmlichkeiten des Palastes hinter sich gelassen und war zu ihm in eine bescheidene Holzhütte im Dorf gezogen. Natürlich waren weder ihre Schwestern, noch ihr Vater begeistert gewesen – er hatte ihr sogar seinen göttlichen Zorn angedroht, schließlich aber ihrem Sturkopf nachgegeben.

An diesem 20. März 1152, ihrem Geburtstag, war Philipp besonders aufmerksam gewesen und beschäftigte sie von morgens bis abends mit einem Ausflug zu ihrem See.

Gemeinsam bestaunten sie die ersten Frühlingsblumen und machten sich einen Spaß daraus, die dünne Eisschicht, die das Wasser noch bedeckte, mit kleinen Steinchen zu durchwerfen. Wenn die kalte Oberfläche den Stein verschluckte, breiteten sich winzige konzentrische Wellen auf ihr aus, die leise an die Eiskante schwappten, bevor sie verebbten und so jeden Beweis für die Existenz des Kiesels vertilgten.

Sie erinnerte sich noch gut daran, wie er sie in seine Arme geschlossen hatte, als sie übermütig und lachend auf ihn zu gerannt war. Damals konnte sie es noch nicht erklären, aber er schien immer etwas nach Magie zu riechen. Es war ein wilder Geruch, betäubend wie die Blüte des Stechapfels. Jetzt dachte sie, dass ihr das hätte eine Warnung sein sollen, aber vor Verliebtheit war sie genauso dumm und blind gewesen wie die sterblichen Frauen, die sie seit Jahrhunderten kommen und gehen sah.

Der Mann, der nun neben ihr im Bett lag, atmete ruhig und friedlich. Wenn er doch nur der Richtige wäre, dann würde ihr Leid bald ein Ende haben.

Ihr Kopf ruhte an seiner Schulter und seine Arme waren um ihre Hüfte geschlungen, als sie unerwartet ein leichtes Zwicken in ihrem Magen spürte. Das Gefühl steigerte sich von einer unangenehmen Empfindung zu einem starken Schmerz und sie zuckte unwillkürlich zusammen.

Sein Griff um ihre Hüfte verstärkte sich, zog sie schraubstockartig näher an ihn heran – beinahe so, als hätte er ihr Unbehagen gespürt.

»Shh«, flüsterte er sanft und legte ihr eine Hand auf das blonde Haar, »Shh.«

Die Nähe wirkte plötzlich bedrohlich, das Stechen in ihrem Magen erfüllte sie mit Panik. Ihr Blick suchte den ihres Geliebten und als sie ihm in die Augen schaute, überrollte sie die Erkenntnis wie ein Schauer. Keiner dieser warmen Regen, die ihre Schwester Summer so liebte, sondern ein eisiger. Einer, der alle Härchen am Körper Alarm schlagen und die schwarzen Pupillen der Augen sich auf einen Schlag weiten ließ.

Er hatte sie belogen.

Ausgenutzt wie einen Lastesel, dem man ein Stückchen Zucker vor die Nase hielt, damit er noch einen Kilometer weiter lief.

»Meine Schwestern!«

Der Schock verlieh ihr neue Kräfte und sie versuchte, sich mit aller Macht aus seiner Umarmung zu befreien. Irgendetwas geschah mit ihnen, das konnte sie spüren, doch Philipp hielt sie eisern fest.

»Es ist zu spät, Schneeglöckchen, du kannst ihnen nicht mehr helfen. Bleib bei mir. Hier bist du sicher.«

Übelkeit stieg in ihr hoch. Der pathetische Kosename hatte ihr noch nie gefallen aber jetzt lag zudem etwas in seiner Stimme, das ihr den Magen umdrehte. Mit einem letzten Ruck riss sie sich von ihm los und begann, zu rennen.

Ihre langen Haare schlugen ihr dabei immer wieder wie winzige Peitschen ins Gesicht und einige Male stolperte sie auf dem unebenen Boden, den sie nur noch verschwommen wahrnahm. Philipp musste direkt hinter ihr sein. Sie schaute sich nicht um.

Der Palast ihres Vaters lag still vor ihr. Es sah nicht so aus, als wäre dort etwas geschehen, so vertraut wirkten die hohen weißen Wände, die mächtigen Wandgemälde und der lange Flur, der zum Wohnzimmer führte. Dennoch spürte sie gleich, dass alles anders war. Es roch metallisch, süß. Von dem Geruch wurde ihr wieder schlecht.

»Bleib stehen!«, hörte sie Philipp hinter sich rufen, als sie mit zitternden Händen die Tür zum Wohnraum aufstieß.

Ihr Vater lag auf dem Boden, die Augen weit vor Schreck und Überraschung aufgerissen. In der Hand hielt er noch ein Messer, das nun schlaff zwischen seinen Fingern hervor lugte und drohte, auf den nachtblauen Teppich zu rutschen.

Nur wenige Schritte von seinem Leichnam entfernt standen zwei Männer. Der eine war Philipps bester Freund, der Dorfschmied, den anderen erkannte sie als den Großherzog. Mit seinen kräftigen Armen war es für den Schmied kein Problem, die drei Frauen in Schach zu halten.

Den Anblick ihrer verängstigten Schwestern würde sie nie vergessen. Auch heute noch, fast 900 Jahre später, versetze es ihr einen kurzen Stich, der ihr das Atmen schwer machte. Sie hatte die Todesangst in ihren Augen gesehen, das hämische Grinsen des Herzogs und Philipps, der hinter ihr in den Wohnraum gerannt war – all diese Eindrücke hatten sich in ihrem Gedächtnis festgebissen und ließen sie seitdem nicht mehr los.

Angst hatte sie nicht verspürt und auch Wut konnte sie in diesem Moment nicht empfinden. Lediglich eine tiefe Hoffnungslosigkeit und die Erkenntnis, alles zu verlieren, was ihr lieb war, breiteten sich wie ein tödliches Gift in ihrem Körper aus.

Noch immer war sie so hilflos wie damals, ein Spielball der Umstände.

Der Messergriff war durch ihre Umklammerung warm geworden, nur noch die Reflexion des Lichts auf der eisernen Klinge erinnerte an die Tödlichkeit der Waffe in ihrer Hand.

»Wartet! Haltet sie da raus«, echote Phillips Stimme durch den großen Raum. Der Herzog beachtete seine Bitte nicht und machte mit seinem Schwert in der Hand einen Schritt in die Richtung der Schwestern.

Aus ihrer Starre erwacht, warf sie sich schützend vor die drei Älteren. Ihre Beine zitterten leicht und ihr Herz raste noch vom schnellen Sprint zum Palast, aber sie wollte den Männern gegenüber unter keinen Umständen ihre Schwäche zeigen.

»Morok, ihr habt versprochen, die Schwestern nicht anzurühren«, wandte Philipp sich mahnend an den Herzog.

Dieser lachte kehlig.

»Und wer kann mir garantieren, dass ich der mächtigste Herrscher in diesem Land werde, wenn die vier Töchter eines Gottes weiter unter uns wandeln?«

Sie hielt den Atem an. Es setzte sich plötzlich alles zu einem passenden Bild zusammen. Ihr Geliebter hatte sie verraten, hatte ihr Geheimnis preisgegeben und ein machtgieriger Herzog würde nun alles an sich reißen. Für lächerliche Dinge wie Reichtum und Prestige würde ihre ganze Familie sterben müssen. Dinge, die genauso vergänglich waren wie das Leben der Sterblichen.

Menschen waren nicht besser als Schakale im Blutrausch, die eifersüchtig um ein Stück Fleisch kämpften. Jeder Flecken fruchtbares Land musste wie die letzten Fetzen der Beute noch aufgeteilt werden, und der Stärkste gewann nun einmal den Löwenanteil.

»Ich kann es garantieren. Mit einem Fluch.«

Die Worte entlockten Autumn ein angstvolles Wimmern und ihre Finger krallten sich in den Arm der jüngeren Schwester, die noch immer schützend vor ihr stand.

»Ein Fluch, der sie in ihre zweite Gestalt bannt. So können sie keinen Schaden anrichten und werden euch nicht im Wege stehen.«

»Und eure Geliebte?«

»Sie bleibt bei mir.«

Philipp klang entschlossen und erschreckend kühl.

»Nein!«

Es kam ihr schneller über die Lippen, als sie noch vor einigen Tagen, ja, noch vor einigen Stunden, gedacht hätte.

»Eher sterbe ich.«

Und diese Entscheidung war ihr eigener Fluch geworden.

»Wie könnte ich bei dir bleiben? Einer falschen Schlange, die meine Familie verrät!«, hatte sie ihm ihre ganze Verachtung entgegen gespuckt. Zwar hatte die Liebe sie zuvor geblendet, aber der Stolz, den ihr Vater ihr mit in die Wiege gelegt hatte, klärte nun ihren Verstand und erinnerte sie wieder daran, wer sie war.

Die Wut übermannte sie mit aller Kraft. Sie wusste, warum sie es tun musste.

Da war keine Enttäuschung in seinem Gesicht gewesen. Kein Bedauern, kein winziger Funken Trauer. Philipp war schier explodiert vor Aggression, die Muskeln so angespannt, dass sein Gesicht sich zu einer grässlichen Grimasse verzerrte.

»Dann sollst du niemals dein Glück finden.«

Sie konnte aus seinen Gesichtszügen deutlich herauslesen, was er eigentlich sagen wollte: Sie solle leiden.

Und er sprach den Fluch, sprach ihn mit einer solchen Kraft und einem solchen Hass, dass sie das erste Mal, seit sie das Wohnzimmer betreten hatte, von einer kalten Angst gepackt wurde.

Fortan waren ihre drei geliebten Schwestern in ihrer zweiten Gestalt gefangen gewesen. Die Älteste, Summer, verließ als anmutiger Falke den Palast ihres Vaters und Autumn blickte sie aus scheuen gelben Wolfsaugen an, ehe sie um ihr Leben rannte. Nur der Luchs blieb noch einige Augenblicke neben ihr stehen und fauchte mit angelegten Ohren in die Richtung der Männer, ehe auch dieser sich umdrehte und hinaus in die Wälder lief.

Nur sie selber blieb zurück in ihrer Menschengestalt, die Last des Fluches allein auf ihren Schultern und dazu verdammt, den Mann zu finden, der sie aufrichtig liebte und den sie liebte – nur, um ihn dann zu verlieren.

Damals hatte sie nicht bedacht, dass sie immer wieder aufs Neue würde leiden müssen. Jedes Mal, wenn sie sich verliebte, schwangen Angst und Hoffnung zu gleichen Teilen in dieser neuen Chance mit. Wenn er derjenige war, der sie aufrichtig liebte, könnte sie ihre Schwestern nach all den Jahren endlich aus ihrer Tiergestalt befreien.

Dabei wusste sie nicht einmal, ob ihre Schwestern noch lebten, denn sie hatte sie seit jenem Tag im März nie wieder gesehen.

Die stolzen Raubtiere waren selten geworden, nachdem der Mensch sich jeden Flecken Erde zu Eigen gemacht hatte.

Der Erste war vor vielen hundert Jahren Philipp gewesen – auch wenn sie wusste, dass er nicht der Richtige war. Wenigstens hatte sie ihm einen schnellen Tod gewährt, während ihr die Ewigkeit mit ihrer Bürde bevorstand.

Jetzt schaute sie auf den Blutspritzer, der sich in den Saum ihres weißen Kleides gefressen hatte, für einen Moment in sein unergründliches Rot vertieft. Der Name des Mannes war nicht mehr wichtig. Nur ein Name von vielen, die ihr über die Jahrhunderte begegnet waren. Nur eine Narbe mehr auf der Seele.

Ob sie dieses Mal den Richtigen gefunden hatte, würde sich erst in den nächsten Tagen zeigen.

»Ich bin der Frühling«, dachte sie bitter, während ihr die Tränen kamen, »und ich bringe den Tod.«

Erwacht
Charlene-Louise Sander

Das Leben ist nichts weiter als eine Illusion, ein Traum, den man zu leben glaubt, doch in Wirklichkeit ist es der Traum, der einen lebt. Verwirrend, nicht wahr?
»Du hast davon gewusst, Imago. Von Anfang an hast du davon gewusst und mir nichts gesagt!«
Imago versuchte, die Stimme aus ihrem Kopf zu vertreiben, das Aufblitzen von grünen Augen in Verbindung mit dieser Stimme auszublenden.
Sie versuchte, einen klaren Kopf zu bekommen. Stattdessen begann sie, über ihre Vergangenheit nachzudenken, über ihre Existenz. Sie kannte sich bestens mit Träumen aus, so war sie doch eine der wenigen Menschen, die speziell in diesen Angelegenheiten ausgebildet waren. Ihr Gebietsfeld nannte sich Lebenskonstrukt, bis heute noch fand sie diesen Begriff albern. Als ob es das Leben wirklich gäbe. Dabei war da nichts mehr, lediglich eine Illusion. Sie war eine der Auserwählten, oder besser gesagt, einer der Menschen, die sich in ihrem so genannten 'Leben' nicht hatten manipulieren lassen. Die Truppe, die sie heute befehligte, hatte damals das Gleiche bei ihr getan, wie sie es auch heute noch bei anderen Menschen tat. Das Projekt Menschheit war im Laufe der Jahrtausende außer Kontrolle geraten. Also hatten die Erschaffer allen Seins und Lebens eingegriffen.
»Die Menschen sind eine nicht abzuschätzende Bedrohung geworden«, lauteten ihre Worte, »Sie gefährden die anderen Rassen, das andere Sein, drohen, sich über ihre Territorien auszubreiten.«
So entstand das Traumleben. Die Menschen wurden in lebenslänglichen Schlaf versetzt, ohne eine Unterbrechung ihres richtigen Lebens festzustellen, und träumten fortan von dem, was sein würde. Sie bewegten sich keinen Millimeter, doch in ihren Träumen, die von nun an ihr richtiges Leben waren, glaubten sie, noch immer zu leben, den Mond zu entdecken,

Bücher zu schreiben, das Universum zu erobern, sich weiterzuentwickeln, Atombomben auf die fiktive Welt loszulassen.

»Warum, Imago? Warum hast du mich hintergangen und mir nichts gesagt!?«, sagte eine wehmütige Stimme in ihrem Kopf, die sie seit Jahren nicht loswerden konnte. Eine Stimme, die sie nicht mehr hören wollte. Sie hielt es nicht aus, seine Stimme zu hören, sein Gesicht in ihrer Erinnerung zu sehen, die seinem wahren Ich nicht gerecht werden konnte und dabei zu wissen, dass sie ihn betrogen hatte.

Imago strich sich eine schwarze Strähne aus dem Gesicht, während ihre Gedanken sie zurück zu ihrer Beschäftigung führten.

Ihre Truppe kümmerte sich um die Menschen, die Traumgebilde. Sie mussten den Menschen die Ideen ihres Lebens einflüstern, sie in die richtigen Bahnen lenken, dafür sorgen, dass alles reibungslos verlief, keine Fehler auftraten, die Träume nie endeten, bis zu ihrem Tod.

Welchem Tod eigentlich? Das letzte, was sie wusste, war, nachdem sie einen angeblich verstorbenen Menschen vom Traumsystem abkapselten, dass sie für andere Menschen in ihrem Traumleben nicht mehr erreichbar waren, und von den Erschaffern verwahrt wurden. Was wurde aus diesen Menschen? Was ist aus *ihm* geworden, fragte sie sich.

»Du weißt es, Imago! Du ahnst es. Du hättest es verhindern können, doch du hast es nicht getan! Warum, Imago? Warum hast du mir so wehgetan?«

Sie presste die Hände auf die Ohren, schüttelte den Kopf. Ein gefühlloses Gesicht blickte ihr aus starren Augen entgegen. Das Gesicht ihrer eigenen heimlichen Träume. Ein Gesicht, für das sie töten würde, und es gehörte zu einem Menschen, für den sie gestorben wäre. Würde! Hätte! Wäre! *Zu spät*, sagte sie sich. Es war zu spät, vergangen und vergessen. Eigentlich.

Sie konzentrierte sich und nahm ihren ursprünglichen Gedankenfaden wieder auf. Der Tod der Menschen: Starben sie wirklich oder fanden die Erschaffer noch in der einen oder anderen Art und Weise Verwendung für die Toten?

»Der Tod ist eine so sinnlose und nutzlose Verschwendung«, so die Meinung der Erschaffer, »Doch ohne den Tod werden die Menschen größenwahnsinnig, überschätzen sich selbst. Sie sind zugleich das Beste, was wir jemals kreiert haben, aber auch das Böseste, was wir unbeabsichtigt erschufen. Sie brachten das Schlechte in die Welt.«

»Sie haben Unrecht und du weißt es. Warum hast du nichts getan? Warum hilfst du ihnen immer noch?«

Imagos Finger begannen, zu zittern. Woher wusste er das? Er konnte das gar nicht wissen! Seit damals, seitdem alles vorbei gewesen war. Kälte zog sich wie Raureif durch ihr Innerstes. Sie versuchte, ihre Angst zu unterdrücken, wenigstens vor den anderen zu verbergen. Doch momentan achtete sowieso niemand auf sie.

Warum ließen die Erschaffer die Menschen dann noch weiter existieren?, fragte Imago sich. Für eine Existenz, die so grausam und qualvoll für diejenigen war, die ein ganzes Leben in einer Illusion verbrachten und nichts ahnend vor sich hin lebten, dass das jemand mit seinem Gewissen vereinbaren konnte. Ein Gewissen? Hatten die Erschaffer das überhaupt? Dieses Leben war eine noch schwerwiegendere Lüge für diejenigen Menschen, die aufwachten, sich in einer Wirklichkeit wiederfanden, die für sie einem Traum glich. Welch Ironie. Imago wünschte niemandem das Aufwachen. Niemandem!

»Wieso nicht, Imago? Warum wünschst du es niemandem? Es hätte damals dein Leben verändern können. Es hätte meines gerettet und unseres zusammen geführt. Bist du sicher, nicht doch die falsche Wahl getroffen zu haben?«

Woher wusste er das? Er hatte recht, sie hatte sich damals entschieden. Doch ob diese Entscheidung richtig wahr? Sie selbst war sich nicht sicher.

»Du bist dir nicht sicher, weil es falsch war und das spürst du! Nicht wahr, Imago? Gib mir wenigstens einmal Recht!«

Imago zweifelte an ihren Fähigkeiten. Sie sollte sich im Griff haben können, ihre Gedanken unter Kontrolle halten. Doch sie war unfähig dazu, einer der wenigen aufgewachten Menschen, die damit überfordert waren, und sich in den Traumzustand zurückwünschten. Doch tat sie das wirklich? Hatte das nicht vielmehr andere Gründe? Wenn er damals nicht gewesen wäre ...

»*Doch ich war da, Imago. Ich war dort, wo ich hingehörte. Alles war perfekt, wenn du nicht ...*«

Ihr entfuhr ein Laut, den sie nicht vermeiden konnte. 446 schaute zu ihr herüber.

»Alles klar bei dir, 212?«

»Natürlich«, sie lächelte schal. Schulterzuckend wandte er sich wieder ab. Das war knapp. Nummern, eine Regelung um Gefühle zu unterdrücken, Freundschaften, wenn möglich, zu vermeiden. Denn diese waren sinnlos. Imagos Registriernummer war die 212, eine von vielen Nummern im System. Warum erinnerte sie sich dann an ihren Namen? Fühlte sie sich diesem immer noch zugehörig? Warum war sie nicht so wie die anderen aus ihrer Truppe, die ohne weiteres Nachdenken ihre Arbeit taten? Sie kannte die unaussprechbare Antwort, die sie kaum zu denken wagte. *Er* war der Grund dafür. Wissen mochte Macht sein, doch festzustellen, dass die Welt ein einziger großer Traum ist, dass man keine wirkliche Familie hat und man ganz alleine ist, das konnte vernichtend sein.

Man nannte sie 'Die Auserwählten', doch Imago empfand diesen Ausdruck als beleidigend. Was waren sie und ihre Truppe schon? Ein Haufen von Menschen, die Bescheid wussten und dennoch wehrlos zusehen mussten, wie ihre eigene Rasse versklavt in einem immerwährenden Traum feststeckte. Schlimmer noch, sie waren dazu verdammt, bei diesem Vorhaben zu helfen und ihresgleichen zu knechten. Imagos Aufgabe bestand zwar darin, das Lebenskonstrukt am Laufen zu halten und Störungen in der Wahrnehmung einiger Menschen auszumerzen, so dass diese nichts merkten, doch gleichzeitig sollten sie nach weiteren Menschen Ausschau halten, die resistent waren, immun gegenüber den künstlich gestalteten Traumwelten. So wurde man zum glücklichen Auserwählten. Man konnte nicht richtig in das Lebenskonstrukt – also den Traum – eingefügt werden, somit wachte man auf. Man wachte auf, fand sich alleine wieder in einer Welt, die normalerweise menschliche Vorstellungen überschritt und die lehrte, was Wissen und Leben wirklich bedeuteten. Aus einem Traum wurde ein Albtraum, und sie hatte ihn gleich zwei Mal erlebt.

»*Aber das ist deine eigene Schuld. Du bist eine Gefangene deiner selbst, weil du so gehandelt hast, wie du es tatest.*«

Imago sackte in sich zusammen. Es stimmte. Sie gab sich geschlagen. Sie gab nach all den Jahren ihrer inneren Stimme nach, die sie so oft drangsaliert und beinahe um den Verstand gebracht hatte. Maurice hatte recht. Alleine schon seinen Namen seit Jahren zum ersten Mal wieder zu denken, schmerzte sie mehr, als sie es für möglich gehalten hätte.

»Bist du bereit, 212?«

Das war 446, der sie vorhin schon angesprochen hatte. Sie nickte, kam zu ihm herüber und setzte sich vor den vollautomatisierten Bildschirm. Sie hatte ein neues Konstrukt zu bauen, neue Leben zu entwerfen, zu inszenieren und dann in die Träume der Menschen einzuspeisen. Automatisch taten ihre Hände die Arbeit und drückten die richtigen Stellen und Vorrichtungen. Ihre Gedanken schweiften wieder ab und sie begann, erneut über Maurice nachzudenken, da sie schon einmal ihren Vorsatz gebrochen und seinen Namen ausgesprochen hatte.

Sie kannte ihn aus ihrem Leben oder viel mehr aus dem, was sie einmal dafür gehalten hatte. Sie waren schon lange ein Paar gewesen, hatten heiraten wollen, Kinder geplant, und darauf hingearbeitet, sich eine gemeinsame Zukunft aufzubauen.

Als sie dann erwachte, kam der große Schrecken. Alles war eine Lüge, alles vergeblich, sie war alleine. Es gab keine Liebe, kein schönes *Leben* zu zweit.

Anfangs hatte sie sich an die Hoffnung geklammert, ihn irgendwann in die triste und grausame Realität nachholen zu können. Als Imago erkannte, dass die Erschaffer sie niemals lassen würden, hatte sie darauf gewartet und gehofft, dass er sich von alleine regte, vielleicht sogar aufwachte, damit sie wenigstens dieses Leben miteinander verbringen konnten. Sie wartete und wartete. Sie versuchte die Anzeigen zu manipulieren und nachzuhelfen, ihn zu wecken. Doch es nutzte nichts. Er war zu normal, zu aufnahmebereit, zu willig das anzunehmen, was ihm eingegeben wurde.

Und während die Jahre vergingen, dachte sie an gemeinsame sonnenbeschienene Tage. An eine Welt, in der alles in Ordnung war, in der sie beide noch in die Schule gingen.

Sie dachte daran, wie sie sich nachts ihre geheimsten Wünsche und Sehnsüchte erzählten, weil ihnen die Dunkelheit half, ihre Geheimnisse preiszugeben. Sie erinnerte sich an ihre Tränen, wenn sie sich wegen irgendeiner Banalität gestritten hatten und an das Lachen, was darauf folgte. Sie dachte an die vielen Jahreszeiten, in denen sie miteinander Spaß gehabt hatten, und an die Gespräche über Inhalte, die sie ausschließlich mit ihm hatte führen können. Doch eines blieb ihr am deutlichsten in Erinnerung: Das Strahlen seiner Augen, wenn er sie ansah. Sie hatte das beobachtet. Seine grünen Augen begannen nur zu strahlen, wenn er sie betrachtete. Bei niemandem sonst klärte sich sein Blick so. Diesen Eindruck liebte sie und damals hatte sie geglaubt, dass das Liebe sei, dass Liebe ewig währte und nichts und niemand sie würde trennen können. Falsch gedacht!

Jahrelang hatte sie von ihren Erinnerungen gezehrt. Sie waren jung gewesen, sie beide. Studenten, die ein recht sorgloses Leben führten. Bereits verlobt, sorglos glücklich, nichts ahnend, dass eine ungreifbare Bedrohung über ihnen schwebte. Sie waren Studenten gewesen in der Erwartung, noch ein ganzes wunderbares, gemeinsames Leben vor sich zu haben, als sie aufwachte. Einfach so, von einem Tag zum anderen.

Automatisch tippte Imago weiter ihre Codes in den Bildschirm ein und kreierte somit einen weiteren Traum. Ein neues Lebenskonstrukt für einen weiteren Menschen.

Kurz erregte ein Geräusch ihre Aufmerksamkeit, doch es verstummte schnell, weshalb ihre Gedanken erneut abschweiften.

Während die Jahre voranschritten und Imago nicht alterte, weil die Erschaffer – ja, nun was? Weil sie allmächtig waren? Es war wohl einfacher, die wenigen Auserwählten nicht altern zu lassen, da sie für ihre Arbeit fit bleiben mussten. Jedenfalls all die Jahre des Wartens, des vergeblichen Wartens, wurde sie zunehmend verzweifelter. Sie wusste, dass ihr Leben länger dauern würde, als das derer in der Traumwelt, weil sie gebraucht wurde. Doch was nützte ihr dies, wenn sie alleine war?

Imago gab zu, dass das Nicht-Altern einige Vorteile hatte, aber genießen konnte sie es nicht.

Sie hatte immer geahnt, dass sie dieses Alleinsein eines Tages nicht mehr aushalten würde.

Also schmiedete sie Pläne: Sie wollte Maurice aufwecken. Sie wollte ihn vom System abkapseln und ihn aus seinem Lebenskonstrukt reißen.

Um dies durchzuführen, musste sie wieder einige Jahre aufwenden und darauf hinarbeiten. Das bedeutete noch mehr Zeit, in der sie litt. Als ob es heute besser wäre, dachte Imago verbittert, als ob ihre Pläne irgendetwas genutzt hätten.

Imago hatte sich blenden lassen. Sie hatte nicht an die Folgen gedacht, die ihren großen Tag bestimmen sollten. Der Tag, von dem sie geglaubt hatte, es würde der schönste ihres Lebens sein. Der Tag, auf den sie letztlich ihr ganzes Leben lang hingearbeitet hatte. Genau an diesem Tag lief alles schief. Zum einen hatte sie sich von ihrer Liebe leiten lassen. Zum anderen hatte sie die normalen Gegebenheiten des Lebenskonstrukts vergessen und nicht daran gedacht, was ihre damalige Familie und Maurice dachten, was mit ihr passiert sei. Die Erklärung war so grausam wie logisch. Alle hatten angenommen, sie sei bei einem tragischen Unfall gestorben. Warum auch nicht? So etwas war die einfachste Erklärung.

Doch das größere Problem war der Traum, den Maurice ohne sie lebte. Er hatte Kinder. Sie sah durch den Bildschirm in die niedlichen und leuchtenden Gesichter der Kinder, wie sie ihren Vater umarmten und glücklich waren. Wenig später trat eine Frau an seine Seite. Eine Frau, die schöner war als sie, wenn sie ihr auch ähnlich sah. Eine Frau, bei deren Anblick dieser Glanz in seinen Blick trat, diese Zärtlichkeit, der früher nur ihr gegolten hatte. Er hatte sie ersetzt! Da war etwas in Imago zerbrochen. Sie wusste, dass das ihr Platz war, dass dies ihre Kinder sein sollten, dass es ihr Traum war. Sie hatte nie mehr haben wollen als Maurice, seine Liebe und als das Bild, was sich ihr dort in einträchtiger Idylle bot. Was hatte ihr das Schicksal stattdessen beschert? Einen Albtraum! Trauer hatte sich wie ein kalter Wintermantel um sie gelegt. Verbitterung bereitete sich in ihr aus, die stechenden Eissplittern glich; Eissplitter, die sich schmerzhaft in ihr Herz bohrten. Sie wollte weinen, doch es gelang ihr nicht. Seit Jahren hatte sie nicht mehr geweint, als ob sie es verlernt hätte.

Sie sah die Beiden erneut an. Wut begann in ihr aufzulodern. Das Eis zu schmelzen, sie brennen und verzehren zu lassen. Sengendes Feuer verschlang ihr Innerstes und ihre Gefühle. Sie ertrug ihr Glück nicht, neidete es den Beiden. Sie wollte Maurice zerschmettern, sie beide zerstören, dafür, dass er sie vergessen und so einfach ausgetauscht hatte. Auch dafür, dass diese Fremde ihren ureigenen Traum gestohlen hatte.

Imago begriff, dass nie Liebe zwischen ihnen gewesen war, wenn er sie so einfach aufgab. Doch inzwischen war ihr das gleichgültig. Das Feuer hatte alle Gefühle getilgt.

Sie hatte kein Interesse mehr daran, ihn aufzuwecken. Doch für einen Rückzug war es bereits zu spät. Sie hatte den schleichenden Prozess schon vor Jahren unmerklich in Bewegung gesetzt. Wenn sie zurück wollte, müsste sie die Zeit um Jahre zurückdrehen.

So kam es also, dass er aufwachte und vor ihr stand, nicht wissend, was mit ihm geschah.

Imago sah auf das einstige Lebenskonstrukt herab. Sie konnte die Konturen seiner Gestalt neben seiner Frau gerade noch so erahnen, während sich ihr Gesicht zu verzerren begann. Scheinbar sah sie ihn gerade sterben, eine Schutzillusion, um das Lebensgebilde zu schützen. Rot und aufgeplustert war das Gesicht der Frau nun, durch die Imago einst ersetzt wurde.

Doch jetzt nicht mehr. Das war nun vorbei.

Imago wusste, dass sie Maurice noch immer liebte. Doch als er in Fleisch und Blut endlich vor ihr stand, war das etwas ganz anderes. Sie registrierte seine Falten, die ersten Runzeln. Sie erkannte, dass der Traum von einem Leben ihn gezeichnet hatte und es stand in seinem Gesicht geschrieben.

Er hatte sich verändert, sie sich nicht. Sie war noch die Alte, äußerlich zumindest. Deswegen erkannte Maurice sie sofort wieder.

Er war zunächst unfähig zu sprechen, bevor die ersten Fragen auf sie einprasselten. Wo sie seien, ob er träumte, was sie hier machte, warum sie so jung aussähe, und so weiter und sofort.

Dabei hatte sie nur eines im Sinn gehabt: Seine Augen! Diese Augen, die sie noch immer so anstrahlten wie all die Jahre zuvor in einem anderen Leben, aus dem es sie beide nun gerissen hatte.

Das war das einzige, was für sie zählte, dass er sie so anblickte, als sei keine Zeit vergangen. Mit all der Liebe und Wärme, die sie damals hatte erstrahlen lassen und ihr die ganze Zeit Kraft gespendet hatte. Doch sie war naiv gewesen, zu naiv. Natürlich bemerkten die Erschaffer sofort, dass jemand aufgewacht war. Ob dies nun künstlich oder von selbst geschehen war, konnten sie zunächst nicht ausmachen. Sie tauchten auf, störten die Wiedervereinigung und Imago hatte keine Zeit, ihm etwas zu erklären oder auch nur ein Wort an ihn zu richten.

Sie stellten Fragen. Was denn sonst? Imago wollte gerade den Versuch wagen, sie anzulügen, als ein Schrei ertönte. Er kam aus dem Bildschirm des noch immer zu beobachtenden

Lebenskonstrukts. Es war Maurices ehemalige Frau, die da schrie. In ihrem Traum war wohl gerade ihr Mann gestorben, der Mann, der nun vor ihr, vor Imago stand.

Auf einmal waren ihre Gefühle von davor wie weggeblasen, denn sie erinnerte sich an das Bild zuvor und an die Kinder. Auch daran, wie er diese angesehen hatte. Hass machte sich in Imago breit und die Glut, die unterschwellig gelodert hatte, begann erneut aufzuflammen. In diesem Moment war ihr alles egal. Sie empfand Genugtuung darüber, dass seine Frau litt. Die Frau, die ihr das Leben geklaut hatte, das eigentlich ihr gebührte. Imago wollte Rache. Rache üben an Maurice, der sie betrogen hatte, nachdem sie sich umsonst jahrelang nach ihm verzehrt und gesehnt hatte.

Also tat sie das erste, was ihr in den Sinn kam: Sie sagte die Wahrheit. Sie erzählte von ihrem Betrug, ließ die Erschaffer wissen, wer er war und was sie angerichtet hatte. Dabei kam auch Maurice die Erkenntnis. Er begriff nicht viel, doch noch genug um festzustellen, dass sie ihn gerade verriet.

Das musste für ihn ein Schock sein, denn als sie triumphierend noch einmal in seine Augen blickte, ein einziges Mal ihren Sieg über ihn und seinen Verrat auskosten wollte, war all der Glanz, der immer ihr gehört hatte, darin erloschen. Sie hatte ihn selbst erstickt.

Da erst wurde ihr klar, was sie getan hatte, was sie ihm und damit auch sich selbst angetan hatte.

'Halt!', wollte sie schreien, 'Stopp! Dreht die Zeit zurück, das war nicht so gemeint.'

Wenn sie ihn wirklich liebte, hätte sie ihm dieses neue Leben ohne sie an seiner Seite gegönnt. Sie hätte sich für ihn gewünscht, dass er glücklich sein konnte, auch wenn sie es nicht sein konnte.

Stattdessen war sie blind vor Hass und zerfressen von Wut und Neid gewesen. Sie hatte alles zerstört, wofür sie jemals gekämpft hatte: Seine Liebe.

Während sie ihn abführten, fragte er sie stumm mit seiner

Mimik nach dem *Warum*. Er wollte eine Erklärung. Er wollte wissen, wieso sie ihn verraten hatte.

Sie konnte ihm keine liefern, sich nie entschuldigen, nie gut machen, was sie ihm damit angetan hatte.

Deswegen verfolgte seine Stimme Imago bis heute. Bei Tag wie bei Nacht. Wenn sie arbeitete, aß, schlief, ging, wachte. Deswegen fühlte sie sich so schuldig.

Manchmal, wenn niemand sie beachtete, schaute sie heimlich in das Lebenskonstrukt seiner Frau und sah sie mit den Kindern spielen, ihren Traum weiterführen. Sie erblickte den Schmerz in den Augen der anderen und wusste, dass sie einen Fehler begangen hatte. Sie begriff zunehmend, dass auch diese Frau Maurice geliebt hatte. Dann fühlte sie sich nur noch schlechter.

Dieses eine Bild wollte ihr nicht mehr aus dem Sinn. Es hatte sich beinahe in ihr Gehirn gebrannt: Der Anblick seiner Augen, wie all die Wärme darin für sie erlosch, war das Schlimmste, womit sie den Rest ihres Lebens zu leben hatte.

Wie viele Jahre waren seitdem vergangen? Sie wusste es nicht mehr, hatte irgendwann aufgehört, zu zählen.

Sie kehrte von ihrem Gedankenausflug zurück und landete in der Realität.

Imago blickte auf den Bildschirm und beendete das Traumleben eines ihr unbekannten Menschen. Sie hatte gerade seinen Lebensverlauf bestimmt und seinen Tod festgelegt.

Da keimte Unruhe um sie herum auf.

Die Auserwählten schlugen Alarm. Die Sensoren hatten jemanden erfasst, der im Begriff war, aufzuwachen. Jetzt blieb nur noch abzuwarten, ob diese Person sich durchsetzen würde oder nicht. Würde sie den Traum oder das Leben wählen? Imago wünschte ihr den Traum, das wünschte sie diesen Menschen immer, obwohl sie die einzige zu sein schien, die mit ihrem Schicksal haderte.

Allgemeine Begeisterung machte sich breit, als der Mensch erwachte und es geschafft hatte. Es war ein Mädchen. Sie wurde zu ihnen gebracht, den Auserwählten, die sie unterweisen würden.

»Glückwunsch, 212!«, sagten die Anderen, »Sie ist deine Neue, du bist ihre nächste Ausbilderin.«

Da stand sie vor Imago und in dem Augenblick, in dem Imago sie erblickte, wusste sie auf einmal, warum sie hier war, warum sie überhaupt aufgewacht war und das wahre Leben entdeckte.

Das Mädchen hatte ein Funkeln in den Augen, was sie sofort wiedererkannte. Sie war wahrhaftig die Tochter ihres Vaters. Sie war aus Maurices Fleisch und Blut gemacht. Imago war hier, um der Tochter ihrer Liebe das Leben zu zeigen, ihr zu erklären, was sie waren und warum sie etwas taten. Imago bekam die einmalige Chance, einen Teil ihrer Fehler wieder gut zu machen.

Sie konnte diesem unschuldigen Mädchen zeigen, warum es sich lohnte, zu leben und wissend zu sein. Bald würden sich auch die Erschaffer einfinden, um die Neue in Augenschein zu nehmen.

Sprachlos blickte sich das Mädchen um, suchte nach einem vertrauten Erkennungspunkt, der ihr versichern würde, dass alles gut sei.

Imago machte auf sich aufmerksam. Sie wollte dieser Erkennungspunkt sein und dem Mädchen Halt geben. Also fragte sie: »Wie heißt du?«

»Lioba«, antwortete das Mädchen zaghaft, »Und wer bist du?«

Imago überlegte, was sie antworten sollte, versuchte abzuwägen, was das Richtige wäre. Die anderen Auserwählten sahen der Szenerie erwartungsvoll zu.

»Ich bin Imago und ich kannte deinen Vater.«

Lioba machte große Augen. Die Auserwählten sahen sie entrüstet an. Sie war eine Zahl, der Name kam ihnen unbekannt und unerhört vor, beinahe schon verboten.

»Dann habe ich von dir gehört, er erzählte manchmal von dir, wenn er traurig war. Ist er auch hier? Ist das ein Traum? Oder bin ich gestorben?«

»Nein«, erwiderte Imago, »Das ist kein Traum und du bist auch nicht tot.«

»Was ist es dann?«

»Es ist die Wahrheit«, meinte Imago schlicht. Sie faltete die Hände, ignorierte die Anderen. Nur Lioba und sie waren jetzt wichtig. Das Funkeln in ihren Augen, das Gesicht, das dem ihres Vaters so ähnlich war. Sie war ein schönes Mädchen, ungefähr so alt wie Imago, als sie damals erwachte. Blonde Locken hatte sie. Wenn Imago die Mutter wäre, wären sie bestimmt dunkler geworden, denn ihr eigenes Haar war schwarz. *Schwarz wie die Nacht*, hauchte es in ihr Ohr.

»Aber was ist mit meinem Vater? Ist er auch hier?«, fragte Lioba. Hoffend blickten ihre die Augen Imagos an.

Imago streckte ihre Hand aus.

»Wer weiß?«, antwortete sie rätselhaft, denn sie wusste es nicht.

Sie betete selbst, dass die Erschaffer ihn entweder schnell oder gar nicht getötet hatten und sie sich eines Tages eventuell wieder sehen würden.

Lioba ergriff ihre Hand und Imago wandte sich an sie.

»Komm, ich zeige dir alles. Ich zeige dir das Reich unserer Möglichkeiten und unsere Aufgaben.«

Da hörte Imago die Stimme erneut in ihrem Kopf, die sie immer verflucht hatte und die sie jahrelang verfolgte.

»Pass gut auf sie auf, Imago. Bitte tu das für sie, was ich nie für sie tun konnte. Hilf ihr, glücklich zu sein, dann bin ich es auch!«

Da wusste Imago, dass alles gut werden würde, dass sie endlich beginnen konnte, zu leben und diesen scheinbaren Albtraum als das ansehen durfte, was er ursprünglich war: Eine neue Chance, eine Alternative, die vielen Menschen nicht zur Verfügung gestellt wurde.

Doch wer garantiert uns nun am Ende, in welcher Welt wir leben? In einem Traum, in einem Leben? Oder ist es das Gefühl eines Traumes oder die Illusion eines Lebens? Was ist was?

Sagt ihr es mir? Sagst du es mir?!

Verschlungene Pfade
Annette Eickert

Die Sonne schien an diesem heißen Sommertag erbarmungslos auf Neferrilions Kopf herab. Vor drei Stunden war er von seinem Turm im Wald aufgebrochen, um die vierzig Kilometer weite Strecke bis zur nächsten Siedlung zurückzulegen. Dies war keine leichte Wanderung zu Fuß, denn Neferrilions Zielort lag im Levenaragebirge. Sein Weg führte ihn dabei über eine sich scheinbar unendlich dahin ziehende Hügellandschaft, welche am Ende in einen steilen Pfad mündete. Weitere tausend Höhenmeter lagen dann immer noch vor ihm.

Doch für einen Raukarii war dieser Marsch kaum anstrengend. Für einen normalen Menschen käme er wohl eher einer Herausforderung gleich, aber Raukarii gehörten einem robusten und langlebigen Volk an.

Wie jeder Raukarii hatte Neferrilion leuchtend rotes, langes Haar, das er sich stets im Nacken mit einem Stück Lederschnur zusammenband, seine Haut wies von Geburt an einen leichten Braunton auf und seine Augen hatten einen goldenen Glanz anstelle der gewöhnlichen Bernsteinfarbe, die als weiteres Merkmal seines Volkes galt. Seine Ohren liefen spitz zu und er erreichte eine Körpergröße von einem Meter siebzig, wie es für einen Raukarii üblich war. Größer wurde kaum einer, dem ungeachtet waren die Raukarii ausnehmend geschickte und ausdauernde Kämpfer, die ihren Mangel an Größe durch ihre Körperbeherrschung ausglichen. In der Welt Zantheras wurden sie mancherorts auch Düsteralben genannt. Doch dieses Wort galt unter den Raukarii als Schimpfwort und wurde nur von ihren verhassten Feinden, den Iyana, und allen anderen Unwissenden ausgesprochen.

Das Volk der Raukarii besiedelte das mächtige Land Leven'rauka, welches im Süden lag und durch eine gewaltige Feuerkluft vom Menschenland und dem sich dahinter erstreckenden Feindesland der Iyana getrennt war. Der Feuerspalt erstreckte sich viele hunderte Kilometer von Westen nach Osten und stellte eine mächtige Schutzbarriere dar, und nur die Raukarii kannten geheime Pfade, auf denen man dieses tödliche Hindernis überqueren konnte, in welchem die siedend heiße Lava brodelte und von dem aus Schwefelwolken in die Höhe aufstiegen.

Neferrilion lebte bereits tausend Jahre auf dieser Welt, was für einen Raukarii ein stolzes Alter war, doch ihm war von dem Feuergott Zevenaar die Unsterblichkeit geschenkt worden, deshalb hatte er auch goldene Augen. Seither streifte er in göttlicher Mission durch die Lande und versuchte, den Glauben an den Feuergott unter der einfachen Raukariibevölkerung zu festigen.

Inzwischen rannen Neferrilion jedoch aufgrund der gnadenlosen Hitze ein paar Schweißperlen über die Stirn. Er blieb für eine kurze Verschnaufpause stehen und ließ seinen Blick über die nähere Umgebung schweifen. Hinter ihm lag das saftig grüne Tal und am Horizont entdeckte er den Waldrand, von dem aus er aufgebrochen war. Neben ihm rauschte ein Bach, der nicht weit entfernt in einem breiten Fluss im Tal seine Reise durch Leven'rauka antrat.

Er musste nur noch einen Tag dem Bachlauf zu dessen Quelle folgen, um sein Ziel zu erreichen. Mehr wusste er nicht über den Auftrag des Feuergottes, aber er ahnte, dass diese Mission nicht seinen üblichen glich.

»Ich wünschte, ich wüsste mehr«, seufzte Neferrilion und nahm einen Schluck aus dem gefüllten Wasserschlauch, der an einer Schnur über seiner Schulter hing. Einen Rucksack mit allen überlebenswichtigen Utensilien trug er auf dem Rücken.

»Geh mir aus der Sonne, du störst mein Nickerchen«, murrte plötzlich eine fremde Stimme.

Erschrocken wirbelte Neferrilion herum. Eben war er noch ganz alleine gewesen und auf einmal lag da ein Raukarii am Wegesrand neben ihm im Gras, dessen Augen ihn geheimnisvoll musterten und der ihn arglistig anlächelte. Er musste ihn schlichtweg übersehen haben. So etwas war ihm in all den Jahrhunderten noch nie passiert.

»Warum liegt ihr auch mitten auf dem Weg, anstatt es euch dort drüben im Gras gemütlich zu machen, wenn ihr schon mitten am Tag schlafen wollt«, erwiderte Neferrilion pikiert, denn der ihm gegenüber angeschlagene Tonfall gefiel ihm nicht.

»Ich dachte, Leven'rauka wäre ein freies Land«, meinte der Fremde und setzte sich auf, »Das hieße dann auch, dass ich schlafen kann, wo ich möchte.«

Neferrilion beobachtete ihn. Der Mann trug wie er selbst eine schwarze Lederrüstung, doch ihm fehlten jegliche Waffen. In dieser Gegend war ein Mann in Rüstung aber ohne Schwert oder Armbrust keinesfalls gewöhnlich. Augenblicklich war Neferrilion auf der Hut, wobei seine Hand unauffällig zum Heft seines Langschwerts wanderte. Er war bereit, zu kämpfen, wenn es sein musste, aber hatte der Fremde überhaupt vor, ihn anzugreifen? Tatsächlich wirkte dieser eher gelassen und erweckte kaum den Eindruck, er sei gefährlich.

Neferrilion konnte es recht sein, denn er verspürte nicht die Lust, sich mit diesem merkwürdigen Mann zu messen. Vielmehr freute er sich auf die nächste Siedlung, auf ein gemütliches Gasthaus mit Speis und Trank sowie einem warmen Bett. So begnügte er sich damit, sein schwarzes Langschwert mit dem roten Rubinknauf zurechtzurücken und ohne weitere Worte seinen Weg fortzusetzen, als ihn plötzlich ein tiefes Grollen hinter ihm erschreckte. Es klang, als würde eine Gesteinslawine den Abhang herabrollen. Alarmiert wandte er sich um und wunderte sich. Es gab keine Lawine, allerdings konnte er auch nirgendwo den Raukarii entdecken, der eben noch im Gras gesessen war.

»Was war das? Wo ist er hin?«

Für einen kurzen Moment kroch die Nervosität in Neferrilions Glieder, doch er war nicht nur ein guter Kämpfer, sondern in erster Linie ein gläubiger Kleriker und ein äußerst geschickter Magier. Mit der göttlichen und der arkanen Magie konnte er sehr gut umgehen und sich jederzeit verteidigen. So verharrte er einige Sekunden still und beobachtete die nähere Umgebung, ohne, dass etwas geschah.

»Na, wenigstens bin ich diesen komischen Kauz los«, lachte Neferrilion über sich selbst und entspannte sich wieder. Vor ihm lagen noch einige Höhenkilometer. Mit einem letzten Blick über seine Schulter vergewisserte er sich, dass ihm keine Gefahr drohte, dann marschierte er schließlich weiter.

Kurz vor Sonnenuntergang bog Neferrilion um eine schmale Felsnase und dahinter bot sich ihm ein zufrieden stellender Anblick: Er hatte die nächste Siedlung erreicht. Mit einem erleichterten Seufzer schaute er gen Horizont, wo allmählich die orangerote Sonne im Westen versank und den kleinen Abschnitt Leven'raukas in eine malerische Abenddämmerung tauchte.

Mit der Aussicht auf ein warmes Essen und eine geruhsame Nacht schritt er schneller voran und kam kurz darauf an einem verwitterten Straßenschild vorbei. In verblassten Lettern las er den Dorfnamen, wobei das 'A' und das 'I' von 'Alastir' kaum noch zu erkennen waren. Fast jedes Haus wies schräge Dachgiebel sowie löchrige Außenwände auf und doch war jedes umringt von einem kleinen, sorgfältig angelegten und gepflegten Garten. Blühende Blumen und wohlriechende Küchenkräuter verströmten ihren Duft und machten ihn hungrig auf eine köstliche Mahlzeit.

Wenige Meter später traf er auf eine alte Frau, und auf seine Frage nach einem Gasthaus deutete sie zum Ende der Straße und gab ihm eine Warnung mit auf den Weg: Dort würden Raubtierjäger ihr Jagdgeschick mit viel Alkohol feiern und er solle auf der Hut sein.

Neferrilion bedankte sich herzlich und erreichte schließlich das Gasthaus 'Zum einäugigen Drachen'. Als er in die Gaststube eintrat, drang sofort der von den feuchtfröhlichen Gästen verursachte Lärm an sein Ohr. Zwei mit Tabletts bewaffnete Mägde huschten im Dämmerlicht des von zahlreichen Kerzen und Fackeln erhellten Schankraumes zwischen den voll besetzten Tischen hin und her und bedienten die vielen Gäste. Der Wirt hinter der Theke kam mit dem Ausschenken von Wein und selbstgebrauten Bier kaum hinterher.

Als er den Neuankömmling bemerkte, winkte er ihn zu einem kleinen Tisch am Kamin, der sich ganz hinten in der Stube befand. Diese Geste beantwortete Neferrilion mit einem freundlichen Lächeln, dann schlängelte er sich durch die Gästeschar, legte den Rucksack und seinen Wasserschlauch ab und setzte sich. Doch kaum hatte er Platz genommen, schluckte er schwer und in seine plötzliche Überraschung mischte sich ein Hauch von Ärgernis.

»Du?«, fragte er ungeniert und starrte dem Raukarii von heute Mittag direkt in die goldenen Augen.

Goldene Augen? Er selbst besaß eine goldene Augenfarbe, doch diese außergewöhnliche Eigenschaft rührte von seiner Unsterblichkeit her. War es nur Zufall oder hatte es vielleicht etwas zu bedeuten? Aber er kam nicht dazu, weiter darüber nachzudenken, schon wurde er abgelenkt.

»Was heißt hier 'Du'?«, fragte der Raukarii schmunzelnd, »In diesem Haus schmeckt das Essen einfach gut, nur die Gesellschaft lässt zu wünschen übrig.«

»Es gibt leckeren Eintopf und dazu ein kühles Glas Wein«, erklang eine weibliche Stimme von der Seite und Neferrilion erkannte eine vollbusige Magd, die den beiden freundlich zulächelte. Erneut war er abgelenkt worden.

»Habt ihr auch ein Bett für mich?«

»Zwei Topas für Essen und Zimmer«, antwortete sie.

Neferrilion überlegte sorgfältig, bevor er das Angebot annahm. Zwei Halbedelsteine waren ein teurer Preis für diese Gegend, aber schon morgen wartete ein weiteres Stück Weg auf ihn und unter freiem Himmel wollte er nicht übernachten, daher nickte er schließlich zustimmend. Aus seiner verborgenen Lederbörse, die er unter der Lederrüstung trug, holte er die geforderte Bezahlung hervor. Edelsteine waren das gängige Zahlungsmittel in Leven'rauka.

»Zimmer Dreizehn ist noch frei, ich bringe ihnen den Schlüssel mit ihrer Bestellung«, erklärte die Magd und schenkte Neferrilions Tischnachbar ein anzügliches Lächeln, bevor sie sich wieder ihm zuwandte, während sie die Bezahlung in ihre Schürze steckte, »Wünscht ihr Rotwein oder Weißwein zum Essen?«

Er entschied sich für Weißwein und beobachtete aus den Augenwinkeln, wie die junge Frau verschwand und der Raukarii ihr mit eindeutigem Blick nachstellte, um sich gleich wieder an Neferrilion zu wenden, der ihm gegenüber saß und im Rücken konnte er nur erahnen, was im vollen Schrankraum geschah.

»Was führt euch in diese trostlose Gegend, in der sich Hase und Fuchs 'Gute Nacht' sagen?«, fragte er auf einmal.

»Das könnte ich ebenfalls fragen«, antwortete Neferrilion und wunderte sich, wie der Fremde vor ihm hier hatte ankommen können, wo ihm doch auf dem Weg hierher niemand begegnet war, insofern man Kaninchen und Vögel nicht mit dazu zählte, »Doch verzeiht, mir gelüstet es zurzeit nicht nach einem Gespräch, ich will nur etwas essen und dann schlafen gehen.«

»Schade, dabei hätte ich gerne euren Namen gewusst«, sagte der eigenartige Raukarii seufzend und unterstrich seine Worte mit einem amüsierten Schmunzeln.

»Meine Name ist nicht wichtig«, meinte Neferrilion kurz angebunden, tatsächlich wollte er einfach nur seine Ruhe.

»Ich heiße Hytaas«, sprach der andere Raukarii gleichwohl weiter und erhielt dadurch Neferrilions ungeteilte Aufmerksamkeit, der daraufhin seinen Mund zu einer Erwiderung öffnete, sein Gegenüber aber trotzdem nicht von weiteren Unterhaltungsversuchen abzubringen vermochte.

»Eigentlich wollte ich euren Namen nur wissen«, fuhr Hytaas

fort, »um mich bei euch rechtzeitig zu verabschieden, bevor ihr getötet werdet.«

Er nickte in Richtung Schankraum.

Neferrilion drehte sich um, um Hytaas' Deuten mit dem Blick zu folgen, und sah auch schon das nahende Unglück: Fünf grobschlächtige Männer in schmutzigen Hosen und Stiefeln kamen auf ihren Tisch zu. Das konnte Ärger bedeuten. *Ausgerechnet hier und jetzt!* Er hatte das Gefühl, Streit magisch anzuziehen. Dies geschah nicht zum ersten Mal und dabei wollte er doch nur in Ruhe seinen leeren Magen füllen. Lag es möglicherweise an seinem stolzen Auftreten, dass ihn die angetrunkene Jagdgesellschaft entdeckt und als einen Dorn in ihrem Auge erkannt hatte? Oder war es das heilige Symbol des Feuergottes, der goldene, gehörnte Drache, den er an einer goldenen Kette offen auf der Brust trug? Oder war es einfach nur, weil er ein besseres Erscheinungsbild darbot, als die meisten hier?

Egal was es war, die fünf ungehobelten Raubtierjäger blieben neben ihm stehen, bildeten einen Halbkreis und wedelten mit ihren mit getrocknetem Tierblut befleckten Dolchen vor den Nasen der beiden Raukarii herum.

»Mein Name ist Neferrilion«, verkündete er schließlich, ignorierte dabei die Jäger und meinte, »Hytaas ist ein sehr ungewöhnlicher Name.«

Er hatte einiges zu bieten, im Falle die Männer suchten ernsthaften Ärger, aber einfach wollte er es ihnen keinesfalls machen und tat deshalb so, als gäbe es sie gar nicht.

»Du kennst noch nicht meinen vollständigen –«, duzte Hytaas ihn ungefragt, wurde aber unterbrochen, als die Magd sich mit einem Tablett durch die Ärger suchenden Raukarii kämpfte und dabei deren schäbigen Sprüche an sich abprallen ließ.

»Macht Platz und geht zurück, ich bringe euch gleich neues Bier«, erklärte sie mit der Kaltschnäuzigkeit einer erfahrenen, selbstbewussten Bedienung. Sie stellte Neferrilion einen dampfenden Teller Eintopf und einen gefüllten Weinbecher hin, und legte ihm den Schlüssel zum Zimmer neben den mitgebrachten Holzlöffel. Dann verschwand sie wieder.

»Du willst hier wohl auf die Jagd gehen?«, erklang plötzlich eine lallende Stimme an Neferrilions Ohr. Doch er seufzte lediglich, steckte den Schlüssel ein und nahm den Löffel in die Hand. Seelenruhig probierte er das köstlich duftende Essen. Es schmeckte gut und gerade als er den Löffel zum zweiten Mal an den Mund führte, wurde ihm dieser aus der Hand geschlagen.

Wütend schluckte er. Beinahe wäre der heiße Eintopf auf seiner Hand gelandet, dennoch versuchte er, die ungebetenen Gäste weiter zu ignorieren. Es dauerte aber nicht lange, und der betrunkene Jäger sprach ihn abermals an.

»Das ist unser Gebiet, hier jagen nur wir!«

»Seht ihr nicht, dass ihr stört?«, sagte Hytaas daraufhin herausfordernd und funkelte die Männer grinsend an, »Hier wollen sich zwei ehrenwerte Männer unterhalten und dabei versperrt ihr mir die Sicht.«

»Die Sicht auf was?«, fragte eine zweite angeheiterte Stimme und rülpste abschließend laut.

»Sicherlich nicht die auf deine hässliche Fratze«, lachte Hytaas und Neferrilion konnte bereits den Angriff erahnen, bevor er ihn kommen sah.

Rasch duckte er sich nach unten, als eine Faust über seinen Kopf hinweg sauste. Dann rückte er den Stuhl nach hinten, sprang auf und wirbelte herum. Abermals musste er einem Faustschlag ausweichen, dann schnellte er flink zur Seite. Mit einem einfachen Zauberspruch auf den Lippen schleuderte er den Jägern aus seinen zehn Fingern magische Blitze entgegen.

Plötzlich ertönte überall im Gasthaus lautes Geschrei und die meisten Gäste gingen unter den Tischen in Deckung, andere wiederum schlossen sich nur zu gerne dem Handgemenge an.

Einer der Jäger fiel getroffen zu Boden und keuchte, obwohl ihn der Zauber nicht schwer verletzt, sondern lediglich kurzzeitig außer Gefecht gesetzt hatte. Jedoch versetzte dieser

Treffer die Kumpanen des Getroffenen in Rage und ihr voriger Alkoholgenuss trug wesentlich dazu bei. Mit erhobenen Waffen rannten sie auf Neferrilion zu, der abermals mit einer geschickten Seitwärtsdrehung aus ihrer Reichweite gelangte. Nur ungern wollte er sein Schwert ziehen, und er entschloss kurzerhand, seinen Zauber zu wiederholen. Im selben Moment sprang Hytaas über den Tisch, stellte sich unmittelbar neben Neferrilion und lachte.

»Jetzt fängt der Spaß erst richtig an!«, johlte der Raukarii und zu Neferrilions großer Verwirrung rezitierte er magische Worte und hüllte die übrig gebliebenen vier Jäger in eine dämmrige Wolke ein.

Also war Hytaas ebenfalls ein Zauberer, dachte Neferrilion, was auch den Umstand erklärte, dass er zuvor keinerlei Waffen an ihm entdeckt hatte. Doch von dieser Erkenntnis durfte er sich jetzt nicht ablenken lassen, denn nun kamen andere kampffreudige Gäste auf ihn und seinen merkwürdigen Waffenbruder zugestürmt.

Geschickt wich Neferrilion Fausthieben und Dolchstößen aus, und schleuderte wiederholt magische Geschosse auf seine Angreifer. Nebenbei beobachtete er Hytaas, der wie aus dem Nichts zwei kleine Dolche aus seinen Ärmeln zog und sie rasend schnell und mit außergewöhnlicher Behändigkeit in der Luft herumwirbelte. Nicht einmal Neferrilions Augen konnten den Bewegungen folgen, da lagen Hytaas' Angreifer auch schon bei ihren Kameraden auf dem Wirtshausboden, teilweise verletzt oder gar ohnmächtig. Neferrilion gelang es, die übrigen Gegner außer Gefecht zu setzen.

»Das war mir eine wahre Freude«, schäkerte Hytaas und beobachtete den schwer atmenden Raukarii, während er seine beiden Waffen spurlos verschwinden ließ. Anschließend reichte er Neferrilion die Hand und zog ihn zum Tisch zurück. »Wir brauchen einen neuen Teller Eintopf und zwei Becher Wein!«, rief er der Magd zu, die schimpfend zerbrochene Tonscherben vom Boden aufklaubte, und das so ungeniert, als ob nie etwas gewesen wäre.

Am nächsten Morgen war Neferrilion früh auf den Beinen, nahm ein karges Frühstück zu sich und machte sich kurz darauf wieder auf den Weg, froh, das Gasthaus endlich hinter sich zu wissen. Mit einem lauten Seufzen, einem lässigen Schulterzucken und einem frisch gefüllten Wasserschlauch lief er zielsicher gen Norden, während seine Gedanken dabei um ein merkwürdiges Gespräch kreisten. Denn als er vor seinem Aufbruch den Wirt und die beiden Mägde nach dem Verbleib von Hytaas befragt hatte, der ihm zum Glück nicht folgte, war deren Auskunft äußert seltsam gewesen. Keiner von ihnen hatte sich an einen Mann mit Lederrüstung erinnern können, der gestern Abend mit ihm am Tisch gesessen war. Dort wäre nur er alleine gesessen, hatten sie gesagt.

Schließlich verbannte er den Gedanken an gestern und lief auf einem schmalen Geröllpfad weiter ins Gebirge hinauf. Zu seiner Rechten plätscherte der Bach hinunter ins Tal. Beim Wandern genoss er die kühle Bergbrise auf seiner Haut, während der Sonnenschein immer wärmer wurde, obwohl es hier oben weitaus angenehmer war als weiter unten im Tal, wo die Hitze förmlich erdrückend gewesen war.

Nach zwei Stunden harten Fußmarsches erspähte Neferrilion eine kleine Gesteinsmulde und aus einem dunklen Loch in der Felswand ergoss sich die Quelle, die sich in dem kleinen Bachbett sammelte. Ringsherum türmten sich schattige Felswände in den blauen Himmel empor und die Luft war erfüllt von sanftem Wasserrauschen. Er hatte endlich sein Ziel erreicht und als er sich näherte, blieb er abrupt stehen, riss seine goldenen Augen auf, der Kiefer klappte vor Erstaunen nach unten und er umklammerte den Griff seines Schwertes. Sein Herz schlug schneller und er wollte kaum seinen Augen trauen.

»Du? Wie ist das möglich?«, fragte er, schüttelte verärgert den

Kopf und schritt langsam auf Hytaas zu.

Dieser saß gemütlich auf einem flachen Gesteinsbrocken unmittelbar neben der Quelle, pfiff leise eine Melodie und grinste keck.

»Wie ist das möglich?«, wiederholte Neferrilion, als er vor Hytaas stand. Er spürte seine Nervosität wachsen und begann sogar unbeabsichtigt den Mann zu duzen, »Deswegen warst du heute Morgen nicht mehr im Wirtshaus. Du bist geradewegs hierher gekommen, aber woher wusstest du ...?«

»Ich kannte dich bereits vor unserem ersten Treffen«, gab Hytaas augenzwinkernd zu, »Zevenaar hat mich beauftragt, dass ich dich hier treffen soll und weil meine Neugier oft größer ist, habe ich dich einfach schon vorher verfolgt. Außerdem bist du an deinem Symbol um den Hals leicht zu erkennen.«

»Also hast du einen Zauber benutzt und bist ...?«, erklärte sich Neferrilion die gestrigen Ereignisse, wurde aber unterbrochen, als Hytaas ihm plötzlich einen Zauberspruch entgegen warf. Nur in letzter Sekunde konnte er sich schützend zur Seite wegducken, streckte gleichzeitig seine Hand aus und fünf Feuerpfeile schossen heraus.

Neferrilions Geschosse sausten brennend durch die Luft und trafen wenige Zentimeter neben Hytaas Kopf ein fast drei Meter hohes Untier. Es war eine Lava-Schlange, eine Kreuzung zwischen Mensch und Schlange. Der Unterkörper war der einer riesigen Klapperschlange, der Oberkörper der eines Mannes und dazu verfügte das Geschöpf über zwei gefährliche Fangzähne. Giftiger Speichel troff daran zu Boden und zischelnde Schlangenfinger in der Größe eines Unterarms wanden sich flink zu allen Seiten und versuchten den Feuerpfeilen auszuweichen, doch zu spät: Zwei Pfeile trafen das Monster mitten in die Brust, die anderen drei schlugen am Kopf ein, wo kleinere Schlangen keifend umher huschten, die die Haare einer Lava-Schlange darstellten. Dabei glühten die schwarzen Augen des Untieres orange und es stieß einen hohen spitzen Schrei aus.

Dann fiel es tot auf den staubigen Felsboden.

Hinter Neferrilion geschah das gleiche, als eine zweite Lava-Schlange leblos in sich zusammensackte.

Beide Raukarii hielten sich bei den markerschütternden Todesschreien die Ohren zu. Gleich darauf stand Hytaas vor Neferrilion, schenkte den Monstern keine Beachtung mehr, und reichte ihm dankend die Hand.

»Ich stehe in deiner Schuld, ohne deine Hilfe hätte mich dieses Ding womöglich mit seinen Giftzähnen aufgespießt«, sagte er lächelnd, »Aber leider haben sie schon einen Hilferuf ausgesandt und da vorne kommt bereits die Unterstützung, ich kann sie riechen.«

»Dann sind wir jetzt quitt«, antwortete Neferrilion, schaute über seine Schulter und sah das tote Ungetüm auf dem Boden liegen. Schließlich wandte er sich ganz um, Seite an Seite mit Hytaas, und zog sein schwarzes Langschwert aus der ledernen Scheide.

Hytaas stieß in jenem Moment ein tiefes Grollen aus und flüsterte Worte in einer Sprache, die Neferrilion nicht kannte. Innerhalb weniger Sekunden begann sich der muskulöse Raukariikörper zu dehnen und gleichzeitig wieder zusammen zu ziehen. Knochen knackten und der gesamte Körper wuchs plötzlich in die Länge und Breite. Die Kleider rissen entzwei und das Gesicht verformte sich. Auf dem Rücken wuchsen lederne Flügel und es kam ein schuppiger Schwanz zum Vorschein, und auf einmal stand ein fast dreißig Meter langer schwarzer Drache vor Neferrilion. Er besaß ein spitz zulaufendes Maul mit rasiermesserscharfen Zähnen und scharfen Krallen, die alle die Länge eines Unterarms aufwiesen. Auf dem Kopf ragten zwei Hörner empor, der Drachenschwanz wirbelte eine kleine Staubwolke auf. Anschließend fixierte Hytaas den Raukarii mit lodernden Augen, die wie flüssiges Gold in der Sonne schimmerten.

»Mein vollständiger Name lautet Ysophytaasxiv, und es freut mich, dich kennen zu lernen«, lachte der Drache und Neferrilion befürchtete, eine Lawine würde auf ihn zurasen, was natürlich nicht der Fall war, »Vier der Lava-Schlangen gehören mir und eine überlasse ich deinem Schwert.«

Kaum hatte Hytaas geendet, schlug er mit den Flügeln, wirbelte noch mehr Staub auf und schwebte einige Meter in der Luft. Unter ihm erholte sich der Raukarii schnell von dem Schock, dann kamen schon fünf dieser seltsamen und seltenen Geschöpfe auf sie zugeschlängelt. An den Schwanzspitzen rasselte es unablässig und Neferrilion umklammerte den Schwertgriff umso fester. Er schaute hinauf zu dem gigantischen Leib des Drachens, der einen großen Schatten auf den Boden warf.

»Zevenaar, ich hoffe auf eine vernünftige Erklärung«, murmelte er noch, hob seine scharfe Klinge über den Kopf und mit einem lauten Schrei stürmte er auf die erste Lava-Schlange zu.

Der Stahl des Schwertes blitzte auf, als Neferrilion es auf das Untier niedersausen ließ. Geschickt wich er den Gegenangriffen aus, sprang dabei nach hinten und schlug einige Salti, und versuchte gleichzeitig, mit gezielten Hieben die Schlangenfinger abzuhacken. Er musste sich vor den Giftzähnen in Acht nehmen und hoffte, dem Untier bald einen Treffer zufügen zu können.

Der Drache Ysophytaasxiv atmete tief ein, spürte sogleich die aufsteigenden Flammen in seinem Rachen und schleuderte den restlichen vier Lava-Schlangen eine heiße Feuersbrunst entgegen. Es folgten gellende Schreie, die schnell im Drachenfeuer erstarben. Zufrieden mit seinem Werk landete Hytaas wieder auf dem felsigen Boden.

Neferrilion zog gerade seine blutige Klinge aus dem zerfetzten Brustkorb des Untieres. Mit keuchendem Atem drehte er sich zu dem schwarzen Drachen und überlegte, was er davon halten sollte.

Diese Frage beantwortete ihm jedoch nicht der Drache, sondern der Feuergott persönlich. Zevenaar tauchte wie aus dem Nichts an derselben Stelle auf, an der zuvor Hytaas auf Neferrilion gewartet hatte, und beobachtete beide lächelnd. Eine schwarze Lederrüstung unterstrich Zevenaars athletischen Körper, darüber trug er eine blutrote Samtrobe und sein blutrotes langes Haar fiel ihm über die Schultern. Was ihn aber auszeichnete, war eine alte Narbe im Gesicht: Sie verlief fast senkrecht von der linken Augenbraue über die Wange bis zum Unterkiefer. Es war das Relikt eines göttlichen Kampfes zwischen ihm und einem mächtigen Drachen.

»Neferrilion, mein treuer Diener«, sprach der Feuergott mit seiner tiefen Stimme, »Du hast meinen kleinen Test bestanden. Ich hoffe, du verzeihst mir, dass ich zu solch einem Mittel gegriffen habe. Doch höre mir zu. Ich wünsche mir, dass du künftig gemeinsam mit Ysophytaasxiv durch Leven'rauka ziehst und ihr mir über die Lage im Land regelmäßig Bericht erstattet.«

Nachdem er gesprochen hatte, lachte er und Hytaas stimmte mit ein, während Neferrilion sichtlich verdutzt dastand und erst über die Worte nachdenken musste.

»Ysophytaasxiv ist einer der alten Wächter Zantheras«, erklärte Zevenaar daraufhin und lächelte entschuldigend, »Es musste einfach sein, denn die ältesten Geschöpfe unserer Welt und ein so geübter und geschickter Raukarii wie du haben noch niemals zusammen gearbeitet und trotzdem habt ihr euch wunderbar ergänzt. Es war ein Experiment und ihr habt alles zu meiner Zufriedenheit gemeistert.«

»Dann ist er wirklich ein Drache?«, fragte Neferrilion plötzlich fasziniert, schaute zwischen Zevenaar und Hytaas hin und her. Er wusste, dass die Wächter – oft als Drachen bezeichnet – schon seit Jahrtausenden von der Oberfläche Zantheras verschwunden waren. Daher war es eine große Ehre für ihn, dass Hytaas sich ihm gegenüber in seiner wahren Gestalt zeigte.

»Ich habe mich einstmals zur Dracheninsel Settor zurückgezogen«, sprach Hytaas mit tiefer Stimme und bekam die volle Aufmerksamkeit von Neferrilion geschenkt, »Dort leben alle Wächter zurückgezogen und weitab der Kriege zwischen Raukarii, Menschen und Iyana. Aber dem Ruf des Feuergottes, eines alten Freundes der Drachen, konnte ich nicht widerstehen. Ich liebe Abenteuer, ich mag die Raukarii und es macht mir Spaß, in einem Raukariikörper durch die Lande zu streifen.«

»Deshalb hast du dich köstlich im Wirtshaus amüsiert«, sagte Neferrilion und musste nun unweigerlich lächeln. Von diesem neuen Standpunkt aus betrachtet ergab alles Sinn.

»Das scheint mir auch so und natürlich habt ihr die gefährlichen Lava-Schlangen mit Bravour abgewehrt«, entgegnete Zevenaar, »Doch ich muss gestehen, dass ihr beide auf dieselbe Illusion hereingefallen seid. Die Jäger im Wirtshaus habe ich euch nur vorgegaukelt und ihr habt euch trotzdem gut geschlagen, fast so gut wie heute. Ich wollte euer Zusammentreffen genießen und euch im Kampf beobachten. Daher hoffe ich schon recht bald auf eure künftige Zusammenarbeit.«

»Neferrilion ist ein wirklich guter Kämpfer und wenn er aufhört, mich ständig nur mit 'Du' anzusprechen, gestattet ich ihm womöglich, auf meinem starken Rücken durch die Lüfte zu fliegen.«

Kaum waren diese Worte ausgesprochen, schüttelte Neferrilion den Kopf und alle drei brachen in lautes Gelächter aus, das ein jeder noch unten im Tal hören konnte.

Hugo und die Zeit
Christina Mettge

»Mist, schon wieder verschlafen«, denkt sich Hugo, als er mal wieder viel zu spät aufgewacht ist. Dabei war er bis vor einiger Zeit immer die Pünktlichkeit in Person, aber seit einigen Wochen ist er immer zu spät. Seine Lehrerin hat ihm gedroht, dass, wenn er jetzt noch mal zu spät kommen sollte, er einen Blauen Brief nach Hause bekommen würde. Davor hat Hugo Angst. Also muss er sich schnell anziehen und die Zähne putzen, aber vorher noch seine Schultasche packen. Nachdem Hugo sich angezogen und die Schultasche gepackt hat, flitzt er fix ins Bad, um schnell seine Zähne zu putzen. Er holt die Zahnbürste aus dem Zahnputzbecher, füllt diesen mit Wasser, tränkt seine Zahnbürste ein, nimmt die Zahnpasta und verteilt diese auf der Zahnbürste. Als er den Mund aufmacht, fällt ihm wieder ein, dass er doch gestern einen Zahn verloren und diesen für die Zahnfee unter sein Kopfkissen gelegt hat. Auch wenn er eigentlich keine Zeit mehr hat, muss er nachschauen, ob die Zahnfee ihm ein Geldstück gebracht hat. Also eilt er noch mal schnell in sein Zimmer und lugt unter das Kopfkissen.

Die Überraschung könnte nicht größer sein, der Zahn ist wie erwartet weg, aber statt eines Geldstückes liegt dort nur ein Zettel. Auf diesem ist eine Notiz vermerkt:

Lieber Hugo,
  leider bin ich mal wieder knapp bei Kasse und kann dir daher leider keinen Taler da lassen. Dafür hast du einen Wunsch bei mir frei.
  Liebe Grüße,
  Deine zuständige Zahnfee

  P.S. Wenn du deinen Wunsch einlösen möchtest, dann sage diesen dreimal laut auf.

Hugo liest sich die Botschaft noch mehrmals durch. Sollte er es versuchen? Er würde ja fast alles dafür tun, um nicht noch mal zu spät zu kommen. Also sagt er:

»Ich wünsche mir, heute nicht zu spät zur Schule zu kommen. Ich wünsche mir, heute nicht zu spät zur Schule zu kommen. Ich wünsche mir, heute nicht zu spät zur Schule zu kommen.«

Nichts passiert, er horcht genau hin, nein, es gibt keine komischen Geräusche, auch sonst ist nichts passiert. Es ist immer noch genauso spät wie vorher. Es war doch klar, dass das nicht funktioniert, die Zahnfee hat ihn gelinkt. So nimmt er leicht säuerlich seine Schultasche, schultert sie und geht zur Tür. Als er gerade die Hand auf die Türklinke legen will, klingelt es.

»Für den Postboten ist es noch zu früh und für die Müllabfuhr schon viel zu spät – aber wer soll das sonst sein? Alle anderen wissen doch, dass Mama und Papa jetzt arbeiten«, denkt sich Hugo.

Da er aber selbst los muss, öffnet er die Tür, auch wenn ihm doch ein wenig mulmig zumute ist. Vor der Tür steht eine Frau, aber eine ganz kleine: Sie ist gerade mal einen halben Kopf größer als Hugo und beinahe genauso breit wie hoch. Sie hat ihren Körper in ein rosafarbenes Kleid gezwängt, bei dem die Nähte bis auf das Äußerste gespannt sind. In der rechten Hand hält sie eine Zahnbürste, die fast zwei Köpfe größer ist als sie.

»Hallo, du hast mich gerufen, Hugo?«, spricht die Frau.

»Wer sind Sie und was heißt hier, ich habe Sie gerufen?«, fragt Hugo leicht irritiert.

»Hugo, ich bin die Zahnfee, *deine* Zahnfee und du hast gerade einen Wunsch dreimal wiederholt. Da ich mir aber gerade die Haare geföhnt habe, als du gesprochen hast, konnte ich nicht genau verstehen, was du dir gewünscht hast.«

Während die Zahnfee dies sagt, hat sie sich an Hugo vorbei gedrängt und ist zielsicher in Hugos Zimmer gegangen.

»Ja, Zahnfee, ich habe mir etwas gewünscht. Ich habe heute mal wieder verschlafen und wenn ich zu spät zur Schule komme, schickt meine Lehrerin meinen Eltern einen Blauen Brief. Kannst du da überhaupt was machen?«, berichtet Hugo der Zahnfee von seiner misslichen Lage.

Die Zahnfee überlegt einen Moment, bevor sie antwortet.

»Es wird nicht ganz einfach, aber glücklicherweise schuldet mir Gevatter Zeit noch einen Gefallen. Kann ich mal eben eurer Telefon benutzen?«

Es ist eher eine Feststellung als eine Frage, denn schon ist sie wieder aus Hugos Zimmer gestürmt und wählt bereits eine Nummer.

»Ja, ich bin es, die Zahnfee«, sagt sie, nachdem jemand am anderen Ende anscheinend abgenommen hat, »Sag mal, ich habe doch noch etwas gut bei dir ... Ja, ich weiß, du hast momentan viel zu tun, der Herbst steht vor der Tür, aber es ist wirklich dringend, ich musste wieder einen Wunsch gewähren ... Ja, ja, kommst du denn mal eben rum? OK, bis gleich.«

Nachdem die Zahnfee aufgelegt hat, verändert sich ihre Gesichtsfarbe ein wenig, sie erinnerte nun eher an eine Tomate, ihr musste etwas peinlich sein. Hugo weiß nicht, was er davon halten soll, aber lässt sie einfach gewähren. Keine fünf Minuten später klingelt es schon wieder an der Tür, diesmal aber öffnet die Zahnfee. Vor der Tür steht ein großer, schlanker, alter Mann mit einem Bart bis zum Bauchnabel. Er trägt ein beigefarbenes Nachthemd, zumindest hält Hugo es für ein solches. In seiner linken Hand hat er einen riesigen Wecker.

»Hallo Zahnfee, ich hatte ja gehofft, dass wir uns erst bei unserem jährlichen Pokerspiel wieder sehen würden und nicht schon so bald«, sagt der Mann im Nachthemd.

»Hugo, das ist Gevatter Zeit«, stellt die Zahnfee den Neuankömmling vor, ohne auf das einzugehen, was Gevatter Zeit gerade gesagt hat. Dann wendet sie sich wieder an diesen:

»Ich brauche deine Hilfe. Wie ich schon am Telefon sagte, habe ich Hugo einen Wunsch geschenkt und er wünscht sich, dass er nicht zu spät zur Schule kommt. Und da nur du die Zeit beeinflussen kannst, brauche ich dich nun mal.«

Gevatter Zeit legt die Stirn in Falten und überlegt, denn der Eingriff in die Zeit ist nicht ohne, auch wenn es sich nur um ein paar Stunden handelt, außerdem hat er das schon seit Jahrhunderten nicht mehr gemacht. Nach ein paar Minuten sagt er dann aber: »Na gut, ich mach es, aber nur weil du es bist, Zahnfee. Hugo, nimm bitte meine rechte Hand. Zahnfee, du kommst an meine linke Seite. Du darfst mich auf keinen Fall während unserer Reise loslassen. Sobald wir gestoppt haben, ist es egal, aber wenn ich dich im Zeitstrudel verliere, ist es fast unmöglich für mich, dich wieder zu finden«, ermahnt Gevatter Zeit Hugo noch. Dann schließt er die Augen und beginnt eine Formel zu murmeln. Um Hugo herum beginnt die Zeit rückwärts zu laufen. Erst langsam, dann immer schneller. Er sieht selbst, wie er immer jünger wird und sich sein Zimmer verändert, bis es so ist, wie es früher einmal war, so weit wollte er doch gar nicht zurück. Nach einer Hugo unendlich erscheinenden Zeit hört Gevatter Zeit auf, zu murmeln, sie sind nun in einer Zeit angelangt, an die sich Hugo noch gut erinnern kann, denn in dieser Zeit ist sein geliebter Schnubbi-Teddy verschwunden und keiner weiß, was damals mit ihm geschehen ist. Jetzt aber saß er wie immer am Kopfende seines Bettes. Ohne groß darüber nachzudenken, greift Hugo sich seinen Teddy und drückt ihn fest an sich, Gevatter Zeit hat das natürlich mitbekommen.

»Hugo, was hast du gemacht? Weißt du, dass dein jüngeres Ich jetzt fürchterlich weinen wird? Der Teddy wird verschwunden bleiben und ein Zurücklegen ist nicht möglich.«

Auf einmal wird Hugo klar, wohin sein Schnubbi-Teddy damals verschwunden ist, er selbst oder eher sein älteres Ich hat ihn an sich genommen, als er in derselben Situation war wie er jetzt. Warum hat er nur nicht vorher gefragt, ob er das geliebte Plüschtier an sich nehmen darf? Gevatter Zeit fällt nun aber auch auf, dass er in der Zeit viel zu weit zurück gegangen ist und er schließt wieder seine Augen, murmelt eine zweite

Formel, blinzelt dabei aber dieses mal dabei, um nicht wieder den richtigen Zeitpunkt zu verpassen. Einen Augenblick später halten sie wieder an und sie stehen in dem Zimmer, das Hugo kennt und er weiß, dass sie nun richtig sind. Die Zahnfee ist allerdings nun sehr grün um die Nase und stürmt sofort in Richtung Badezimmer, um sich zu übergeben. Gevatter Zeit sagt dazu nur: »Die meisten können diese Zeitreisen nicht so gut vertragen, ich selbst auch nicht, deshalb habe ich die meiste Zeit auch die Augen dabei geschlossen.«

Hugo selbst kann das nicht verstehen, ihm geht es wunderbar und er findet es sehr aufregend, die Zeit mal rückwärts laufen zu sehen. Die Zahnfee kommt kurze Zeit später wieder dazu, jetzt allerdings blass, sie sieht aber immerhin besser aus als vorher.

»So, Zahnfee«, beginnt Gevatter Zeit, »den Rest musst du machen, denn zwei Hugos können wir nun wirklich nicht gebrauchen. Ich gehe und kümmere mich weiter um den Herbst, denn der soll pünktlich wie jedes Jahr beginnen.«

Kaum hat Gevatter Zeit das gesagt, ist er auch schon verschwunden, aber nicht wie er gekommen ist, vielmehr hat er sich einfach in Luft aufgelöst. Nun beginnt die Zahnfee auf einmal, in ihrem Kleid zu kramen und holt nach einigem Suchen ein Buch heraus.

»Ich muss dein zweites Ich verschwinden lassen. Stell dir mal vor, es gäbe dich jetzt zweimal, was würden deine Eltern sagen? Die würden die Krise kriegen.«

Ja, da muss Hugo ihr zustimmen. Auch wenn es toll wäre, einen Freund zu haben, der genau das denkt, was er auch denkt. Außerdem müsste er nicht mehr jeden Tag zur Schule, sondern sie könnten sich abwechseln und niemandem würde es auffallen. Die Zahnfee hat unterdessen die Seite in dem Buch gefunden, die sie suchte, und beginnt nun, irgendein unverständliches Kauderwelsch von sich zu geben, und auf einmal macht es *Puff!* und der zweite Hugo, der bis dahin friedlich in seinem Bett schlummerte, ist verschwunden.

»So«, schließt die Zahnfee ab, »das hätten wir. Ich werde dich jetzt auch verlassen, ich muss mich auf die nächste Nacht vorbereiten. Aber sage mir, Hugo, wie viele Milchzähne hast du eigentlich noch?«

»Zehn habe ich noch, wieso?«, fragt Hugo unsicher.

»Oh Gott, ich hoffe, ich habe dann immer genug Taler bereit liegen, wenn du die verlierst, denn das hier wird mich wahrscheinlich letztendlich mehr kosten. Gevatter Zeit wird mir damit noch Jahrhunderte lang in den Ohren liegen«, seufzt die Zahnfee, bevor auch sie verschwindet.

Hugo jedoch hat jetzt noch genug Zeit, zur Schule zu kommen und sogar noch, um einen Happen zu essen und sich ein Schulbrot zu schmieren. Aber am meisten freut er sich darüber, dass er seinen Schnubbi-Teddy wieder hat, auch wenn er jetzt weiß, was damals passiert ist.

Der Krieger und das Kind
Mikaere Onda do Sol

Einst ich, eine wunderschöne, bezaubernde, betörend riechende Pflanze fand, die fähig war, mir all meine Sinne zu rauben. Glauben mag manch einer: »Welch mächtig giftiges Gewächs!«
»Mit Nichten«, will ich sagen. Nicht aus Todesmut wollt' ich es wagen, an ihr zu riechen, sie behutsam anzufassen.

Ich berührte sie zart, das Schönste war sie, was ich je sah.
Wohlige Wärme der Zufriedenheit, gleißend hell, unerschöpflich stark die endlose Energie der Freude, ließ sie mich fühlen. Liebe war es, sie ließ mich fließen zu ihren Füßen. Der Tau des Morgens, der erste Sonnenstrahl, der Temperaturanstieg eines jeden beginnenden Tages wollte ich ihr wie nährender Regen sein und mich in ihr ergießen.

Voller Liebe neben ihr liegend sah ich, ihr Stängel wart verletzt. Entsetzt legte ich meine starken, schützenden Hände um sie, retten, pflegen und sie blühen wollte ich sie sehen.

Die mir so liebe Pflanze doch, wurde kleiner, wurde trockener, braun und ihre Blätter wurden grau. Sie begann, zu wirken wie ein giftiges Nachtschattengewächs. Ihr magischer neuartiger, dennoch so vertrauter, unverwechselbar der Geruch, der mir die Richtung wies und mir verriet: »Traue Deinen Sinnen und der Logik nicht, höre auf dein Herz, gehe den Weg, den Dir Deine Nase weist!«
Ein alter Schnitt am Stängel ließ die mir so liebe Pflanze, meinen Freund, meine Geliebte, ich hoffte, um das Leben ringen und nicht um den Tod. So sie auf der Erde zu meiner Seite lag.

Nicht nur, um sie zu retten – nein, auch an mir sich ein Stich alten Giftes fand – begann ich die Reise meines Lebens. Die Reise ins Ich.

Ich schloss die Augen und weinte bitterlich, wollte die mir so liebe Pflanze und mein Leben nicht verlieren. Die Reise kaum begonnen, wart ich erschöpft und konnte nicht mehr gehen, kaum noch steh'n. *Rast!*, an diesem alten Schloss. Elfen, Feen, Zauberer und Hexen nahmen mich auf und ich wachte im weichen, warmen Bettchen meines Lebens auf ...

»Was wart gewesen? Hab ich geträumt, mir war so wach, wo bin ich? Wie spät es wohl sei? Ist heute Schule und was trag ich für eine schöne Uhr an meiner Hand?«

Ich stürm' ins Bad.
»Was ist geschehen? Einen Jungen um die 15 sollt' ich im Spiegel sehen!«

Doch vor mir stand ein Mann, alt so dreißig Jahr'. Einer, mit Augen dunkel wie die meinen, diese Augen haben die Welt gesehen. Viel Gutes und noch viel mehr Schlechtes. Augen, stechend wie im Krieg erlangt.

Ich fragte: »Wer bist du? Du machst mir Angst!«

Der Mann sagte: »Fürchte dich nicht, mein Kind! Ich bin hier, um dich zu schützen, für dich da sein will ich fortan. Doch auch für eine Bitte.«

Verdutzt frage ich ihn: »Was kann ein Kind für solch einen Mann des Krieges, der Einsamkeit und weit Gereisten, wie ihr es seid, schon tun?«

Der Mann hatte nun Tränen in den Augen und sagte: »Erinnerst du dich an die Pflanze mit ihrem wohligen Geruch und den deinigen Stich des Giftes?«

Ich fragte ihn, woher er wüsste.

»Diese Dinge war'n dir einst sehr wichtig. Ich bin du in 15 Jahren. Die Pflanze ist dein bester Freund, vielleicht sogar deine Frau. Das Gift jedoch, der Stich deiner Eltern, legte dich sehr, sehr lange Lahm.

Dein Leben ist das meine. Ich brauche dich, um uns zu retten und um die Pflanze nicht zu verlieren. Sei sie gar noch so fremd, glaube mir, sie will ich blühen sehen, um zu wissen, ob dies der Baum an meiner Seite ist.«

»Was redet ihr und was ist nun die Bitte, edler Mann?«, fragte ich.

Unter Tränen sagte er:
»Versteh' es oder nicht, du musst erwachen, du hängst in der Vergangenheit und der Spiegel ist das Tor. Verloren hab ich dich des Giftes, dich, mein inneres, ach so fröhlichste Kind. Schreite durch das Spiegeltor, erwecke mich zum Leben, erhebe unseren Kopf empor und lass uns unsere Freundin durch das Leben gewinnen. Verrinnen lass uns keine Zeit. Einen wunderschönen großen Baum mit so vielen süßen Früchten soll'n wir haben.

Die Zeit ist es, der wir nun unser Vertrauen können schenken! Sind wir beisammen, brauchen wir nichts, uns niemals fürchten. Ein Krieger ist mit einem fröhlichen Kind nie wieder einsam. Ein Kind verläuft sich mit einem weit gereisten Krieger nicht und auch das Kind sei nie wieder einsam.

Zu zweit erreichen, wonach wir uns sehnen.«

Meine Suche nach Antworten in Walhall
Juliane Küllmer

Tausend kleine Partikel schwebten durch die windstille Luft. Sie funkelten wie Diamanten und hüllten meine Umgebung in einen Vorhang aus Glitzer.

Die Sonne schien mir in die Augen, sodass ich sie nur zu einem Spalt öffnen konnte. Ich irrte mich nicht, selbst durch einen Spalt konnte ich es erkennen.

Die Luft war zu warm, sodass ich Eis oder Schnee ausschließen konnte.

Den Glimmer spürte ich nicht, doch benetzte er meine Haut. Ich sah auf meine Hände und Arme hinunter. Meine Haut funkelte in den Farben des Regenbogens. Als ich weiter an mir hinab sah, erkannte ich, dass ich ein weißes Leinenkleid trug. Es war leicht wie eine Feder und lag seicht auf meiner Haut.

Ich schirmte meine Augen von dem blendenden Sonnenlicht ab und sah mich um. Es war der Garten meiner Eltern, in dem ich mich befand. Damals, vor Jahren, als ich noch ein Kind gewesen war, hatte ich diesen Ort geliebt. Kurz vor Sonnenuntergang hatte ich mich in die Mitte der wilden Wiese gestellt und den Hügel hinunter geblickt. Hinter den Spitzen des saftigen grünen Grases und den Rändern der bunten Blütenblätter hatte sich die Sonne verabschiedet.

Wieder konzentrierte ich mich auf den wundersamen Funkelzauber. Eine Woge der Partikel flog wie ein Schwarm Insekten über die Wiese auf mich zu. Nie in meinem Leben hatte ich dergleichen gesehen und ich fragte mich, welches Naturwunder diesen Anblick ausgelöst haben mochte.

Die Wolke aus Sternenstaub trieb weiter auf mich zu. Ich bewegte mich nicht, stand einfach still und wartete auf sie.

Dann war sie bei mir.

Als mich die Funkelwolke umfing, spürte ich nichts. Nichts als Frieden und Ruhe. Meine Gedanken waren leer und ohne Fragen. Ich schloss die Augen. Mein Mund öffnete sich leicht, sog die Luft ein. Ich inhalierte sie, bis sie meinen Körper von innen ausfüllte.

Eine warme, sanfte Berührung an meiner Wange ließ mich meine Augen öffnen. Vor mir, in einem weißen Schleier aus Glitzer gehüllt, stand sie, eine übernatürlich große Frau. Sie war schöner als jede andere, die ich je in meinem Leben gesehen hatte. Ihre Haare waren weißblond und zu einem langen, in sich geflochtenen Zopf gebunden. Er lag über ihrer rechten Schulter und reichte bis zu dem Saum ihres bodenlangen Schleiers.

Sie lächelte mich an und nickte. Sie wirkte zufrieden. Unwillkürlich verzog sich auch mein Mund zu einem Lächeln.

Mit einem Mal war ich einem Kokon aus Glitzer gehüllt. Gebündelt drückte er sich an mich und ich fühlte den Druck. Noch immer lächelte mich die Frau an.

Ich wusste, sie kam, um mich zu holen.

Ihre eisblauen Augen hypnotisierten mich, brachten mich dazu, meinen Körper zu entspannen. Wieder hob sie ihre Hand an meine Wange, bewegungslos ruhte sie dort.

Die Funkelwellen pulsierten, strahlten, wurden immer farbenprächtiger.

Jetzt sah ich, woher es kam.

Es ging von ihr aus. Sie war das Naturwunder.

Im nächsten Moment ergriff sie urplötzlich meine Hände und die Umrisse meiner Außenwelt verschwammen. Ich spürte ihre warme Berührung noch an meiner Wange, doch genauso stark empfand ich sie an meinen Handflächen. Ihr Griff brannte sich in meine Handflächen.

»Ich bin Herja«, hörte ich einen Singsang nah bei mir, »Fürchte dich nicht, ich führe dich. Habe Vertrauen.«

Ich schloss die Augen, öffnete mein Innerstes und vertraute ihr. Nur einen Wimpernschlag später änderte sich meine Umwelt. Ich fühlte die Veränderung und öffnete meine Augenlider. Das war nicht mehr der Garten meiner Eltern, es war nicht mehr grün. Ich konnte nicht sagen, wo ich mich befand, es war so fremdartig. Vor uns erhob sich ein herrlicher Palast. Er war gigantisch. Nicht sehr hoch, dafür erstreckte er sich über zahlreiche Meter. Mit hunderten Toren bestückt zog sich die Mauer des Palastes weiter, als meine Augen sehen konnten. Das Mauerwerk war dunkel und matt. Das spitze Dach war mit goldenen Ornamenten verziert.

Mit Mühe wandte ich meinen Blick von dem prunkvollen Palast ab und sah auf zu der wunderschönen Herja.

»Wo sind wir?«

Sie sah mich an und eine Woge ihres Zaubers umgab mich. Kaum berührte er mich, war es mir egal, wo ich war. Hier war es gut, ich wusste es einfach. Wir gingen gemeinsam auf eines der vielen Tore zu.

Bevor wir das Tor erreicht hatten, stieg aus dem Boden ein Nebel auf und eine Gestalt bildete sich. Ein alter Mann mit einem schwarzen Mantel stand vor uns. Sein Kopf neigte sich, als er Herja erkannte, doch auf mir ruhte sein misstrauischer Blick.

Beschützend legte Herja mir ihre Hand auf die Schulter und Wärme durchströmte mich.

»Höre, Heimdall. Das ist die Erwählte. Lass uns hindurch.«

Ohne weitere Worte oder Gesten verschwand der Mann in einem Luftzug und das massige Tor öffnete sich geräuschlos.

Vor uns tauchte eine imposante, rechteckige und deckenlose Halle auf. Licht durchflutete den gesamten Raum und der Duft feuchter Erde erreichte meine Nase. Ein großer runder Tisch füllte den gesamten Raum. Männer in altmodischen Kutten saßen an dem Tisch. Sie tranken und speisten. Sie waren schön, aber strahlten eine Rohheit aus, die mich zurückschrecken ließ. Einer von ihnen machte die anderen auf uns aufmerksam und sofort lagen dutzende Augenpaare auf uns.

Schüchtern sah ich zu Herja auf, die königlich lächelte und eine Geste zur Begrüßung der Männer vollzog. Mit einer Drehbewegung hob sie ihren zarten, hellen Arm und streckte ihre

Handfläche gerade zu den Männern. Die glitzernden Partikel umspielten jeden ihrer Finger, drehten Wirbel und tanzten auf den Spitzen.

Die Männer reagierten nicht, sie starrten sie bloß an. Ich schien für sie unsichtbar zu sein, nur die gottgleiche Herja war für sie existent.

Sanft legte sie ihre Hand auf meine Schulter und wir durchquerten den Raum. Wir schritten durch ein großes, halbrundes Tor und gelangten in einen mit flackerndem Kerzenschein beleuchteten Raum.

Die Wände waren nicht aus Stein, sie waren aus Sandkörnern. Doch gleichzeitig wirkten sie weich wie Samt. Nur mit Mühe widerstand ich der Versuchung, meine Hand auszustrecken und sie anzufassen. Wir gingen eine Weile durch die trübe Dunkelheit, bis mich Herjas Stimme zum Anhalten brachte.

»Lillian.«

Überrascht sah ich zu ihr auf. Sie war stehen geblieben und sah auf mich herunter. Wie schon einmal legte sie mir eine ihrer Hände an die Wange und ihr Glitzer umhüllte mich.

»Herja«, flüsterte ich ergeben.

»Fürchte dich nicht. Sei still und folge den Anweisungen, die dir gegeben werden.«

Neben uns tauchte wie aus dem Nichts eine dunkle, mächtige Holztür auf und Herja beugte sich weiter zu mir herunter. Ihr Gesicht war auf einer Höhe mit meinem.

»Noch nie war ich mir so sicher wie bei dir. Lillian, du gehörst nach Walhall.«

Was war Walhall? In mir keimten Fragen auf. Nicht nur Fragen, auch Angst mischte sich bei. Als hätte sich der magische Schleier gelüftet, sah ich wieder klarer.

Warum war ich hier?

Als würde sie meine Zweifel spüren, umhüllte sie mich sofort mit den Glitzerkokon und ich war friedlich gestimmt. Nicht an eine meiner Fragen konnte ich mich erinnern.

Scheinbar von allein öffnete sich die hohe Holztür neben uns. Kerzengerade richtete sich Herja auf und ich tat es ihr nach. Mit einem Nicken deutete sie mir an, vor zu gehen. Langsam und vorsichtig setzte ich einen Schritt vor den anderen und betrat den Raum.

Ungläubig öffnete sich mein Mund und ich sah mich staunend um. Dieser Raum war prächtiger als die Halle, die wir vor erst wenigen Sekunden gesehen hatten. Er war nicht mit Gold und Holz ausgestattet. Die Farben in diesem Raum waren in Grün- und Orangetönen. Die Wände waren höher als es der Palast von außen vermuten lassen hatte.

Direkt vor uns saß eine Gestalt auf einem breiten Thron aus moosgrünem Samt. Sie bewegte sich zunächst nicht, weshalb ich sie im ersten Augenblick nicht gesehen hatte, doch jetzt hob die sie ihren linken Arm.

Ich erkannte einen langen Schleier, den die Gestalt wie einen Mantel um sich geschlungen hatte. Sie ahmte die Bewegung nach, die Herja vorhin den Kämpfern gegenüber gezeigt hatte.

Vor meinen Augen wurde die Glitzerwolke größer und ich spürte, wie Herja die Herrschaft über mich bekam. Ohne, dass ich einen Befehl losschickte, hob sich mein linker Arm und erwiderte den Gruß.

»Herja!«, polterte die Gestalt in einer tiefen, mächtigen Stimme und brach die heilige Stille.

Sofort verschwand das Funkeln um mich herum und mein Arm fiel schlaff an meinem Körper herunter. Ich hatte mich nicht getäuscht.

Über die Schulter warf ich einen Blick zu Herja. Ungefähr einen Schritt von mir entfernt stand sie und verbeugte sich nun tief vor der männlichen Gestalt.

»Odin, das ist sie. Ihr Wille scheint schwach, achtet gut auf sie. Ihre Seele ist rein, sie ist sehr geeignet für Walhall.«

Bevor ich realisieren konnte, dass Herja dies tatsächlich über mich gesagt hatte, war sie verschwunden. Eine Säule aus wirbelndem Glitzer verschluckte sie und an der Stelle, an der sie eben noch gestanden hatte, verblieb nichts als Luft. Kein Funke war mehr zu sehen. Ich spürte ein Ziehen im Bauch und fühlte eine unbeschreibliche Sehnsucht nach dem Gefühl der Zauberwolke.

Ein Räuspern von der Gestalt, Odin, wie Herja ihn nannte, ließ mich zu ihm blicken. Mittlerweile hatte er sich erhoben und er stand aufrecht, wenige Schritte von mir entfernt.

»Nun, Lillian. Herja hat dich bereits unterrichtet, dass du in Walhall bist. Der Ort, zu dem nur wenige Menschen Zugang bekommen. Schätze dieses Privileg, du wurdest erwählt. Verbringe deine Zeit in Demut und Stolz. Bringe keine Schande über uns und widerstehe der Versuchung.«

Sein Kopf, versteckt unter einer Kapuze, senkte sich.

»Arwid!«, schrie Odin und ich spürte den Boden beben. Ich schrak fürchterlich zusammen.

Odins Worte hallten noch immer in meinem Kopf wieder. *Schätze dieses Privileg*, hatte er gesagt, *du wurdest erwählt*. Von wem? Warum? Wofür?

Die schwere Tür hinter mir öffnete sich fast geräuschlos, doch ich spürte die Präsenz eines weiteren Menschen.

Irgendetwas ließ mich still stehen, ich drehte mich nicht um. Ich wartete, bis die Schritte sich näherten, ein Atem zu hören war und jemand mit einer wahnsinnig starken Ausstrahlung sich neben mich stellte. Ich wagte es nicht, meinen Kopf nach links zu wenden und die Person anzusehen. Mein Blick lag auf Odin, der seine Hand nicht zum Gruße hob, sondern nur kurz nickte.

»Arwid«, sagte er zu dem Neuankömmling, »Das ist Lillian.«

Mit dem letzten Wort nickte Odin wieder und zog sich dann zurück auf seinen moosgrünen Thron. Seine Aufmerksamkeit lag nicht mehr auf mir oder dem anderen Menschen. Vielmehr schien er in sich gekehrt zu sein, auf einer inneren Reise.

Eine Hand mit langen Fingern umfasste meinen Unterarm und ich drehte mich endlich zu ihm. Nicht viel größer als ich selbst stand ein junger Mann vor mir. Er hatte dunkle, schulterlange Haare, die er zu einem Zopf gebunden hatte, und einen kurzen Bart. Im Gegensatz zu Odin und Herja trug er keinen Schleier, sondern ein nachtblaues Hemd und eine braune Hose aus Stoff. Um seine Hüfte baumelte ein Schwert. Sein Gesichtsausdruck ließ mich zurückschrecken. Er blickte mich finster an und zeigte nicht einen Hauch eines Lächelns.

Meinen Arm fest umschlossen, führte er mich aus dem Raum heraus, zurück auf den Gang. Kalt und leer erschien er mir jetzt. Nicht ein Partikel des Glitzers schwebte in der Luft. Nur Kerzen gaben dem Raum einen Hauch von Magie.

Minutenlang gingen wir schweigend den Gang entlang, bis sich ein Durchbruch, ein Fenster, zeigte. Ich zog meinen Arm aus dem starken Griff des jungen Mannes und eilte auf das Fenster zu. Ich sah hinaus und erblickte ein weites Land. Ein Feld aus goldenen und weinroten Grashalmen erstreckte sich vor meinen Augen und mitten in diesem Feld stand ein riesengroßer, verknöcherter alter Baum. Seine Äste waren dick und verwuchert. Sie hingen kreuz und quer, ohne jede Schönheit. Fast schon empfand ich diesen Baum als abstoßend. Schließlich war er inmitten dieser unberührten Perfektion ein Makel.

Ich spürte, dass Arwid neben mich trat und ebenfalls zum Fenster hinaus sah. »Sieh ihn dir nicht zu lang an«, warnte mich seine überraschend sanfte, tiefe Stimme.

Ermutigt von der Freundlichkeit, die bei seinem Ausspruch mitschwang, sah ich ihm ins Gesicht und lächelte. Er erwiderte es nicht.

»Ich meine es ernst. Ich warne dich. Odin wird es erfahren, wirst du je in Versuchung geraten. Halte dich fern von ihm.«

Verwundert schossen meine Augenbrauen in die Höhe.

»Ich soll mich von Odin fernhalten?«

»Nein, von ihm. Dem Helbaum. Er ist betörend und zieht dich in seinen Bann, solltest du zu nah an ihn heran treten.«

»Aber«, warf ich nachdenklich hinein, »wenn er so gefährlich ist, warum steht er hier? Warum wird er nicht gefällt?«

Arwid grummelte und ich spürte die Ungeduld, die von ihm ausging. Es wunderte mich, dass ich seine Gefühle so stark spürte. Obwohl mich an diesem Ort nichts mehr wundern sollte.

»Es ist unmöglich, ihn zu entfernen. Er ist das Tor.«

Er wendete sich von dem Fenster ab und ging den Gang weiter. Ich warf einen letzen Blick auf den gruseligen Baum und folgte Arwid eilig. In meinem Kopf schwirrte die Frage, wie ein Baum ein Tor sein konnte und wohin dieses führte, doch ich fühlte, dass Arwid es mir nicht sagen würde.

Nach einigen Schritten holte ich Arwid ein.

»Ich wurde erwählt, hat Odin gesagt. Von wem?«

»Von Herja und den anderen Walküren. Sie entscheiden, wer es verdient hat, nach Walhall zu gelangen.«

Seine Stimme klang mechanisch, als würde er es jeden Tag jemandem erzählen.

»Was ist Walhall?«

Arwid blieb stehen. Die Muskeln in seinem Gesicht waren angespannt. Sein Blick stach in meinen. Leise sagte er: »Dein neues Heim.«

Meine Stirn legte sich in Falten und ich setzte zu einer weiteren Frage an, doch Arwid ließ es nicht so weit kommen.

»Komm weiter«, forderte er mich lauter auf und seine Hand legte sich an meinen Rücken. Durch den zarten Leinenstoff meines Kleides spürte ich den Druck ungemein stark.

Wir gelangten zu einem großen Raum, in dem ungefähr fünfzig Menschen waren. Wie in der Halle zu Beginn, bildete ein großer runder Tisch den Mittelpunkt der Halle. Er war gedeckt mit den herrlichsten Schlemmereien. Plaudernd und lachend saßen die Menschen an dem Tisch und aßen genüsslich von dem Festmahl. Ich hob meinen Blick und sah, dass diese Halle ebenfalls keine Decke besaß. Ein heller Sternenhimmel erstreckte sich über die gesamte Fläche. An den Wänden schmückten Bilder und Zeichnungen das kahle Mauerwerk.

»Dieser Raum wird ab jetzt dein Heim sein.«

Arwids Hand löste sich von meinem Rücken und er zeigte auf die Menschen. »Sie werden dich aufnehmen und du bekommst einen Platz in ihrer Mitte. Lebe wohl, Lillian.«

Mit diesen Worten verschwand Arwid aus der Tür und ich hörte, wie sich seine hallenden Schritte auf dem Gang rasch entfernten. Ich wollte ihm hinterher laufen, doch mich zog eine unsichtbare Macht in den Raum.

Ohne Berührungsangst ging ich auf die Leute zu. Sie waren gekleidet wie ich, völlig normal. Herzlich grüßten sie mich und bereiteten mir ein Gedeck. Sie sprachen auf mich ein, erzählten von Büchern und Gemälden.

Sofort fühlte ich mich willkommen und in ihrer Mitte aufgenommen. Wie ein Familienmitglied saß ich an dem Tisch und lachte mit ihnen.

Nach dem Essen wurde ich von einer neuen Freundin zu dem Bett gebracht, das ich ab nun mein Eigen nennen konnte. Die Nacht verbrachte ich traumlos in einem tiefen Schlaf. Am nächsten Morgen trafen wir uns wieder an dem großen Tisch, wir speisten und tranken. Anschließend unterhielten wir uns und lasen uns gegenseitig Geschichten vor. Wir spazierten auf der Anlage des Palastes herum und ich erfreute mich an dem Anblick der prächtigen bunten Flora. Später am Abend aßen wir gemeinsam und gingen dann zu Bett. Und am nächsten Morgen begann es von vorn. Mir gefiel dieser Rhythmus. Seit der ersten Minute war ich gefangen in diesem Alltag.

Die folgende Zeit verging wie in einem Zeitraffer. Die Tage in Walhall erschienen mir kürzer und lebendiger. Ich lebte sie intensiver und erkannte Schönheit in Dingen, die ich vorher ignoriert hatte. Es war wie eine Heilkur für mich.

Das Leben war friedlich und vollkommen, mir fehlte es an nichts und ich war glücklich.

Jeden Tag sah ich Arwid am Rande des großen Feldes. Ich fragte meine Begleiterin einmal, ob er den großen hässlichen

Baum bewachte, aber sie konnte mir keine Auskunft geben. Anscheinend interessierte sich keiner außer mir für Arwid. Auch meine Fragen nach Walhall und den göttlichen Figuren, die ich seit meiner Ankunft nicht mehr gesehen hatte, schienen sie nicht zu erreichen.

Meine Neugier wuchs bei jeder unbeantworteten Frage.

Dann kam der Tag, an dem es umschlug. Meine Zufriedenheit verschwand und in mir drängte es nach Antworten. Ich löste mich von der Gruppe, was die anderen sehr verstimmte, und ging auf Arwid zu.

Er lehnte an einer Mauer, seine Hand lag an seinem Schwert, seine Augen waren geschlossen. Seine dunkle Ausstrahlung wirkte auf mich und ich ging umso schneller, desto näher ich ihm kam.

Kaum erreichte ich ihn, bemerkte er mich und öffnete die Augen. Mich erfasste ein Schauer, als sein Blick mich streifte.

»Hallo Arwid«, sagte ich.

Er antwortete nicht und lenkte seinen Blick von mir ab, hinaus auf das Feld. Aus seiner grimmigen Miene war nichts zu lesen.

Dennoch blieb ich bei ihm stehen. Ich verschränkte die Arme vor meiner Brust. Seit dem Tag meiner Ankunft trug ich dasselbe Leinenkleid. Nie wurde es schmutzig, es blieb auf magische Art sauber und rein.

»Darf ich dir Fragen stellen? Ich möchte mehr über Walhall erfahren.«

Diesmal regte er sich. Leider nicht in dem erhofften Ausmaß. Er schüttelte den Kopf und verlagerte sein Gewicht von dem einen auf das andere Bein.

Ich ging. Zurück in der Mitte meiner Gruppe fühlte ich mich wie ein Fremdkörper. Irgendetwas war geschehen und ich konnte es nicht nennen. Es ähnelte dem Gefühl, als mich der Funkelzauber von Herja verlassen hatte und ich mit einem Mal klar gesehen hatte.

Da ich keinen Weg aus dem Palast hinaus fand und niemanden außer meiner Gruppe und Arwid je traf, ging ich auch am nächsten Tag zu ihm.

Er lehnte mit einem abwesenden Gesichtsausdruck an der Mauer und fixierte mich schon von Weitem mit seinen dunklen Augen.

Wieder stellte ich ihm die gleiche Frage und er reagierte abweisend. Ich bekam keine Antwort. Also ging ich. Ich konnte nichts essen. Zu sehr beschäftigten mich die Fragen, was ich hier tat und warum ich hier war. An einen langen Traum glaubte ich schon lang nicht mehr.

»Bitte Arwid«, flehte ich bei meinem dritten Versuch, »Gib mir Antworten. Wie lange muss ich in Walhall bleiben? Was ist das für ein Ort?«

Nichts. Meine Fragen hingen in der klaren Luft.

»Ich will nicht zurück in meine Gruppe. Sie sind anders. Oder ich bin es, die anders ist?«

Erwartungsvoll sah ich ihn an. In meinen Augen schwammen Tränen. Als er nichts sagte, nickte ich und drehte mich um zum Gehen.

»Warte.«

Ich blieb stehen und sah zurück zu Arwid. Offensichtlich haderte er mit sich selbst.

»Auf deine Fragen darf ich dir keine Antworten geben, aber du kannst mir Gesellschaft leisten.«

Mit einer Handbewegung ließ Arwid eine hölzerne Bank neben sich erscheinen, auf der wir Platz nahmen. Ich saß neben ihm und starrte auf das Feld und zu dem Helbaum.

»Dieser Baum erschien in den letzten Tagen in meinen Träumen.«

Ich sah zu Arwid, er zeigte keine Regung.

»Vielleicht ist es ein Zeichen.«

Nichts.

»Wenn du nicht mit mir über Walhall sprechen willst, können wir vielleicht über andere Dinge sprechen?«, schlug ich vor.

»Welche wären das?«

»Ich kann dir von meiner Gruppe erzählen, von den Geschichten, die wir erfinden. Wir machen fast nichts anderes am Tag. Wir reden über Geschichten und denken uns ebenso welche aus.«

»Erzähl sie mir«, bat mich Arwid.

So kam es, dass ich erzählte, während Arwid schwieg. Ich erzählte von meinen Tagen hier in Walhall. Von Geschichten, die ich von anderen gehört hatte und die wir uns ausgedacht hatten. Bei Arwid hatte ich das Gefühl, klarer denken zu können. Meine Gedanken waren geordneter und ich fühlte mich echter.

Es war wie ein stilles Abkommen, denn von diesem Tag an besuchte ich ihn täglich um die gleiche Zeit. Wir setzten uns auf eine Bank, die Arwid erscheinen ließ, sobald er mich sah. Einmal am Rand des Feldes. Einmal inmitten des Feldes. Wir sahen in die Ferne und unterhielten uns. Während ich erzählte, fragte er immer häufiger nach und forderte mich auf, von neuen Geschichten aus unserer Runde zu berichten.

Was Walhall genau bedeutete, war mir gleich, solange ich jeden Tag mit Arwid sprechen konnte, war mir alles andere egal.

Mit der Zeit erwartete er mich mit einem Gesichtsausdruck, der schon fast einem Lächeln ähnelte. Zwischen uns baute sich etwas auf, ein Band der Zuneigung, der Vertrautheit, der Freundschaft.

»Arwid, kannst du mir etwas über Walhall verraten? Was ist das für ein Ort?«, fragte ich ihn eines Tages doch. Meine Neugier konnte ich nicht von mir schieben,

Sein Blick lag weit draußen auf dem rotgoldenen Feld und seine Mundwinkel zuckten nur kurz. Nachdenklich zogen sich Arwids dunkle Augenbrauen zusammen. Er fuhr sich mit der Hand durch seinen kurzen Bart.

»Du dürftest gar nicht solche Fragen haben, Lillian. Das ist sehr ungewöhnlich.«

Mein Blick traf seinen und ich sah Verwunderung darin. Diesmal schwieg ich und er fuhr fort.

»Walhall ist ein Ort des Friedens und Vergessens. Walhall ist eine Stätte für tapfere und mutige Kämpfer.«

»Eine Stätte?«, hakte ich nach, »Woher wissen all die Kämpfer von Walhall? Wie kommen sie hierher – etwa so wie ich? Begleitet Herja sie? Kommen sie oft her?«

Arwid lächelte leicht.

»Du stellst die falschen Fragen, Lillian. Die Menschen kommen nicht einfach nach Walhall, sie werden erwählt. Sind die einmal in diesen Hallen, verlassen sie Walhall nie wieder.«

Seine Worte hallten in meinen Ohren nach.

»Nie wieder?«

Mein Herz stockte für einen Moment, als ich die Tragweite dieses winzigen Wörtergefüges verstand. Mir blieb die Luft weg und ich keuchte. Arwids Hand legte sich auf meinen Unterarm und ich sah auf seine langen Finger. War ich ebenso in Walhall gefangen? Hielten sie mich hier fest? Wozu?

War ich in Gefahr? Waren wir alle in Gefahr?

Abrupt stand ich auf und schüttelte Arwids Hand ab. Fragend sah er mich an.

»Siehst du«, sagte er ernüchtert, »Ich hätte es dir nicht erzählen dürfen.«

Ich presste meine Lippen aufeinander und ging. Bis zum Abend ging ich meiner Gruppe aus dem Weg, dachte darüber nach, was Arwid mir erzählt hatte. Er war einer von denen, die mich festhielten. So sehr ich versuchte, mir selbst damit Angst einzujagen, schaffte ich es nicht. Ich konnte es nicht schlimm finden, hier gefangen zu sein. Auf Arwid sauer zu sein, war falsch. Er gab mir Antworten, die andere mir verschwiegen.

Ich wartete, bis die anderen zu Bett gegangen waren und schlich mich aus der Halle heraus. Durch die lichtlosen Gänge lief ich so weit, bis ich zu dem Hof kam und zu dem Feld hinaus sehen konnte. Arwid stand dort auf sein Schwert gelehnt und blickte zum Helbaum.

»Es tut mir Leid«, sagte ich, als ich in seiner Hörweite war.

Langsam richtete er sich auf und zuckte mit den Schultern als er mich ansah. Offenbar schien er nicht sehr überrascht zu sein, dass ich ihn in dieser späten Stunde besuchte.

»Muss es nicht. Ich hätte es dir nicht erzählen dürfen. Nur wusste ich, dass du nicht eher Ruhe geben würdest, bis du Antworten bekommst.«

Seine Hand hob das Schwert, ließ es durch die Luft kreisen und platzierte es dann wieder an seinem Gürtel.

»Du warst die Erste, die mir je Fragen gestellt hat. Ungewöhnlich.«

Arwid ließ eine Holzbank erscheinen und ich ließ mich nieder. Er blieb neben mir stehen, sodass ich zu ihm aufblicken musste.

»Wieso gibt es unterschiedliche Räume? Ich habe an meinem ersten Tag mit Herja eine Gruppe von Kämpfern gesehen. Doch seitdem sind sie mir nie wieder über den Weg gelaufen. Ich sehe nur die Menschen aus meinem Raum und dich. Wenn sie Walhall nicht verlassen können, wo sind sie dann?«

Ein leises hustendes Lachen von Arwid ließ mich nervös werden. Ich kostete seine Gutwilligkeit zu sehr aus. Doch dann gab er mir Antwort.

»Ihr kommt aus unterschiedlichen Zeiten. Die unterschiedlichen Kulturen würden nicht harmonieren, also gibt es unterschiedliche Bereiche. Die Menschen in deiner Umgebung sind allesamt aus demselben Jahrhundert wie du.«

»Wie kommt es, dass wir in Walhall sind? Die Krieger waren tapfer, hast du gesagt. Ich bin keine Kämpferin und war nie eine. Was tue ich hier?«

Meine Stimme überschlug sich beinahe. Die Erkenntnis erdrückte mich nahezu. Die Erkenntnis, dass ich nichts wusste. Woher kam ich? Was war vor Walhall gewesen? Außer an meinen Namen konnte ich mich an nichts mehr erinnern.

Arwid räusperte sich und ließ sich neben mir nieder. Mit einem schiefen Lächeln auf den Lippen streckte er seine Beine aus und verschränkte seine Arme. Sie waren stark und sehnig.

»Ihr wart alle tapfer. Ihr seid nicht ohne Grund hier. Dennoch werdet ihr eine Prüfung bestehen müssen, jedenfalls die meisten von euch.«

Er atmete tief durch und wählte wohl die nächsten Worte mit Bedacht.

»Aber ich glaube, du musst es nicht. Du bist schon so lange hier und nichts ist geschehen.«

»Ich habe Träume«, erinnerte ich ihn, »Die anderen aus meiner Gruppe träumen nie etwas. Ich habe sie gefragt.«

»Träume bedeuten nichts. Der Grund wird dein wacher Geist sein. Nein, das ist mit Sicherheit nicht die Prüfung, die ich meinte.«

Mein Herz pochte schneller, als ich die nächsten Worte aussprach und ich sah gen Boden.

»Könnte es daran liegen, dass ich anders bin? Oder daran, dass ich mich oft in deiner Nähe aufhalte? Ich spüre, dass ich anders fühle und denke, wenn du bei mir bist.«

»Lillian«, sagte er widerwillig und entfaltete seine Arme, »Nein. Bestimmt nicht. Das hat nichts mit mir zu tun. Lass mich daraus.«

Seine Stimme klang wütend und drängend.

»Wir dürften uns gar nicht unterhalten. Du dürftest mich gar nicht sehen. Du dürftest gar nicht mehr so menschlich denken.«

Über den Ausbruch erschrak ich und verstummte. Zum ersten Mal spürte ich den kalten Wind, der sich unter mein Kleid schlich und mich frieren ließ.

Was meinte Arwid mit *menschlich denken*? Ich wollte ihn fragen, doch ich fürchtete mich vor der Antwort und schwieg dazu. Ich wollte ihn nicht verärgern. Zu sehr fürchtete ich mich, gar nicht mehr mit ihm reden zu können.

»Wie lang bist du schon in Walhall?«, fragte ich nach einem Moment des Schweigens.

»Seit über sechstausend Jahren.«

Die Zeitspanne überstieg meine Vorstellungskraft und ich schluckte.

Arwid strich über seine Beine und ließ seine Hand auf seinem Knie ruhen. »Aber mir ist in all den Jahren noch nie eine Frau begegnet, die so ist wie du. Nicht in all den Jahrtausenden.«

In mir kribbelte es und ich lachte vorsichtig. Grinsend sah Arwid auf mich und legte seinen Arm um meine Schulter. Warum ich hier war, kümmerte mich nicht mehr. Ich genoss den Augenblick.

Bis zum Morgengrauen blieb ich mit Arwid auf der Bank sitzen. An ihn gelehnt war ich glückselig in der Nacht eingeschlafen. Als die Sonnenstrahlen mich weckten, entwand ich mich Arwid und schlich mich zurück in mein Bett. Die anderen der Gruppe merkten nicht, dass ich die Nacht über gefehlt hatte. Sie verhielten sich so wie jeden Tag und ich tat es ihnen gleich.

Nach dem Frühstück verließ ich mit einem Korb zum Blumenpflücken den Raum und machte mich allein auf den Weg zum Feld. Kaum hatte ich den Rand des Feldes betreten, nahm ich die Veränderung wahr.

Ich hörte den Helbaum rufen. Überrascht von dem Wispern, sah ich auf und stellte fest, dass der Helbaum nicht mehr verdorrt, sondern geschmückt von tiefroten Blüten war. Während der Treffen mit Arwid war der Baum aus meinem Gedächtnis verschwunden. Obwohl er in meinem Blickfeld gestanden hatte, hatte ich ihn ignoriert und ausgeblendet. Nur in meinen Träumen war er als Requisite erschienen. Er zeigte mir nun sein wahres Gesicht, er war wunderschön.

Warum mieden ihn bloß alle?

Alle Warnungen vergessend, ging ich auf den Baum zu. Sein Wispern, gemischt mit einem Gesang, zog mich magisch an. Sogar ein leichtes Funkeln ging von ihm aus und in mir sehnte es sich nach dem Gefühl des Glitzerrauschs. Ich wollte ihn berühren, brauchte ihn wie eine Süchtige ihre Drogen.

Mit erstaunlicher Geschwindigkeit war ich bei dem Helbaum angelangt und streckte meine Hand nach ihm aus, um seine Rinde leicht zu berühren. Fast hatte ich ihn berührt, da schrie

Arwid hinter mir auf. Ich zuckte vor Schreck zusammen und in meinem Gehirn passierte etwas.

Der Nebel aus Glitzer und verlockenden Wispern, der mich verzaubert hatte, verschwand durch den Schreck von Arwids Ruf und ich zog entsetzt meine Hand zurück.

»Geh weg von dem Baum!«, rief Arwid hinter mir, »Lillian! Geh zurück!«

Doch ich konnte nicht, meine Beine gehorchten mir nicht. Es war noch stärker als die Macht, die Herja mit ihrem Funkelzauber auf mich ausgeübt hatte. Ich beherrschte meinen Körper nicht mehr.

»Sieh weg! Tu es, bevor es zu spät ist! Du bist stark, Lillian. Streng dich an!«

Seine Stimme näherte sich, doch war sie noch immer fern und ich stand dem Baum allein gegenüber. Wieder hörte ich den Gesang und ich vergaß meine Zweifel. Meine Hände hoben sich und legten sich wie magnetisch angezogen an den Baum.

Der Baum brach in einem hellen Blitz entzwei und zwischen den Teilen des Stamms erschien eine junge Frau. Sie war klein und sehr verführerisch. Sie trug ein hautenges rotes Kleid und hatte tiefschwarzes langes Haar. Der Duft von Frühlingsblumen umgab meine Nase.

»Lillian«, grüßte sie mich und lächelte freundlich. Wie gebannt sah ich in ihr Gesicht. Ihre Augen wanderten nach unten und sie fuhr mit der Hand über etwas.

Erst jetzt bemerkte ich die Leine in ihrer Hand. Sie hatte tatsächlich ein Tier bei sich. Nicht irgendein Tier – es war ein kleiner Drache. Er war dunkelgrün und seine Nüstern rauchten leicht. Als ich ihn sah, roch ich auch die Note von Schwefel in dem Blumenduft.

»Lass sie Ruhe!«, tönte Arwids wütende Stimme und ich sah mich zu ihm um. Nur noch wenige Schritte und er würde mich erreicht haben. Er hatte sein Schwert gezogen und hob es drohend in Richtung der Frau.

Die Frau zischte und Arwid schrie auf. Ein Schmerzschrei. Arwid fiel zu Boden, doch irgendwas bewegte mich, zurück zu der Frau zu sehen. Mich kümmerte Arwids Schicksal in diesen Moment gar nicht.

Endlich sah sie auch mich an, sie streichelte erneut über den Kopf des schnaubenden Drachens und lächelte.

»Lillian«, fuhr sie fort, »Hier wirst du keine ewige Ruhe finden, die gibt es nur bei mir. Du gehörst zu mir. Komm, reich mir deine Hand.«

»Wer seid ihr?«, wollte ich wissen und hörte mit halbem Ohr ein schmerzvolles Stöhnen hinter mir.

»Lillian, das ist Hel. Sie ist böse, traue ihr nicht.«

Arwid klang bitterernst, doch der Drang, zu dieser Frau zu gehen, stand dem gegenüber. Hel fesselte meinen Blick und ihr Mund entließ Worte, die einen Bann beschworen. Magie stieß mich in den Rücken.

»Erinnere dich, Lillian, an dein Leben vor dem Ende. In deinen Kopf kehren die Bilder deiner Eltern zurück, du siehst dein Zuhause. Erinnerst du dich, Lillian? Die Wiese, auf der du so gern getanzt und gelacht hast.«

Gedanken, die mein Gedächtnis seit Herjas Auftauchen verdrängt hatte, tauchten mit voller Kraft auf. Meine Mutter, mein Vater, der Garten meiner Eltern. Wieso hatte ich sie so lange nicht gesprochen und wo waren sie überhaupt? Wenn das ein Ort für tapfere Menschen war, dann mussten auch meine Eltern hier sein, und so viele meiner Freunde. Aber das waren sie nicht.

War er womöglich gar nicht der Ort, für den ich ihn hielt? Die Krieger waren schon vor langer Zeit gekommen, Arwid war seit Jahrtausenden hier.

»Wo bin ich hier wirklich?«, flüsterte ich und Tränen füllten meine Augen. War es ein Ort neben meiner Welt, oder gar ein Ort über meiner Welt?

»Du bist tot, Lillian«, antwortete Hel laut und bestätigte meine schlimmste Befürchtung, »Und hier wirst du abgestellt. Du vegetierst vor dich hin, sie haben deine Gedanken aus deinem Kopf gezogen und betäuben dich, sodass du nicht einmal Fragen stellen kannst.«

Ihre Augen strahlten in einem gleisenden Silber.

»Komm mit mir, ich werde dir deinen klaren Geist lassen. Bei mir wirst du frei nachdenken können.«

Tot. Ich war tot. Dabei fühlte sich alles so lebendig und echt an. Nein, mein Leben war nicht vorbei. Das war mein Leben danach. Der Himmel, das Paradies.

Doch spürte ich auch, dass Hel Recht hatte. Sie stellten etwas mit meinen Gedanken an, stellten mich unter einen Zauber und machten mich gefügig. Nur in wenigen Augenblicken hatte ich klar gesehen, in den meisten davon war ich mit Arwid zusammen gewesen.

»Lillian!«, mahnte mich seine Stimme, »Das ist die Probe. Bestehe sie und bleib bei mir!«

Vor Odin hatte Herja über mich gesagt, dass ich schwach sei. Vermutlich war es für sie einfach gewesen, mich zu verzaubern und die Macht zu übernehmen. Genauso leicht fiel es offensichtlich Hel. Ich fühlte mich so schwach, ich konnte kaum dagegen ankämpfen. Jedes Mal, wenn ich Arwids Stimme hörte, funkte es in mir auf. Doch es war keine Kraft in mir zu finden.

Mit einem großen Lächeln auf den roten Lippen streckte Hel mir ihre Hand entgegen. Wie in Trance hob sich meine Hand und ich wollte ihre ergreifen. Allerdings unterbrach der wilde Kampfesschrei von Arwid meine Bewegung. Er hatte sich vom Boden aufgerappelt und rannte mit erhobenem Schwert auf Hel zu.

Arwid rannte an mir vorbei und wollte auf Hel einschlagen, doch sie lachte hämisch und stoppte sein Schwert mit diesem zischenden Laut.

»Was tust du hier?«, sagte sie ungehalten, »Du kannst dich nicht einmischen! Das geht nicht! Wie hast du meinen Bann durchbrochen?«

Ohne auf Hels Frage zu reagieren, schrie Arwid erneut auf

und ich sah, dass sein Arm vor Anstrengung zitterte.

Sie hob ihren Finger und zog in der Luft eine Linie. Arwid zuckte zusammen und seine Hand schnellte in sein Gesicht. Blut rann an seiner Hand hinunter. Hel hatte ihn verletzt!

»Denkst du allen Ernstes, du kannst mich schlagen?«, höhnte Hel, »Das werden wir sehen.«

Der Rauch aus den Nüstern des Drachens blähte sich auf und Hel begann zu wachsen. Sie wurde riesengroß, ihre Arme, Beine – ihr gesamter Körper wuchs auf die dreifache Größe. Ihre Schönheit war verschwunden und ein grauenvoller Anblick bot sich. Ebenfalls der Drache erlangte an Größe und schlug heftig mit den Flügeln. Er hob vom Boden ab und flog über unseren Köpfen. Mit einem grollenden Fauchen spuckte er Flammen auf das Feld. An einigen Stellen fingen die Pflanzen Feuer und begannen, zu brennen.

Hel umgab ein mächtiger Wind und ihre Haare standen wie elektrisiert von ihrem Kopf ab. Sie war angsteinflößend und bedrohlich. Obwohl sie noch auf dem Boden stand, überragte sie uns um Längen.

Ich wollte zurückweichen, doch stolperte ich über meine eigenen Füße und fiel nieder. Mit tosendem Lachen schritt Hel auf mich zu und streckte ihre Hand nach mir aus. Aber Arwid sah dies und stellte sich in Windeseile beschützend über mich. Mit beiden Händen hielt er sein Schwert umklammert und streckte es in die Höhe.

In meiner Verzweiflung und Tatenlosigkeit legte ich meine Hände an Arwids Rücken, um ihn zu stützen, sollte er von Hel angegriffen werden. Hel holte aus, doch konnte sie Arwid nicht berühren. Sie stoppte und schrie wütend auf.

»Welch Zauber ist das? Wieso kann ich nicht an euch heran?«

Ihre Augen rollten und die Haare begannen zu dampfen.

»Nidhögg, vernichte ihn!«

Ihre Augen lagen kühl auf uns, als sie zurück zu dem Baum ging und der Drache mit einem tosenden Laut auf uns zustürzte.

»Arwid«, rief ich und schloss vor Angst die Augen. Seine Muskeln waren angespannt, sein Hemd durchnässt. Ich hatte mehr Angst um ihn, als um mich. Ohne Sicht wartete ich auf den Angriff, auf die Wucht, die uns beide nieder drücken würde.

Doch wir wurden gerettet.

»Was tust du in Walhall in deiner wahren Erscheinung, Hel?«, dröhnte Herjas Stimme. Ich riss meine Augen auf und wand mich überrascht um.

Herja und andere Walküren standen am Rand des Feldes und sahen das Unheil mit an. Wie lange sie wohl schon dort gestanden hatten?

»Dieser Wicht kämpft für das Mädchen!«

Hel war ungehalten und tobte inmitten des gespaltenen Baumes.

Die Walküren sahen zu Arwid, der schnaufend und mit erhobenem Schwert vor dem Drachen stand. Über mir. Meine Hände an seinem Rücken.

»Hel, du verstößt gegen die Regeln! Zieh deinen Drachen ab!«, befahl Herja.

Hel zischte ein Befehl und der Drache schrumpfte auf seine alte Größe, mit glühenden Nüstern verschwand er in dem zweigeteilten Helbaum. Auch Hel verlor an Größe. Sie stellte sich vor ihrem Baum auf und sah zu Herja und den Walküren.

»Es war Selbstmord«, sagte sie laut, »Sie gehört mir.«

»Nein«, erwiderte Herja hölzern, aber klar, »Sie hat das Kind gerettet, es war eine Heldentat. Sie gehört nach Walhall.«

Die Erinnerung holte mich ein. Die Bilder tauchten vor meinen Augen auf.

Täglich war ich auf der Schnellstraße an dem Kindergarten vorbei gefahren. Täglich hatte ich die Kinder hinter dem hohen Zaun gesehen. Quietschend und glücklich hatten sie geschaukelt und gespielt, ihr Kindsein genossen. Auch an diesem einen Tag war ich die Schnellstraße entlang gefahren und habe in die Richtung des Kindergartens gesehen.

Die Kinder hatten in Reih und Glied an dem Zaun gestanden und auf die Straße geblickt. Ich hatte zurück auf die Straße gesehen und war im nächsten Moment mit einer Vollbremsung stehen geblieben.

Ein Kind, ein Mädchen mit roten Löckchen, war auf die Straße gelaufen. Sie war auf dem Weg zur linken Spur. Im Rückspiegel hatte ich eine ganze Kolonne von Lastwagen und Autos auf sie zu fahren sehen.

Zu klein war das Mädchen gewesen, als dass man es von der Entfernung hätte sehen können. Ohne Gedanken an mich zu verschwenden, war ich aus meinem Auto gestürzt und auf das Mädchen zugerannt.

Ich hatte es zur Seite geschubst.

Dann war das Hupen eines Lasters zu hören gewesen.

Alles war schwarz geworden und ich war auf der Wiese meiner Eltern gelandet, umgeben von Herjas Funkelzauber. Da war es passiert. Ich war an diesem Tag gestorben.

Hel schnaubte und lachte auf.

»Ihr gebt vor, gut zu sein, und die Guten zu belohnen mit dem ewigen Frieden. Dabei nehmt ihr ihnen die Erinnerung und ihr eigenständiges Denken.«

Die Walküren schrien empört auf. Da trat auf einmal Odin aus der Masse. Er ging an Arwid und mir vorbei und baute sich vor Hel auf. Er schüttelte den Kopf.

»Hel. Wir geben ihnen damit den Frieden. Sie haben alles, was sie sich wünschen. Bei euch erleben sie Schmerz und die Momente des Todes wieder und wieder. Jahrelang.«

»Lasst Lillian entscheiden«, sagte Herja zwischen den Schlagabtausch von Odin und Hel, »Es ist ihre Prüfung.«

Alle Augen waren auf mich gerichtet und ich spürte, dass von beiden Lagern Zauber auf mich gesandt wurden. Ich wurde hin und her gerissen, meine Gedanken mit gefälschten Bildern beeinflusst.

Doch ich wusste, was ich wollte: bei Arwid sein. Ich ließ meine

Hände von seinem Rücken sinken. Noch immer hatten sie dort verharrt. Mit Angst und Hoffnung in seinen Augen entfernte er sich ein Stück von mir. Jeder Millimeter, den er weiter ging, fügte mir Schmerz zu. Ich brauchte ihn, um in Frieden zu sein. Ohne ihn würde ich weder bei Hel, noch bei Herja blieben wollen.

»Ich entscheide mich für Walhall«, verkündigte ich mit fester Stimme und Blick auf Arwid.

Ein lauter Schrei von Hel ließ uns alle erzittern, dann war sie verschwunden und der Helbaum fügte sich wieder zu einem Ganzen zusammen. Verdorrt stand er dort wie in all den vorherigen Tagen.

Der Zauber war vorbei, keuchend saß ich inmitten des Feldes und sah auf zu Herja. Sie stand umgeben von den anderen Walküren und blickte überrascht drein.

»Was ist das zwischen dir und Arwid? Wie habt ihr solch eine Macht aufbringen können?«

Arwid ließ sein Schwert fallen und wischte sich das Blut von seiner Lippe. Er ging auf die Walküren zu und kniete sich nieder.

»Ich wage zu sagen, dass es die Macht der Liebe ist.«

Kurz wandte er seinen Kopf zu mir und ich merkte, wie ich nickte.

»Erhöre mich, Odin. Lillian soll mit mir den Helbaum bewachen und die neuen Helden empfangen. Ich erbitte dieses Privileg mit voller Ernsthaftigkeit und in tiefer Liebe zu Lillian.«

Mein Herz setzte einen Schlag aus und ich sah gebannt von Arwid zu den Walküren, die noch immer fasziniert von dem Erlebten waren.

Odins Stimme hallte laut vom Rande des Feldes.

»So sei es.«

Ein letztes Mal verbeugte sich Arwid vor Odin und rannte dann auf mich zu. Er hob mich sanft vom Boden auf und seine verwundeten Arme umschlossen mich fest. Von Glück erfüllt erwiderte ich die Umarmung und freute mich auf mein ewiges Leben in Walhall.

Das Schloss der Vampire
Nicole Schröter

Vor langer Zeit ritt ein junger Mann durch ein verlassenes Dorf. Es war schon Abend, als er an dem kleinen Haus vorbei kam, unter dessen grober Holztür ein schwaches Licht hindurch schien. Der Mann kam von weit her. Er war auf der Suche nach einer Schlafstätte. Also stieg er ab, ließ sein Pferd am Zaun stehen und klopfte. Er vernahm schlurfende Schritte. Dann wurde die Tür geöffnet. Eine griesgrämige Alte schaute mit bösem Blick zu ihm herauf.

»Altes Lumpenpack«, fluchte sie, »Keiner lässt mich in Ruhe!«

Ihre Stimme klang wie die einer Krähe. Der Mann versicherte ihr, dass er sie nicht stören wolle. Er benötige nur dringend einen Platz zum Schlafen.

Er drückte der Alten ein Goldstück in die Hand und bat abermals um ein Zimmer.

»Gestohlen! Gestohlen!«, schrie sie. Bald aber beruhigte sie sich und gab dem Mann einen großen Schlüssel.

»Dort auf dem Hügel liegt ein Schloss. In einem der Zimmer schlafe, aber gib mir ja zeitig den Schlüssel zurück!«, mahnte sie ihn.

Der Reiter bedankte sich und ritt fröhlich pfeifend dem Hügel entgegen.

Auf halbem Wege stellte sich ihm ein Mädchen in den Weg. Wie wunderschön sie war. Sie trug einen Korb voller Kräuter im Arm.

»Haltet ein, Herr! Reitet nicht weiter! Ich bitte euch! Im Schloss leben Vampire. Sie haben das ganze Dorf ausgerottet. Nur meine Großmutter und ich leben noch hier, am Rande des Dorfes. Bitte geht nicht! Es würde euer sicheres Ende bedeuten.«

Der Mann aber lachte.

»Vampire! Es gibt keine Vampire! Und ich bin müde von der langen Reise. Da ist mir jeder Schlafplatz recht.«

Da fing das Mädchen an zu weinen: »Niemand glaubt mir! Nehmt wenigstens diesen Korb. Er ist gefüllt mit Kräutern. Sie werden euch vor den Vampiren schützen.«

»Also schön!«

Der Mann seufzte, beugte sich hinab und ergriff den Korb, den sie ihm entgegen streckte. Dann gab er seinem Pferd die Sporen. Als er oben ankam, war es Nacht.

Im Schloss war es finster und sehr still. In der Eingangshalle hingen ein paar Fackeln. Er nahm eine von ihnen und stieg damit zum Zimmer hinauf. Er traute seinen Augen nicht, als er das Zimmer betrat. Es war geschmackvoll und gemütlich eingerichtet, und glich mit nichts den kahlen und steinigen Mauern, die er zuvor durchschritten hatte. Neben dem Kamin lagerte genug Holz, um das Zimmer für die Nacht zu wärmen. Als er ein Feuer entfacht hatte, verteilte er dem Mädchen zuliebe die Kräuter sorgfältig um das Bett herum. Dann machte er es sich unter den zahlreichen Fellen gemütlich, die auf dem Bett ausgebreitet lagen. Fast augenblicklich schlief er ein.

In der Nacht weckten ihn Geräusche, die aus der Eingangshalle zu kommen schienen. Da aber sonst nichts geschah, holte ihn der Schlaf bald wieder ein.

Später in der Nacht schreckte ein Klopfen ihn abermals aus den Träumen. Da! Tatsächlich vernahm er ein leises Klopfen. Gerade wollte er wütend zur Tür stürmen, als er sich des Kräuterkranzes zu seinen Füssen gewahr wurde.

Er blieb im Inneren des Kreises stehen und rief:

»Wer, zum Teufel wagt es, schon wieder meinen Schlaf zu stören?«

Langsam wurde die Tür aufgeschoben. Mit einem zaghaften Lächeln schaute das Mädchen zum Türspalt herein. Als sie sah, dass er weit genug entfernt vor seinem Bett stand, schlüpfte sie ganz hindurch und ließ eilig die Tür hinter sich ins Schloss gleiten.

Erschöpft lehnte das Mädchen sich gegen die schwere Holztür.

Sie strich sich eine Haarsträhne aus der Stirn, die sich aus ihrem Zopf gelöst hatte. Dann legte sie einen Finger auf die Lippen.

Er wusste nicht, ob sie vor Angst oder vor Kälte zitterte. Immerhin konnte er in ihrem Gesicht lesen, dass sie froh war, die Kräuter am Boden erblickt zu haben. Er schloss daraus, dass ihr etwas an ihm lag, obwohl er ein Fremder war.

Er streckte seinen Arm aus und bot ihr seine Hand. Sie stürzte geradezu in seine Arme. Das hatte er nicht erwartet. Sie drängte ihn, sich wieder hinzulegen. Dann schlüpfte sie zu ihm unter die Felle. Angenehm überrascht ließ er sie gewähren.

Nach einer Weile ließ ihr Zittern nach. Als ihr Atem ruhig und gleichmäßig ging, entspannte der Mann sich wieder. Immer noch verwundert, aber sehr zufrieden mit dem unerwarteten Ereignis, schlief auch er wieder ein.

Doch keine halbe Stunde später schreckte ihn ein weiteres Geräusch hoch. Mit angstgeweiteten Augen saß das Mädchen bereits dicht an ihn gedrängt. Die Fackel erlosch augenblicklich, als ein kalter Luftzug durch den Türspalt drang.

Nur langsam gewöhnten sich seine Augen an die Dunkelheit. Er sah, dass die Tür nun weit geöffnet war. Ein Schatten, der eines schwarzen Umhangs vielleicht, löste sich aus dem dunklen Nichts der weit aufgestoßenen Tür. Etwas schwebte auf sie zu. Der junge Mann erkannte ein fahles Gesicht. Waren das rote Augen, die da glühten? Das war ja lächerlich! Diese Gestalt sah ja geradezu aus wie ein Vampir.

Das Mädchen neben ihm zitterte inzwischen so sehr, dass er sich gezwungen sah, seinen Arm um sie zu legen. Dankbar schmiegte sie sich an ihn.

Langsam kam der Vampir näher, seine glutroten Augen starr auf sie beide gerichtet. Plötzlich jedoch hielt er in der Bewegung inne. Der Vampir rümpfte die Nase und blickte irritiert um sich. Ein weiterer Schritt und die ersten Kräuter knirschten unter seinen Füssen. Entsetzt wich er zurück.

»Nehmt es weg!«, schrie er voll Zorn, »Nehmt es weg und

werft es aus dem Fenster! Sofort, sage ich!«

Wütend tänzelte er vor dem Kräuterkranz hin und her.

Doch das Mädchen griff in seinen Ausschnitt und beförderte weitere Kräuter zutage. Sie waren zu einer Kette verwoben. Eine davon streifte sie über ihren Kopf und hängte sie dem jungen Mann um den Hals. Die andere hielt sie dem Vampir mutig entgegen.

Von unbändiger Wut getrieben stürmte der Vampir aus der Kammer. Unter markerschütterndem Gebrüll rannte er davon, er und mit ihm alle anderen seiner Art.

Auch nach Jahren kam er nicht wieder. Die Großmutter war inzwischen vor Gram gestorben. Denn die Freude daran, Menschen sterben zu sehen, war ihr seither verwehrt geblieben.

Der junge Mann aber hatte seine Reise nicht fortgesetzt, hatte er doch das schönste und mutigste Mädchen weit und breit gefunden. Mit der Zeit hatte sich ein neues Dorf angesiedelt, und als der erste Priester im Dorf Einzug gehalten hatte, wurde mit einem großen Fest geheiratet.